# Amor &
# Amizade

Copyright © 2016 by John Whitney Stillman
Edição publicada mediante acordo com Little, Brown and Company, New York, New York, USA.
Todos os direitos reservados.
Copyright © 2016 Editora Gutenberg

Título original: *Love & Friendship*

Todos os direitos reservados pela Editora Gutenberg. Nenhuma parte desta publicação poderá ser reproduzida, seja por meios mecânicos, eletrônicos, seja via cópia xerográfica, sem a autorização prévia da Editora.

EDITORA
*Silvia Tocci Masini*

EDITORAS ASSISTENTES
*Carol Christo*
*Nilce Xavier*

ASSISTENTE EDITORIAL
*Andresa Vidal Vilchenski*

PREPARAÇÃO
*Carol Christo*
*Silvia Tocci Masini*

REVISÃO
*Andresa Vidal Vilchenski*
*Mariana Paixão*

ADAPTAÇÃO DE CAPA
*Carol Oliveira*

DIAGRAMAÇÃO
*Larissa Carvalho Mazzoni*

Dados Internacionais de Catalogação na Publicação (CIP)
Câmara Brasileira do Livro, SP, Brasil

Stillman, Whit

   Amor & amizade / do roteirista e diretor Whit Stillman; baseado na pérola literária de Jane Austen; tradução Nilce Xavier. -- 1. ed. -- Belo Horizonte : Editora Gutenberg, 2016.

Título original: *Love & Friendship*

ISBN 978-85-8235-406-3

1. Austen, Jane, 1775-1917  2. Ficção norte-americana  I. Título

16-08386        CDD-813

Índices para catálogo sistemático:
1. Ficção : Literatura norte-americana 813

A **GUTENBERG** É UMA EDITORA DO **GRUPO AUTÊNTICA**

**São Paulo**
Av. Paulista, 2.073,
Conjunto Nacional, Horsa I
23º andar . Conj. 2301 .
Cerqueira César . 01311-940
São Paulo . SP
Tel.: (55 11) 3034 4468

**Belo Horizonte**
Rua Carlos Turner, 420
Silveira . 31140-520
Belo Horizonte . MG
Tel.: (55 31) 3465 4500

**Rio de Janeiro**
Rua Debret, 23, sala 401
Centro . 20030-080
Rio de Janeiro . RJ
Tel.: (55 21) 3179 1975

www.editoragutenberg.com.br

DO ROTEIRISTA E DIRETOR
# WHIT STILLMAN

# *Amor &*
# Amizade

*Baseado na pérola literária de* JANE AUSTEN

Tradução: Nilce Xavier

GUTENBERG

À Vossa Alteza Real,
O Príncipe De Gales

SIR, *para aqueles a quem Vossa Alteza Real é conhecida a não ser pela exaltação de vossa superioridade, talvez possa causar alguma surpresa que os presentes locais, personagens e incidentes, que têm referência apenas à vida comum, sejam trazidos a tão augusta presença. Vosso desejo inconteste de ver a justiça prevalecer em nosso Reino encorajou-me, a mim, um indivíduo insignificante, residente em uma ignominiosa morada, a buscar a deferência benevolente de Vossa Alteza Real para com o presente relato no qual Vossa Alteza Real encontrará a Total Absolvição de alguns de seus fiéis súditos, caluniados e difamados pela mesma Autora Solteirona que tão friamente declinou da mui generosa e condescendente oferta de patronato de vosso ilustre predecessor, o Príncipe Regente.*

*Com a mais sincera admiração e profundo respeito, SIR, do mais obediente, mais diligente e mais devoto súdito de*
*Vossa Alteza Real,*

*R. Martin-Colonna De Cesari-Rocca*
*Londres*
*18 de junho, 1858*

## PERSONAGENS PRINCIPAIS

*Lady Susan Vernon*, uma adorável e encantadora jovem viúva, escandalosamente caluniada pelos DeCourcys de Parklands.

A *Autora Solteirona*, uma escritora negligente com a pontuação e com a verdade, zelosa apenas no cumprimento das diretrizes de seus patronos aristocratas.

*Sra. Alicia Johnson*, americana em exílio; amiga e confidente de Lady Susan.

*Sr. Johnson*, marido de Alicia; um homem mais velho a quem o magnífico adjetivo "respeitável" pode ser aplicado.

*Lorde Manwaring*, um homem "divinamente atraente".

*Lady Lucy Manwaring*, sua rica esposa; ex-pupila do Sr. Johnson.

*Srta. Maria Manwaring*, bom partido e irmã mais nova de Lorde Manwaring.

*Srta. Frederica Susanna Vernon*, estudante em idade casadoira; filha de Lady Susan.

*Sra. Catherine Vernon* (nascida DeCourcy), concunhada de Lady Susan.

*Sr. Reginald DeCourcy*, o belo irmão mais novo de Catherine.

*Sr. Charles Vernon*, o obsequioso marido de Catherine; irmão do falecido Frederic Vernon.

*Sra. Cross*, amiga empobrecida e dama de companhia de Lady Susan, responsável por "fazer e desfazer" os baús, etc.

*Wilson*, o mordomo de Churchill.

*Sir Reginald DeCourcy*, o pai idoso de Catherine e Reginald.

*Lady DeCourcy*, a mãe de Catherine e Reginald.

*Sir James Martin*, um jovem e alegre homem de posses, também caluniado pelos DeCourcys; pretendente das Srtas. Vernon e Manwaring; tio do Autor.

*Juliana Martin-Colonna de Cesari-Rocca*, irmã mais nova de Sir James; esposa do Coronel Giancarlo (posteriormente Jean-Charles) Colonna de Cesari-Rocca;

*Rufus Martin-Colonna de Cesari-Rocca*, seu filho e Autor desta Obra;

*Frederic Martin-Colonna de Cesari-Rocca*, seu irmão mais novo;

*Coronel Giancarlo* (posteriormente Jean-Charles) *Colonna de Cesari-Rocca*, herói da guerra de independência da Córsega, exilado em Londres com o General Paoli.

*Sr. Charles Smith*, homem maledicente e alcoviteiro; hóspede em Langford e depois em Surrey.

## LOCAIS

Langford: propriedade de Lorde & Lady Manwaring

Castelo Churchill: propriedade de Charles & Catherine Vernon, em Surrey

Parklands: residência da família DeCourcy, em Kent

Hurst & Wilford: estalagem e posto de troca de cavalos perto de Churchill

Edward Street, Londres: casa dos Johnsons na cidade

Upper Seymour Street, Londres: aposentos de Lady Susan

# AMOR & AMIZADE
## *Árvore Genealógica*

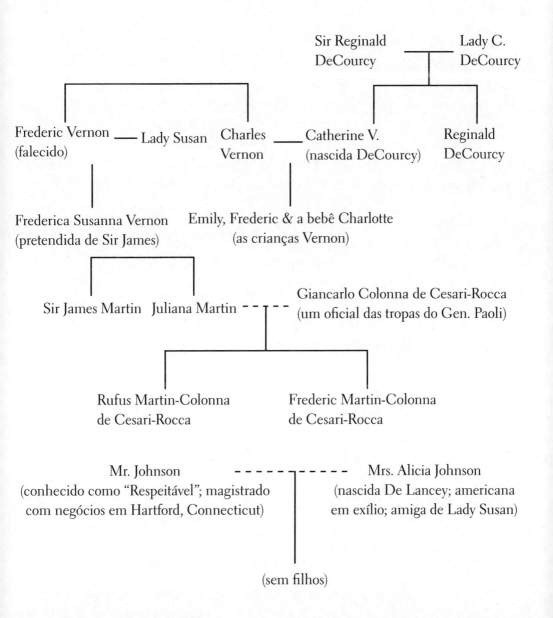

# Amor & Amizade

## WHIT STILLMAN

Da completa e total absolvição de Lady Susan Vernon
das Garras de Jane Austen

*Um relato sobre a belíssima
Lady Susan Vernon,
Sua Ardilosa Filha &
o Estranho Antagonismo da Família DeCourcy*

Publicado no Reino Unido por Two Roads,
um selo da John Murray Press,
Londres, 1858

## PREFÁCIO DO AUTOR

*"Mas, e Frederica?"* A pergunta que não quer calar. Aqueles que abrem o presente volume a repetem, creio eu, para descobrir tal resposta. E não devem se decepcionar. A história de Frederica Susanna Vernon ocupa lugar de destaque nas páginas a seguir. Eu não poderia, no entanto, gozando de sã consciência, limitar a narrativa dos apuros amorosos de Frederica. Uso a expressão "de sã consciência" propositadamente; minha própria consciência não jaz tranquila. Ao longo de minha vida, cometi atos, omiti ações e disse palavras de que não me orgulho. Não nego que as críticas e as penas a mim dirigidas possam ter alguma base tanto nos fatos quanto na lei. Não obstante minha relutância em permitir que minhas dificuldades particulares se intrometessem nesta narrativa, elas ofuscaram meu julgamento: de que a história de Frederica não pode ser separada da de sua mãe e da grande injustiça póstuma cometida contra tão admirável Lady.

Rufus Martin-Colonna de Cesari-Rocca<br>
Clerkenwell, Londres<br>
25 de maio de 1858

PARTE UM

# O 9º MANDAMENTO

"Não levantarás falso testemunho contra o teu próximo."
Êxodo 20:16-16

— Visto que este mandamento vai ainda além: para que não simulemos uma polidez jocosa e impregnada de calúnias amargas, pelas quais os vícios alheios, sob a aparência de zombaria, sejam criticados com mordacidade, tal como é do costume de muitos daqueles que obtêm o elogio de um gracejo com a vergonha e, mais, com o sofrimento de outros, uma vez que, por tal descaramento, os irmãos são por vezes gravemente difamados. Se voltarmos agora os olhos para o Legislador, a quem, por direito, não convém dominar menos os ouvidos e a alma do que a língua, por certo virá à mente não serem menos proibidas a avidez em escutar as calúnias assim como a propensão inoportuna aos juízos desfavoráveis.*

— João Calvino, *Institutas da Religião Cristã*

---

* N.T.: CALVINO, João. *A Instituição da Religião Cristã*. Tradução de Carlos Eduardo de Oliveira. São Paulo: Ed. Unesp, 2008, Tomo I, Livro II, p. 390.

## UMA NARRATIVA HONESTA DE FALSO TESTEMUNHO

Aqueles que sustentam falso testemunho contra inocentes e virtuosos são merecidamente condenados. E quanto, todavia, àqueles que levantam falso testemunho contra outros cujo histórico não é "imaculado"? Cometer um pecado ou uma indiscrição não é *viver* em pecado ou indiscrição — ainda que muitos assim o digam. Tal foi o caso da família DeCourcy, de Parklands, Kent, que disfarçou seu orgulho e sua arrogância — indefensáveis em nossa Fé — do escrúpulo moral e da correção. E, seguindo os costumes de nossa Aristocracia, os DeCourcys não conduziram suas pérfidas vendetas com as próprias mãos, mas por intermédio de bajuladores e arrivistas de seus círculos, nesse caso a Autora Solteirona, notória pela pena venenosa de suas ficções, oculta debaixo da pele de cordeiro do Anonimato.

Que outras personagens facínoras posteriormente se aliassem à cruel rixa não exonera aquela singular *Lady* de sua culpabilidade. Tendo eu próprio sido alvo de semelhantes ataques, estou a par da quase impossibilidade de se limpar um nome de bem de tais máculas. E se o nome em questão não for *tão de bem* assim, a quase impossibilidade torna-se ainda mais definitiva. Não importa o que digam, independentemente de quão verdadeira e bem fundamentada seja a defesa ou argumentação, a reputação da pessoa está manchada para sempre; e mesmo as negações irrefutáveis servirão apenas para disseminar ainda mais as calúnias originais.

Se defender a reputação de uma pessoa já é difícil quando ela ainda está neste mundo — cercada por seus documentos, sua correspondência, seus compromissos diários e *obiter dicta* de toda espécie, com a memória ainda lúcida a atuar em defesa própria — imagine quão mais árduo não é depois que ela já não está mais entre nós?

Lady Susanna Grey Vernon era minha tia — a mais amável e cativante mulher que alguém poderia conhecer, uma figura ilustre de nossa Sociedade e Nação. E estou convencido de que as insinuações e acusações levantadas contra ela são, em sua quase totalidade, inteiramente falsas.

*Assumi como minha missão divina a tarefa de provar isso ao mundo.*

Sir Arthur Helps, o grande biógrafo do Príncipe Henrique, o Navegador, heroico desbravador da Era dos Descobrimentos, assim descreveu o "lema nada raro" do Príncipe:

"Um homem vislumbra algo que precisa ser feito, sabe que ninguém mais o fará a não ser ele, e assim é arrastado para a empreitada..."\*

Tal máxima também reflete minha motivação: ao ver como uma autora anônima empenhou-se e foi notoriamente bem-sucedida ao manchar a reputação de uma adorável dama, quando ninguém ainda vivo está suficientemente a par das circunstâncias relevantes para provar que tais escândalos são amplamente falsos, a tarefa coube a mim. Em auxílio à minha diligência veio a descoberta de parte de um diário escrito por Lady Susan, desconhecido por seus difamadores, que refutará amplamente tais insinuações cruéis. *Deixe que os perseguidores e detratores sucumbam às consequências!*

---

\* Curiosamente, outro memorialista, o sobrinho da solteirona, citou a mesma passagem ao explicar a *sua* motivação ao escrever *sua* memória de *sua* tia. Posto que ambos os exploradores e autores lançam-se em "viagens de descobrimento", tal coincidência não é surpreendente.

## CASTELO CHURCHILL,
## OUTONO DE 1794

Charles Vernon, o novo dono da propriedade de Churchill, era um grande homem, em todas as dimensões e sentidos. A meu ver, a benevolência é sempre um atributo individual. Nós temos uma urgência de falar genericamente, mas, em última instância, tudo o que jaz sob o sol é específico. Não obstante, padrões podem ser discernidos e as cifras que um autor espera angariar dependem em grande escala do sucesso — não da verdade — das generalizações que ele propõe.

Sob esse prisma, eu me arriscaria a afirmar que homens altos são mais sábios e mais generosos em seus julgamentos do que aqueles de estatura mediana. (Muitos homens baixos são similarmente generosos; uma minoria combativa tem, contudo, conferido a tal estatura uma reputação de belicosidade, vide o Imperador Napoleão. De um modo geral, o restante de nós, de estatura mediana, não possui nenhum atributo em específico.)

Já mais velho, quando finalmente vim a conhecê-lo, o temperamento gentil e *sanguíneo* de Charles Vernon permanecia inabalado. Ele assemelhava-se a um enorme carvalho sob o qual muitos poderiam repousar à sombra de seus galhos cheios de folhas. Era o "tio" bondoso que se tornava o favorito de todo e quaisquer sobrinhos, sobrinhas, primos e netos. Seu entusiasmo, no entanto, tornou-o cego aos defeitos de alguns, especificamente àqueles dos presunçosos e arrogantes DeCourcys a quem o Destino — e a ardilosa beleza de Catherine DeCourcy — o ligou (o Destino entrelaçou a sina de todos eles).

Tal miopia benigna talvez seja salutar à felicidade conjugal, mas inviabilizou qualquer possibilidade de Charles Vernon proteger os demais da malícia dos DeCourcys. Suas intenções, contudo, nunca foram nada senão virtuosas.

Naquela manhã, enquanto Charles Vernon conduzia sua portentosa figura pelos elegantes aposentos do Castelo Churchill (com graça surpreendente; muitos homens robustos possuem essa capacidade), sua esposa, Catherine (nascida DeCourcy) estava sentada à escrivaninha no Salão Azul.

— Catherine, minha querida — ele disse, com sua habitual ternura —, ao que tudo indica, Lady Susan finalmente virá nos visitar... De fato, ela já está a caminho.

Reginald DeCourcy, irmão mais novo de Catherine, se aproximava naquele exato momento.

— Lady Susan Vernon?! Meus cumprimentos por estar prestes a receber a rainha do flerte de toda a Inglaterra!

— Você a julga mal, Reginald — Charles redarguiu.

— Como assim?

— Assim como inúmeras mulheres belas e distintas, nossa cunhada tem sido vítima do espírito invejoso que reina em nossa terra.

— Invejoso? — Catherine perguntou. Aqueles inseridos no círculo dos DeCourcy reconheceriam seu tom insinuador.

— Sim — Charles respondeu. — Como qualquer outro, Susan está sujeita a fazer algo ou proferir um comentário que pode ser mal interpretado... Embora eu não possa deixar de admirar a coragem com a qual ela tem suportado severos infortúnios.

Reginald, em respeito ao cunhado, desculpou-se com uma mesura:

— Desculpe-me. Meu comentário foi inapropriado.

O olhar de Catherine sugeria que não. O latido estridente dos cachorros atraiu a atenção de Charles; ele pediu licença e se retirou. Catherine continuou a analisar a carta que o marido deixara com ela.

— Por que Lady Susan, que estava tão bem estabelecida em Langford, deseja visitar-nos tão repentinamente?

— Que justificativa ela oferece?

— Sua "ânsia em encontrar-me" e "conhecer as crianças". Ela nunca teve essa preocupação antes.

Uma nota de mágoa ou ressentimento poderia ser detectada na voz dela. Admiro aquelas pessoas que estão dispostas ou, o que é ainda mais admirável, firmemente resolutas a superar as vaidades e os antagonismos do passado. Catherine Vernon não era uma delas.

## UMA BREVE NOTA, UMA INTERRUPÇÃO

O leitor talvez possa se perguntar como eu, uma criança de não mais que 5 anos à época, poderia aventurar-me a recontar em detalhes conversas nas quais não estava presente e, ainda, fazê-lo na mais perfeita confiança de sua precisa acurácia.

Eis a explicação: este relato é extraído de um convívio íntimo com os envolvidos, bem como de suas cartas, seus diários e suas lembranças. Em inúmeros casos, fui obrigado a fiar-me parcialmente no relato duvidoso da autora solteirona,* todavia indiquei tais passagens, acrescentando meu próprio comentário no que concerne à sua provável veracidade. A verdadeira explicação faz parte do mistério.

A adorável Sra. Alicia Johnson, uma personagem encantadora que o leitor em breve conhecerá, certa vez ressaltou: "É deveras fascinante, Sr. Martin-Colonna de Cesari-Rocca — (apesar de suas origens americanas, Sra. Johnson adquiriu a mais pura postura inglesa e uma notável formalidade, em virtude de sua longa permanência em nosso país; posto que eu mesmo, sem pretensão, uso o mais simples "Martin-Colonna". Claro que na escola ele foi abreviado para "Cólon", o que encarei com bom humor,

---

\* Para que o leitor possa constatar diretamente a falsidade do relato da solteirona, o editor incluiu o texto integral dela em anexo. Ficaram de fora, no entanto, as versões anteriores que descreviam as cenas reais (e como ela as deturpou) antes que ela transformasse seu relato num gênero epistolar, influenciada pelo autor de *Pamela* e a falecida Fanny Burney (Madame D'Arblay), cujo prestígio literário e social ela procurou ter refletido sobre si, embora sem sucesso evidente.

algo que também é de minha natureza) —, sua inquietante habilidade em descrever eventos ocorridos há anos com tamanha exatidão é de fato impressionante. Que criança o senhor deve ter sido! Em muitos desses eventos, o senhor nem mesmo poderia estar presente."

Minha estimada mãe também trouxe luz à questão quando declarou, "Por que você se preocupa em construir sua riqueza no comércio de madeiras raras e preciosas quando, com suas habilidades, poderia realizar qualquer projeto no qual se empenhasse? Poderia dedicar-se à Literatura como Pope, ou à História como o grande Gibbon; sua habilidade em imaginar com exatidão épocas já transcorridas e cenas do passado, nas quais não estava presente, beira a indecência; no entanto, você insiste no periclitante e especulativo comércio de madeiras raras, uma posição nada digna de um Martin..."

Os pais, entretanto, não podem determinar nosso caminho; por mais sábios que sejam seus conselhos, seguiremos as orientações de noss'alma, aonde quer que ela nos leve.

## UM AGRADÁVEL REFÚGIO CAMPESTRE, APESAR DE ENFADONHO

Ao contrário dos DeCourcys, que se orgulhavam de sua suficiência, havia muitos que dependiam — e eram profundamente gratos — de Lady Susan por sua amizade. Tal era o caso da Sra. Fanny Cross, uma viúva cujo falecido marido, titular majoritário das ações da Companhia das Índias Orientais, revelou-se um devedor *majoritário*. Para socorrer a amiga, Lady Susan propôs que a Sra. Cross a acompanhasse até Churchill, transformando um percurso que poderia ter sido entediante em uma agradável jornada para ambas.

— Meu cunhado, Charles Vernon, é muito rico — Susan dizia enquanto a carruagem era puxada pela Estrada de Surrey. — Uma vez que um homem tem seu nome acolhido em uma instituição bancária, é porque está nadando em dinheiro. Portanto, não é nada racional que sua esposa se ressinta da soma que ele me adiantou.

— Decididamente nada racional — concordou Sra. Cross.[*] — Deveras irracional.

— Eu não tenho dinheiro, nem marido, mas, como dizem, nos apuros de alguém reside a oportunidade de outrem. Não que tenha me ocorrido pensar em termos oportunistas...

— Certamente não. Jamais.

O Castelo Churchill localiza-se sobre um terreno ligeiramente elevado, embora não pudesse ser considerado uma "colina".

---

[*] Estes eventos me foram relatados de memória pela própria Sra. Cross.

— Churchill está à vista, vossa senhoria! — o cocheiro avisou.

Lady Susan inclinou-se à frente para ter um vislumbre do magnífico castelo ancestral à medida que ele se descortinava atrás da vegetação agora castanho-avermelhada.

— Céus! — ela exclamou. — Que tédio...

Sra. Cross seguiu o seu olhar:

— Sim, *sem dúvida* entediante.

Para os visitantes que chegavam a Surrey, na época ainda parte de um sudeste um tanto rústico, poucas visões seriam mais acolhedoras do que a de Charles Vernon descendo as escadas do castelo, com o rosto iluminado pela mais cordial das expressões, de mãos dadas com dois de seus jovens rebentos, ajudando-os a vencer os degraus.

As saudações foram afetuosas, Sra. Cross foi apresentada e as crianças — a pequena Emily e o pequenino Frederic — ficaram deslumbradas com sua bela tia. Mas uma nuvem nublou a chegada da dupla quando o lacaio depositou o baú da Sra. Cross não na residência principal, mas na ala dos serviçais. Sra. Cross foi confundida como criada de Lady Susan e o embaraço da respeitosa senhora foi imenso.

Wilson, mordomo de Churchill, rapidamente dedicou-se a reparar o deslize.

— A Sra. Cross é amiga de Lady Susan e deve ser alojada no quarto contíguo ao dela — ele instruiu o lacaio.

O constrangimento foi apaziguado, os quartos convenientemente preparados – com a Sra. Cross acomodada na pequena câmara adjacente aos aposentos de Lady Susan, e o fato de que a Sra. Cross visitava Churchill como amiga de Lady Susan, não como sua criada, foi, portanto, esclarecido para todos. Para a Sra. Cross, contudo, ser útil era um *hobby*; era com prazer que ela desfazia os baús de Lady Susan e cuidava de suas roupas. Enquanto o fazia, Lady Susan — também uma inimiga da indolência — dedicava-se às suas joias. A conversa, nesse ínterim, tornava a tarefa de ambas mais agradável.

— Não tenho razão para queixar-me da recepção do Sr. Vernon — Susan observou — mas não estou plenamente satisfeita com a de sua esposa.

— Não — a Sra. Cross concordou.

— Ela é perfeitamente dotada de boas maneiras, o que é uma surpresa, mas seus modos não me persuadiram de que ela está inclinada a meu favor. Como você notou, procurei ser o mais amável possível...

— Deveras amável — a Sra. Cross atalhou. — De fato, realmente encantadora... desculpe-me por falar assim...

— De modo algum... É verdade. Queria que ela se deleitasse comigo; mas não fui bem-sucedida.

— Não consigo entender.

— É verdade que sempre a detestei. E que, antes de seu casamento, envidei esforços consideráveis para impedi-lo. Ainda assim, sua atitude revela um espírito iliberal ao se ressentir há tanto tempo por um plano que não deu certo.

— Decididamente pouco liberal — Sra. Cross disse. — Bastante iliberal.

— Minha oposição ao seu casamento e posteriormente minha intervenção ao tentar impedir que ela e Charles comprassem o Castelo Vernon talvez tenham lhe passado uma impressão desfavorável a meu respeito. Mas creio que, onde há disposição para o malquerer, um pretexto logo será encontrado.

— Não deve se reprovar...

— Não o farei. O passado é passado. Dedicar-me-ei às crianças. Já sei o nome do casal e decidi apegar-me particularmente ao pequeno Frederic, sentando-o em meu colo e caindo de amores por ele por conta da semelhança com seu querido Tio.

Uma batida na porta interrompeu as confidências.

Wilson, o mordomo, entrou e fez uma reverência:

— Com os cumprimentos da Sra. Vernon, vossa senhoria. A madame pergunta se milady e Sra. Cross gostariam de se juntar a ela para o chá.

— Com prazer — Susan respondeu, lançando um rápido olhar para a amiga. — Sra. Cross prefere repousar, mas agradeça a Sra. Vernon. Juntar-me-ei a ela sem demora.

## UMA NÓDOA ESCARLATE
## NO SALÃO DOURADO

Mesmo em mansões com muitos cômodos, um deles se torna o local favorito para as reuniões. Em Churchill, era o espaçoso Salão Dourado, decorado num opulento estilo *banker*, num tom escuro de amarelo. Enquanto ocupava-se com o serviço de chá a duas portas de distância, Catherine Vernon também estava de ouvidos atentos à conversa de Lady Susan, que elogiava o jovem Frederic.

— Sim, Frederic — Susan estava dizendo —, vejo que tem bastante apetite. Você vai crescer e se tornar um homem alto e bonito como seu tio... e seu pai.

Catherine se aproximou justamente quando o pequeno Frederic brincava de maneira irrefletida com o pote de geleia.

— Frederic, tenha cuidado! — ela avisou.

O pote caiu com estardalhaço, imediatamente seguido da risada de prazer de Susan. Ela se recompôs, levantando parte da saia de seu vestido, que ostentava uma nódoa de geleia vermelha.

— Sinto muito! — Catherine disse.

— Não por isso... A semelhança familiar é tamanha; até me comove.

— Você vai querer se trocar...

— Oh, não, vamos tomar nosso chá enquanto está quente — Susan disse tomando a dianteira rumo à mesa de chá. — A Sra. Cross é genial para lidar com tecidos.

— Tem certeza?

— Oh, sim!

Lady Susan tinha a maravilhosa qualidade de estar sempre de bom humor independentemente das circunstâncias. Uma vez sentada, ela pousou de maneira suave o guardanapo sobre a mancha de geleia enquanto educadamente mudava de assunto.

— Como o Frederic me lembra seu querido tio!

— Você acha que há semelhança?

— Sim, e notável; os olhos...

— Os olhos de Frederic Vernon não eram castanhos?

— Refiro-me ao formato e ao caimento da testa...

— Oh.

— Devo agradecê-la por esta visita; receio que a notícia de última hora deve ter sido uma surpresa.

— Somente porque soube que você estava confortavelmente estabelecida em Langford.

— É verdade; Lady Manwaring* e o marido fizeram-me sentir bem-vinda. Mas seu temperamento aberto os levava com frequência aos compromissos da sociedade. Posso ter tolerado tal vida uma vez, mas a perda de um marido como o Sr. Vernon não é suportada com facilidade. Estar aqui com vocês, em seu encantador retiro — com um adorável aceno de cabeça, ela olhou pela janela — tornou-se meu mais terno desejo...

— Fiquei feliz com a chance de reencontrá-la.

— Se me permite uma confidência — Susan segredou — Langford não era o lugar ideal para minha filha. Sua educação foi negligenciada, falta pela qual só culpo a mim mesma: a doença do Sr. Vernon me impedia de devotar-lhe a atenção, o zelo e afeto devidos. Eu a enviei, portanto, para a excelente escola mantida pela Srta. Summers.

— Creio que teremos a visita de Frederica em breve.

— Uma visita, por mais prazerosa que pudesse ser, representaria muitos dias e muitas horas deduzidas da Grande Missão Educativa; e receio que Frederica não poderia arcar com tais deduções.

— Mas ela virá para o Natal...

— Ai de mim, não — Susan continuou. — A Srta. Summers só pode dedicar-lhe a atenção especial de que ela necessita nessa ocasião. — Erguendo o guardanapo, Susan olhou de relance para a mancha de geleia.

---

* Pronuncia-se "Mannering", com o "w" mudo.

— Sinto muito — Catherine repetiu.

— Não por isso! Se me der licença, entregarei meu vestido a Sra. Cross, que sempre anseia por atividade após o repouso.

Susan levantou-se, segurando o tecido delicadamente.

— Quando a Sra. Cross aplicar sua genialidade, receio que todo e qualquer traço da interessante arte do pequeno Frederic desaparecerá.

Na manhã seguinte, Catherine Vernon escreveu para a mãe com um tom alterado:

> *É forçoso confessar, querida Mãe, contra toda e qualquer inclinação de minha parte, que mui raramente vi Mulher tão adorável quanto Lady Susan. Ela é pálida, com belos olhos cinzentos & cílios negros; e, a julgar por sua aparência, ninguém diria que tem mais de 25 anos, conquanto, de fato, ela sem dúvida é dez anos mais velha. Certamente que eu não estava disposta a admirá-la, apesar de sempre ouvir comentários a respeito de sua beleza; mas não posso deixar de sentir que possui uma união incomum de Simetria, Resplendor & Graça. Ela se dirigiu a mim de modo tão gentil, franco e até mesmo afetuoso que, se eu não tivesse conhecimento do quanto sempre me detestou por casar com o Sr. Vernon, poderia até imaginá-la como uma amiga próxima.*

Que Catherine Vernon seja capaz de descrever Lady Susan de modo tão justo e honesto deve soar o alarme de sua verdadeira intenção, de seu real propósito.

> *Uma pessoa é capaz, creio eu, de aliar modos refinados à galantaria; na expectativa de que um trato despudorado dirija-se naturalmente a uma mente despudorada; eu, pelo menos, estava preparada para que Lady Susan demonstrasse um inapropriado nível de confiança; mas a doçura em seu semblante era absoluta, e sua voz e suas maneiras sedutoramente brandas.*
> *Lamento que assim seja, mas o que é tudo isso se não um Engodo? Infelizmente, ela é bem conhecida. É astuta & gentil, possui todo aquele conhecimento de mundo que faz uma conversa fluir com facilidade, e se expressa muito bem com um esplêndido domínio da Linguagem, que mui frequentemente é empregada, acredito, para fazer o Preto parecer Branco.*

Eis aqui um exemplo cabal da "Inversão DeCourcy" — uma conclusão que não apresenta relação alguma com o argumento que a precede, marcada sobretudo pela malícia.

Enquanto isso, nos aposentos de Lady Susan, sua amiga, Sra. Cross, achou a mancha de geleia mais difícil de remover do que anunciado. A lealdade de Lady Susan apoiou com sua presença os esforços da Sra. Cross.

Examinando algumas correspondências que tinha negligenciado, Lady Susan perdeu o fôlego.

— Algo perturbador? — perguntou Sra. Cross.

— Sim, decerto que sim; a conta da escola da Srta. Summers. As taxas estão muito elevadas para que o pagamento sequer seja considerado; o que, de certo modo, é uma economia...

## UM ENCANTADO
## SR. REGINALD DECOURCY

Regressando cedo de uma caçada com os Lymans em Sussex, enquanto aquecia-se do frio da jornada, Reginald DeCourcy indagou sobre a célebre hóspede da irmã:

— Ela é tão bonita quanto dizem? Confesso grande curiosidade de conhecer essa Lady e ver em primeira mão seus poderes enfeitiçantes.

— Você me preocupa, Reginald.

— Não há motivo para preocupação. Apenas soube que Lady Susan possui artimanhas cativantes, que talvez seja agradável detectar.

— Você realmente me preocupa.

— Boa noite!

Lady Susan, que descia a escadaria com a Sra. Cross logo atrás, parou para cumprimentá-los. Reginald e Catherine olharam, estranhamente surpresos.

— Que expressões encantadoras!

Catherine foi a primeira a se recuperar:

— Susan, deixe-me apresentá-la meu irmão, Reginald DeCourcy. Reginald, permita-me apresentar a viúva de Frederic Vernon, Lady Susan, e sua amiga, a Sra. Cross.

Após um educado aceno de cabeça para a Sra. Cross, Reginald dirigiu-se a Susan:

— É um prazer conhecê-la; seu renome a precede.

— Receio que a alusão tenha me escapado — ela respondeu com indiferença.

— Sua reputação é como um ornamento da nossa Sociedade.

— Admito que estou surpresa. Tenho vivido quase no mais completo isolamento desde que fui assaltada pela imensa tristeza da morte de meu marido. Conhecer melhor a família dele, e também retirar-me da Sociedade, foi o que me trouxe a Churchill; não o desejo de travar novas relações frívolas. No entanto, sem dúvida é um prazer conhecer aqueles que fazem parte do círculo de minha irmã.

Lady Susan e as demais ladies seguiram para o Salão Dourado, deixando Reginald à vontade para ponderar sobre as observações da viúva.

Ao longo dos dias e das semanas seguintes, Lady Susan e Reginald DeCourcy viram-se frequentemente na companhia um do outro, tanto que poderia até parecer que ambos haviam combinado previamente. Eles passeavam pelos arbustos de Churchill e cavalgavam por seus declives. E aonde quer que fossem, se estivesse no raio de alcance de Catherine Vernon, eles podiam contar que estavam sendo vigiados. Ela monitorava cada caminhada pelo jardim ou conversa ao acaso com suspeitas crescentes, dizendo a si mesma que procurava apenas proteger o coração de seu irmão mais novo das garras de uma sedutora maligna. Em muitos aspectos, Reginald DeCourcy decerto era um jovem imaturo, mas necessitava realmente da proteção da irmã? Aqueles cuja malícia é mais aparente, não raro são justamente os mais convencidos da própria virtude. Orquestram maquinações em defesa de objetivos valorosos, ou para impedir O Mal. A verdade, porém, é que o real deleite das Catherine Vernons deste mundo é semear angústia e discórdia. Há um provérbio que diz "a miséria ama companhia"; quanto à sua veracidade não estou certo, mas que os "semeadores de miséria" amam estar acompanhados, é definitivamente um fato. Foi nesse espírito — de soar alarmes e provocar discórdia — que ela escreveu à mãe em Parklands:

> *...Estou deveras consternada diante dos artifícios desta Mulher desprovida de princípios. Que prova mais contundente de suas perigosas habilidades pode ser dada do que a perversão do julgamento de Reginald, o qual, quando entrou nesta casa, era tão contrário a Susan? Não me surpreende que ele tenha sido tão severamente abalado pela benevolência & delicadeza de suas Maneiras; mas desde então,*

*quando faz menção a ela, tem sido em termos de extraordinário louvor; e ontem ele chegou mesmo a dizer que não poderia mostrar-se surpreso diante dos mais diversos efeitos produzidos no coração de um Homem por tamanha Amabilidade & Habilidade; e quando eu lamentei, em resposta, pela notável história dela, ele observou que onde quer que pudessem ser apontados seus erros, eles deviam ser imputados à sua negligenciada Educação & Casamento precoce, e acrescentou que no cômputo geral ela era uma Mulher maravilhosa...*

A Sra. Cross, que também notou o tempo que Lady Susan e Reginald passavam em companhia um do outro — às vezes ela fazia uma pausa em seus afazeres para contemplar os dois caminhando pelos jardins de Churchill — não era tão arrogante a ponto de presumir-se ciente dos sentimentos particulares dos dois, deixando de lado as vis maledicências.

— Percebo que está achando a sociedade com o Sr. DeCourcy mais agradável — ela comentou por alto quando Lady Susan retornou de um dos passeios.

— Até certo ponto... A princípio, sua conversa o traía, deixando transparecer uma impertinência e certo excesso de liberdades que é de minha aversão... mas então notei a qualidade de um idealismo pueril que, este sim, me é mais interessante. Quando eu o inspirar uma bela dose de respeito, muito superior àquela que a diligência de sua irmã o fez crer que poderia nutrir, ele poderá, de fato, tornar-se um agradável flerte.

— Ele é bonito, não acha?

Susan refletiu sobre a questão.

— Sim, como um bezerrinho; não como Manwaring... Ainda assim, devo confessar que existe um certo prazer em fazer uma pessoa, predeterminada a desgostar, admitir a superioridade de outrem... Que deleite será subjugar o orgulho desses pomposos DeCourcys!

## UM CONTO DE PERJÚRIO

Certa tarde daquela semana, Reginald cavalgou até Hurst & Wilford para despedir-se do amigo Hamilton, que, a caminho de Southampton, lá fez uma parada. Os velhos amigos — se semelhante termo pode ser aplicado a homens tão jovens — compartilharam uma refeição e uma garrafa do segundo melhor vinho *claret* do Sr. Wilford. A ocasião era o remanejamento de Hamilton para as tropas do Tenente-Coronel Wesley (posteriormente, ele retornou para "Wellesley") nas Províncias Unidas, antes de sua derrota pelos franceses.

Outro freguês que estava na estalagem, o Sr. Charles Smith, reparou nos dois mancebos e, quando eles terminaram a primeira garrafa, pediu que Wilford mandasse uma segunda, mas de sua melhor safra. Esse Smith, ciente de que Lady Susan era hóspede em Churchill, estava particularmente interessado em travar relações com Reginald: como Lady Susan, ele visitara Langford recentemente, a propriedade de Staffordshire que Lorde e Lady Manwaring haviam adquirido logo após o casamento, e pensou em retribuir a hospitalidade dos anfitriões difamando outro de seus hóspedes. Depois que Hamilton partiu, Smith insinuou-se, falando com aquele tom sabido e confidente, usado por caluniadores de toda parte.

— Eu não ignorava a reputação de Lady Susan Vernon antes de chegar a Langford; prevenido que fui para considerá-la uma distinta praticante das artes do flerte.

A este ataque inicial, Reginald não deu resposta, visto que era compatível com a visão preconceituosa que ele próprio sustentara inicialmente. Mas Smith não encerrou o assunto por aí.

— Ao longo do curso de minha estadia, sua conduta revelou que ela não se contenta com aquela espécie de flerte inocente que satisfaz a maioria de seu sexo. Ao contrário, ela aspira à mais deliciosa gratificação de instaurar a miséria no seio de toda uma família.

Tal afirmação ofendeu Reginald, que protestou com veemência. Uma terceira garrafa de *claret* foi pedida; Smith exibiu-se, pousando o nariz sobre o cálice, como se a inteligência assim pudesse substituir aquilo que os outros confiam à língua — mas tal encenação fora premeditada para preparar o terreno para a calúnia:

— Por seu comportamento com Lorde Manwaring, Lady Susan plantou o ciúme e a desventura na esposa dele, e pelas atenções dispensadas a Sir James Martin, um jovem previamente comprometido com a irmã de Lorde Manwaring, Maria, ela privou aquela amável garota de seu amante. Assim, mesmo sem o charme da juventude, Lady Susan atraiu ao mesmo tempo, na mesma casa, a afeição de dois homens, que não tinham, ambos, a liberdade de concedê-la.

Reginald, ruborizado, contra-argumentou e negou, mas como Lady Susan falara bem pouco de sua passagem por Langford, exceto por menções à amizade com Lady Manwaring e o marido, ele tinha pouca informação com a qual contestar as calúnias de Smith. Finalmente convencido, a desonestidade ganhou o dia, como sempre costuma acontecer, e a confiança de Reginald em Lady Susan estava abalada. Catherine Vernon regozijou-se e estava prestes a escrever para a mãe. Smith, todavia, apesar da admiração fingida pelas "habilidades excepcionais" de Lady Susan, subestimou-as imperdoavelmente. Ela não seria traduzida por um canalha daqueles.

Depois que Reginald lhe deu os pormenores de sua acusação, Lady Susan inquiriu:

— O senhor não percebe a que espécie de homem tal contador de causos pertence? À espécie que faz avanços indecentes a uma viúva ainda em luto, sob o teto de amigos em comum, usando linguagem e expressões que qualquer mulher honrada consideraria tão repugnantes quanto revoltantes; que, quando inequivocadamente rechaçado, lança-se então à vingança de um canalha, procurando impugnar a reputação da Lady cuja pessoa ele foi proibido de macular!

Dentro de uma semana, Sr. Smith tornou-se um pária naquele distrito; ele partiu, fugindo das ameaças de processos legais, e nunca mais retornou.

## DEZEMBRO: PARKLANDS

Parklands, o lar ancestral da família DeCourcy, era conhecido pela arrebatadora beleza palladiana de seu exterior, totalmente camuflada pela sordidez da família que vivia no interior. Sir Reginald DeCourcy, o patriarca e quiçá o membro menos reprovável desse detestável clã, ainda assim era o tipo intratável e insensível de baronete, retratado gentilmente na literatura de nossos dias. Embora ele não tenha se empenhado em causar miséria na vida alheia, o orgulho exorbitante da família atingiu com louvor um resultado similar.

Por semanas, Sir Reginald ansioso aguardava o retorno, já há muito postergado, do filho, bem como a visita sazonal dos Vernons, de modo que a chegada de uma carta de Catherine interessava-lhe particularmente. A missiva, no entanto, era endereçada a Lady DeCourcy, que permanecera na cama naquela manhã acometida por uma febre leve, que ela tinha a esperança de que se tornasse ainda mais branda. Assim, Sir Reginald levou a carta para a esposa e assistiu atentamente enquanto ela desdobrava as páginas.

— Espero que Catherine chegue logo — Lady DeCourcy suspirou. — Essa época do ano é tão triste sem as crianças.

Ela tentou focar na letra da filha, sempre difícil de decifrar, especialmente com olhos marejados.

— Receio que este resfriado tenha afetado meus olhos.

— Poupe seus olhos, minha querida; eu leio para você.

— Não, está tudo bem...

— Eu insisto. Você deve repousar.

Sir Reginald abriu os óculos* e pegou a carta.
— Agora, vejamos...
Sir Reginald leu um pouco para si antes de começar.
— Catherine espera que você esteja bem... Ela pede mais especificamente que você me transmita seus votos de afeição.
Ele se virou para Lady DeCourcy, na expectativa.
— Sim, e...? — ela disse.
Sir Reginald voltou para a carta, que começou a trazer notícias indesejadas.
— Reginald decidiu permanecer em Churchill para caçar com Charles! Ele menciona o "tempo bom e aberto".
Sir Reginald virou-se para olhar pela janela.
— Mas que desvario! O tempo não está nem um pouco aberto.
— Talvez esteja por lá, ou estava quando ela escreveu... Você poderia apenas ler, meu caro?
— O quê?
— As palavras.
— *Ipsis litteris*?
— Sim; algo da voz de Catherine mostrar-se-á presente.
— Você não está muito cansada?
— Não. O que ela escreve?
— Há alguma coisa a incomodando?
— Creio que meus olhos já desanuviaram — Lady DeCourcy respondeu. — Eu leio.
— Não. Lerei cada palavra, vírgula e travessão se assim deseja! Eis: — ele retomou a leitura — *"Estou profundamente desassossegada (vírgula) minha estimada Mãe (vírgula) com Reginald (vírgula) ao testemunhar o crescimento vertiginoso da influência dela (ponto-e-vírgula)..."*
— Apenas as palavras, por favor.
— Nada de pontuação? Muito bem, muito mais fácil: *"Ele e Lady Susan agora estão empenhados na mais particular das amizades, frequentemente engajados em longas conversas juntos"*. Lady Susan?
— Lady Susan está visitando Churchill.

---

\* Uma inovação naquele período. Apesar das lentes de leitura terem se originado no séc. XIII, na Itália, os óculos como os conhecemos, com armações que são sustentadas pelas orelhas, foram uma invenção inglesa do último século.

— Lady Susan Vernon?
— Sim.
— Como Reginald poderia se engajar em conversas com Lady Susan Vernon? Conversas que são — ele examinou a carta — *"longas"*... O que eles teriam para conversar?
— Meus olhos estão definitivamente desanuviados. Eu mesma leio. Não se preocupe...
— Se meu filho e herdeiro está envolvido com tal lady, devo me preocupar!

Sir Reginald agora lia com um tom francamente alarmado: *"Lamento sinceramente que ela um dia tenha posto os pés nesta casa! Seu poder sobre ele não tem limites. Ela não só transfigurou inteiramente a má opinião que Reginald tinha a respeito dela, como o persuadiu a justificar sua conduta nos termos mais passionais".*

Sir Reginald deixou a carta de lado e retirou os óculos.
— Devo partir...
— Não... Eu escreverei...
— Se isso está acontecendo agora, não há tempo.
Sir Reginald saiu como um relâmpago para se preparar para a jornada.

Reginald DeCourcy ficou perplexo ao receber a convocação de seu pai para um encontro na Hurst & Wilford. O que poderia explicar tal estranheza? A aversão de Sir Reginald a viagens era bem conhecida; ele sempre preferia permanecer em suas terras. Não menos surpreendente era o pedido de um encontro em Hurst & Wilford, em vez de diretamente em Churchill. Reginald já vira o bastante naquele outono para suspeitar da intromissão de Catherine. Assim, ele cavalgou até a estalagem, em parte ressentido com a interferência da irmã, pensando em repreendê-la por isso, mas em parte oprimido pela consciência do próprio descaso para com suas obrigações filiais.

Ao chegar à estalagem, Reginald deparou-se com o pai praticamente sozinho no salão principal, aquecendo-se de costas para a lareira.
— Meu pai! Que maravilha vê-lo aqui...
Sir Reginald não respondeu.
— O senhor goza de boa saúde, eu presumo. Como está minha mãe?
Sir Reginald permaneceu em silêncio postado diante do fogo.

— O que o traz aqui?

Com uma espécie de grunhido, Sir Reginald gesticulou para que o filho se sentasse e então fez o mesmo, jogando para trás a cauda de seu casaco enquanto assentava-se na poltrona.

— Não apelarei a dissimulações alegando que tenho negócios neste distrito — ele começou. — O motivo da minha vinda é muito mais importante.

— O que poderia ser de tamanha importância?

Desacostumado a interrogatórios, Sir Reginald não tinha a inclinação de encorajá-los com o hábito de responder.

— Sei que os jovens não admitem questionamentos nos assuntos do coração, mas, como filho único de uma família de linhagem, você deve estar ciente de que sua conduta é de nosso maior interesse. Especialmente nas questões pertinentes ao matrimônio, tudo está em jogo: sua felicidade, a nossa, a credibilidade do nome de nossa família, inclusive sua preservação...

— Mas meu pai...

— Cale-se! Sei que você não contrairia deliberadamente um compromisso sem nos informar, mas não posso deixar de temer que seja enredado em uma obrigação à qual nenhum de nós poderá se opor.

— Aonde quer chegar, Sir?

— Talvez a atenção que Lady Susan agora lhe dedica seja fruto apenas da vaidade... ou do desejo de conquistar a admiração de um homem que ela supõe nutrir preconceitos contra ela. É mais provável, no entanto, que esteja mirando em um alvo maior. Compreendo que Lady Susan naturalmente deve estar à procura de uma aliança favorável para si, mas apenas pela idade que tem ela deveria...

— Meu pai! O senhor me espanta!

— O que o espanta?

— Que o senhor impute tais ambições a Lady Susan. Ela jamais tramaria algo assim! Mesmo seus inimigos reconhecem seu vasto conhecimento. Meu único interesse tem sido desfrutar da conversa revigorante de uma lady de espírito superior; mas o preconceito de Catherine é tão grande que...

— Preconceito? A negligência de Lady Susan para com a memória do marido morto, sua extravagância e dissipação, o encorajamento que dá a outros homens é tão notório que...

— Basta, Sir! Tais alegações não passam de vis calúnias. Eu poderia explicá-las uma a uma, mas não lhes concederei tal dignidade. Sei bem que o senhor passa pouco tempo na Sociedade...

— Nenhum.

— Pois se a frequentasse com mais assiduidade estaria a par do assombroso nível de vilania e da inveja odiosa que predomina em nosso país.

— Não ouse depreciar nosso país, Sir! Não desejo apelar aos seus temores, mas à sua razão e sensibilidade. Não posso impedir que você herde a propriedade da família, e minha habilidade de atazaná-lo durante minha vida seria uma espécie de vingança à qual eu dificilmente me dedicaria...

— Meu pai, isso não é necessário...

— Não, deixe-me continuar. Uma conexão permanente entre você e Lady Susan Vernon destruiria todo o conforto de nossas vidas: seria a morte do orgulho sincero com o qual sempre nutrimos a mais alta consideração por você; seria vergonhoso ver-te, ouvir teu nome, mesmo pensar em você.

— Meu pai, com a mais profunda humildade, deixe-me dizer que isso que o senhor está imaginando é... impossível.

Reginald regressou agitado e ultrajado da audiência, pelo ardil de sua irmã. Ela envenenara desnecessariamente a paz de espírito e a tranquilidade do mais velho dos DeCourcys; tal é o sabor do fruto amargo semeado por fofocas maliciosas.

Decidido a confrontar Catherine assim que retornasse, Reginald, no fim das contas, não teve chance de fazê-lo. A chegada de uma carta naquela manhã deixou a casa em polvorosa. *"Mas, e quanto a Frederica?"* O leitor pode muito bem se perguntar a esta altura; o início de uma resposta está quase ao alcance. Entre as cartas daquela manhã havia uma da escola de Frederica. Lady Susan pressupôs que fosse outra notícia inoportuna acerca das taxas moralmente abusivas da instituição, mas a Srta. Summers escrevera sobre outro assunto.

— Não! — Lady Susan exclamou de repente.

Catherine, empenhada em seus trabalhos de agulha, levantou os olhos, preocupada.

— Não posso crer! — Susan disse. — Isso... desafia a compreensão!

— O quê? — Reginald perguntou.

— Frederica fugiu... Fugiu da escola!

— Que terrível! Para onde?

— Eles não sabem.

— Ela está perdida?
— Não; eles perceberam o plano dela cedo o bastante para interceptá-la. Mas que disparate! Para onde ela cogitaria ir?
— Certamente, para cá — Reginald arriscou.
— Não, este é o último lugar para o qual ela viria; quero dizer, a menos...
— Mas — Catherine interveio — ela deve sentir sua falta terrivelmente...
— Decerto. Só não creio que Churchill fosse seu objetivo. Suas únicas relações são os Clarkes, em Staffordshire... mas e os perigos de uma jornada assim?!

Ela retomou a leitura.

— Isso é ultrajante! A Srta. Summers exige que Frederica seja retirada da escola! Não! Isso não pode ficar assim! Creio que a Srta. Summers agarra-se à impressão de que, por eu ser uma viúva sem fortuna, posso ser intimidada. Ela evidentemente esquece que Frederica é uma Vernon!

Susan virou-se para eles.

— Charles deve colocar tudo em seu devido lugar. Ao ser confrontada com seu imponente valor, mesmo a diretora de uma escola deve ser persuadida a agir corretamente!

Para Lady Susan, qualquer ida a Londres, mesmo em caráter de urgência, também era uma oportunidade de ver sua confidente íntima, a Sra. Alicia Johnson (a quem eu mencionara anteriormente). O companheirismo dessas duas damas era um monumento àquela capacidade particular de cultivar uma amizade desfrutada pelas mulheres de sensibilidade.

(Lamentavelmente, as conversas cândidas e cheias de humor delas forneceriam o combustível para o posterior vilipêndio de suas figuras nas mãos da autora solteirona. Acho que todos nós temos uma autora solteirona em nossas vidas, mesmo que seja aquele demônio interior que escarneia e denigre todas as nossas ações.)

Era grande a simpatia de Lady Susan por Alicia. Em primeiro lugar, Alicia era americana. A família dela estava do lado perdedor daquela escaramuça sangrenta, a Guerra de Independência dos Estados Unidos, que, em essência, foi uma discussão sobre apropriação indébita, em grande e pequena escala, em vez de uma sonora Defesa de Direitos conforme normalmente alegado. Propriedades da Coroa, receitas coloniais e, enfim, um país inteiro estava sendo dilapidado por uma corja desleal de Whigs aventureiros. Na escola, tratamos a perda que o Império sofreu de suas colônias americanas com a expressão familiar "já foi tarde!", mas para aqueles que perderam suas casas, suas fortunas, sua pátria, a derrota ainda é uma ferida aberta.

Alicia Johnson descendia do ramo de Connecticut da proeminente família De Lancey, que escolhera a lealdade ao Rei, ao País e à excelente Constituição Britânica.* Suas conexões além-Atlântico eram e permaneceram fortes: o tio de Alicia, James De Lancey (posteriormente chefe de justiça e vice-governador da Província de Nova York), e seu primo James, ambos estudaram em Eton e Corpus Christi, Cambridge, e, posteriormente, Teoria Legal no Lincoln's Inn. Para os De Lanceys, a destruição da grandiosa estátua equestre do Rei George** em Bowling Green, Nova York, derrubada por uma turba selvagem em 1776, foi um pavoroso choque. Com o desfecho catastrófico da guerra em Yorktown cinco anos mais tarde — só depois, deve-se ressaltar, as marinhas reais da Espanha e da França dos Bourbons fizeram o equilíbrio pender para o lado dos rebeldes —, muitos legalistas, que vinham desproporcionalmente das melhores famílias das colônias, escolheram o exílio. Os destinos eram as Índias Ocidentais, Halifax, ou algum lugar na província do Canadá, mas, para os De Lanceys, o retorno a Londres foi o curso natural.

Embora seus primos tivessem muitas conexões entre os ingleses, Alicia De Lancey, à época com 17 anos, tinha poucos em quem confiar. Chegando a Londres durante uma grande onda de emigração, ela achou o expandido círculo inglês de seus primos nada menos que acolhedor. Somente o parceiro de negócios de seu pai, Sr. Johnson, um cavalheiro com extensivos interesses em Connecticut, demonstrou certo atrativo, que levou a certas intenções. Mais velho e sem a mesma vivacidade e perspicácia que Alicia, ainda assim ele foi capaz de mostrar-se suficientemente charmoso a ponto de persuadi-la a tornar-se sua esposa. No entanto, com o passar

---

* Um patrimônio magnânimo de leis e tradições que tem guiado a maior das nações e, agora, impérios, e não um simples documento redigido como a tediosa & literal Constituição americana (que, no entanto, talvez sirva bem àquele povo).
** De acordo com a lenda dos Whigs, essa estátua, cunhada em chumbo, foi cortada e derretida para a fabricação de 42.088 balas de mosquete; cifra tão exata normalmente seria questionada, mas aqueles familiarizados com o caráter colonial mesquinho e ridiculamente avarento dos Whigs, que por décadas frustraram uma administração sensata, considerariam totalmente plausível.

dos anos, a união não se mostrou frutífera e, o que era ainda mais injusto, Sr. Johnson parecia culpar a esposa pela deficiência. Verdade seja dita, em semelhantes casos é impossível atribuir a responsabilidade a alguém, mas Sr. Johnson o fazia mesmo assim. Ele era dotado de uma disposição "julgadora" consonante com sua vocação, visto que também era juiz — e *ai* dos meliantes que cruzassem seu caminho!

A autora solteirona fiou-se em particular nas supostas cartas entre as duas damas, que eram inteiramente jocosas e brincalhonas, para difamar a reputação de ambas. A verdadeira história, porém, é toda mérito de Lady Susan. Seu único objetivo fora elevar os ânimos cabisbaixos da amiga — presa em um opressivo arranjo doméstico — referindo-se aos eventos de suas vidas de maneira cômica. As duas amigas entendiam essa linguagem confidencial; suas declarações, embora ditas assim, não guardavam qualquer semelhança com seus verdadeiros sentimentos! Mas alguns autores se deliciam em deturpar, e os leitores, em acreditar.

Lady Susan só soube que fora banida da casa dos Johnsons, na Edward Street, em outubro, quando lá esteve no trajeto de Langford para Churchill. A Sra. Johnson abordara o assunto imediatamente:

— Você não recebeu minha carta?

— Carta?

— O Sr. Johnson proibiu-me de vê-la.

— Isso é um absurdo! — Susan riu. — Como, exatamente, ele a "proíbe"?

— Ele me ameaça com a mais severa punição imaginável: enviar-me de volta a Connecticut.

— Para ser lambuzada de piche e coberta de penas?

Susan gracejou, ainda descrente do decreto.

— Prefiro não me acercar dos perigos; Sr. Johnson alega possuir negócios importantes em Hartford e ameaça estabelecer-se por lá se nossa conexão não for inteiramente dissipada.

— Mas mediante qual razão ou pretexto?

O pretexto, conforme foi revelado, foram alguns diz-que-me-diz absurdos pertinentes à estadia de Lady Susan em Langford, que chegaram aos ouvidos do Sr. Johnson e o incitaram a reagir com a proibição draconiana. É assim que um juiz lida com mexericos não confirmados!

Em novembro, no entanto, as amigas concluíram que a proibição só poderia dizer respeito a encontros na casa da Edward Street propriamente dita.

Um retorno à cidade, por mais exasperador que fosse o ímpeto original, nesse caso, a fuga de Frederica, era sempre uma tônica para os ânimos de Lady Susan. Barrada na casa, ela então encontrou a amiga na imponente Adams Arcade, onde relatou a recente desventura de Frederica com o habitual bom humor, que, a meu ver, é a marca de um excelente temperamento.

— Não tinha noção de que Frederica pudesse ser tão antagônica! — ela concluiu. — Ela parecia cheia da brandura dos Vernon; mas isso confirma a exatidão do meu plano. Sir James deu notícias?

— Várias vezes.

— Excelente!

— Segui suas instruções, censurando-o severamente por cortejar Maria Manwaring; ele protestou alegando que fora apenas um passatempo! Ambos nos rimos com gosto da decepção dela e, em suma, foi muito agradável. Você tem razão: ele é maravilhosamente tolo.

Apesar desse fraseado, não posso crer que nenhuma das damas, de modo algum, considerasse Sir James "tolo". Em meu entendimento, trata-se somente de um termo carinhoso usado pelas duas amigas, entre si, para se referir a um homem por quem nutriam enorme respeito e estima, o que foi demonstrado quando elas também usaram o advérbio "maravilhosamente". Está claro que a autora solteirona tentou usar a palavra em outro contexto, para depreciar Sir James. Para se sentirem "superiores", existem pessoas que praticamente fazem de sua vocação o hábito de "inferiorizar" os demais — verdade que se aplica à autora solteirona de quem até Sua Alteza, o Príncipe Regente, foi alvo de pilhéria e galhofa. O epíteto afetuoso era um representante daquela típica linguagem multifacetada que duas amigas se deliciavam em usar uma com a outra. Creio que todos nós já tivemos conversas assim, e não gostaríamos de vê-las amenizadas, mesmo em um manuscrito particular.

— Talvez um dia eu encare a escapadela de Frederica como um avanço em meu plano — Susan disse. — Mas não podemos permitir que Sir James esqueça por quem está apaixonado; um homem tão rico e tolo não permanecerá solteiro por muito tempo. (Novamente, a palavra é usada aqui como um termo de afeição, tenho quase certeza.)

— Sir James está muito longe de ter se esquecido dos Vernons; estou certa de que ele se casaria com qualquer uma de vocês num piscar de olhos!

— Obrigada, minha querida! — O reconhecimento do fascínio contínuo de Alicia agradou a Lady Susan.

Do outro lado do pátio interior da arcada, ou átrio da arcada, um cavalheiro avistou as damas e começou a dirigir-se na direção delas, seguido pelo lacaio.

— Devo retornar a Churchill — Lady Susan suspirou —, mas caso a Srta. Summers se recuse a aceitar Frederica de volta, precisarei de seu auxílio para encontrar outra escola. Sob nenhuma circunstância posso recebê-la em Churchill!

— Muito sábio de sua parte, minha cara.

— O que quer dizer?

— A pouca diferença de idade entre eles: Frederica e Reginald.

A implicação contida nesse comentário irritou Susan profundamente; tais observações impensadas e mal concebidas por vezes obscurecem a relação entre amigas.

— Que indelicadeza.

— Perdoe-me!

— Perdoada! — Lady Susan exclamou, com seu humor resplandecente recuperado. — "A Falácia da Juventude"! Já não está bastante claro que nós, Mulheres de Decisão, é que colhemos os louros da vitória!

Ambas riram, unidas novamente.

— Lady Susan? Lady Susan Vernon?

A voz intrusa era do cavalheiro que atravessara o pátio ao encontro delas.

— Como ousa dirigir-se a mim, Sir?!

O cavalheiro ficou atônito.

— Mas... — ele gaguejou — Lady Susan...

— Afaste-se, Sir! Ou mandarei açoitá-lo!

O homem girou nos calcanhares e foi embora, com o lacaio apressando-se para segui-lo.

— Que acinte! — Alicia disse. — Você nunca o viu antes?

— Oh, não, eu o conheço bem; jamais falaria assim com um estranho.

Este era o delicioso espírito de Lady Susan, cheio de surpresas, que seus amigos tanto apreciavam. Suas ações, ostensivamente intrigantes, eram quase sempre justificáveis. É possível que, na ocasião, esse cavalheiro em particular não tivesse más intenções ou um histórico condenável; talvez até possa parecer um tratamento deveras rude para com alguém cuja única falta foi tentar cumprimentar uma ilustre dama em um local público. Mas se não ele, certamente outros como ele, em algum ponto, já ofenderam o sexo feminino, e talvez com frequência — de modo que, em termos gerais, a represália foi bem justificada.

## "A GRANDE MISSÃO EDUCATIVA"

No primeiro encontro de Lady Susan e Charles Vernon com a Srta. Summers, aquela dama continuou fingindo que sua preocupação era a conduta de Frederica em vez do pagamento das taxas abusivas da escola. Quando Charles insistiu em quitar quaisquer somas devidas, a Srta. Summers recusou, preferindo concentrar-se na decisão a respeito da permanência de Frederica na escola — Lady Susan, entretanto, também era capaz de enxergar por trás dessa tática.

Mais tarde, quando Lady Susan mencionou sua disposição fatigada a Charles, ele reagiu prontamente, rogando-lhe que voltasse para Churchill; ele permaneceria na cidade em busca de um resultado mais favorável.

Teria Frederica a permissão de continuar na escola? Susan estava agitada de preocupação com o futuro da filha. Caso Frederica não fosse aceita de volta pela Srta. Summers, para onde iria? A ignomínia de ser "mandada para casa" em Churchill devia ser evitada a todo custo!

No dia seguinte, de volta a Churchill, Lady Susan aliviou o fardo de suas preocupações enquanto caminhava com Reginald.

— O senhor não pode imaginar a emoção que uma mãe sente quando seu filho corre, ou poderia ter corrido, perigo. Não somos capazes de lidar com nossos filhos friamente: a Natureza não o permite. O senhor talvez enxergue as ações de Frederica como reflexo do egocentrismo perigoso de uma criança voluntariosa; mas eu não consigo.

— Mas a senhora crê que ela está a salvo?

— Fisicamente... sim. Contudo, temo que seja o indício de uma natureza errática. Amamos nossos filhos ternamente, por mais egoísta que seja seu comportamento. O senhor consegue compreender?

— Sim... no entanto, não posso deixar de notar no comportamento dela uma terrível irresponsabilidade que muito me exaspera. Não obstante, sei que, no papel de mãe, a senhora deve encarar tudo o que ela faz com a brandura maternal...

— Sim... jamais iria retratar minha filha pior do que suas ações já demonstram.

Catherine Vernon estava passando pelos cômodos do térreo com uma carta para Lady Susan quando a viu chegando do jardim em companhia de Reginald; Susan parecia inverossimilmente frágil.

— Sente-se, descanse — Reginald disse enquanto amparava Susan até o sofá mais próximo.

— Perdoe-me — Susan disse. Sempre educada e atenciosa, Lady Susan sentiu-se constrangida a desculpar-se até por sua debilidade, que a conduta imprudente dos filhos sempre causou em todas as mães.

— Susan, o cocheiro da tarde trouxe este bilhete — Catherine disse, estendendo-o para ela. — Talvez Charles tenha obtido sucesso com a Srta. Summers.

Susan, com dedos um tanto trêmulos, rompeu o selo de cera do bilhete e leu as primeiras linhas.

— Era o que eu temia... a Srta. Summers recusa-se a manter Frederica alegando que deve pensar na reputação de sua escola.

— Que absurdo! — Reginald exclamou. — Eu nunca ouvi falar nessa escola!

Não muito tempo depois, o som de cavalos e de uma carruagem ecoou do átrio de Churchill

— Serão eles? — Reginald indagou.

— O quê? Frederica? Aqui? Já?

Lady Susan levantou-se para ver Charles e Frederica chegando no vestíbulo em trajes de viagem.

— Alô, alô, alô. Bem, cá estamos — Charles Vernon anunciou pertinentemente.

— Esta é Frederica? — Catherine perguntou.

— Sim — Charles confirmou. — Permita-me apresentar-lhe nossa sobrinha, esta encantadora moça, Srta. Frederica Vernon.

— Bem-vinda, Frederica! Ansiávamos por conhecê-la... Meu irmão, Reginald DeCourcy.

— Olá — Reginald disse com um aceno de cabeça. — Prazer em conhecê-la. — Uma certa frieza podia ser detectada; o que já ouvira de Frederica era bastante desfavorável.

Frederica ficou frente a frente com a mãe.

— Boa tarde, Frederica.

— Boa tarde, minha mãe.

De repente, Frederica irrompeu em lágrimas e saiu correndo da sala.

Todos pareciam chocados, exceto Lady Susan, que manteve uma postura exemplar:

— Exatamente como eu temia... Com licença, preciso ir até minha filha — Lady Susan, paciente, graciosa, compassiva, retirou-se atrás de sua criança.

— O que foi isso? — Reginald perguntou. — Extraordinário.

— Pobre Frederica... — Catherine disse, já aliada à jovem.

— Pobre mãe da Frederica! — Reginald replicou.

— Como?

— A filha é, pelo que vejo, uma... garota problemática.

— Eu só vi medo.

A tensão entre irmão e irmã crescera como uma nuvem negra da qual, a qualquer momento, relâmpagos ribombariam. Onde quer que Lady Susan estivesse envolvida, havia choque de opiniões — nenhum lado era razoável. É o que geralmente acontece quando as pessoas discordam.

— Frederica não tomou seu chá — Charles contemporizou. — Pode ser apenas falta de nutrientes.

Catherine retirou-se para providenciar um segundo serviço de chá.

— Menina encantadora, apesar de quieta — Charles comentou quando ele e Reginald ficaram a sós. — Sempre apreciei tal qualidade. Oferece-nos a chance de refletir.

## AMIZADE EM ALTÍSSIMA CONTA

A chegada de Frederica trouxe outro impasse: onde ela ficaria? A Sra. Cross já ocupava o quarto mais provável, o pequeno espaço conectado à suíte de Lady Susan. As alas sul e leste ainda estavam em situação precária, restando a ala dos serviçais como a única alternativa viável. O Quarto Marrom que lá ficava, embora pequeno, era na verdade bem agradável, e Lady Susan o considerou inteiramente adequado para o conforto de Frederica, conquanto reconhecesse que tais decisões cabiam aos Vernons.

Anos depois, um servente idoso de Churchill descreveu-me "a expressão mortificada no rosto de Sra. Cross" quando ela e seu pequeno baú foram removidos para a nova locação. (Quando visitei Churchill, eu próprio fui alojado no Quarto Marrom e estou certo de que não havia a menor falta ou desrespeito intencional.)

As preocupações com os quartos acabaram revelando-se desnecessárias. Dentro de uma quinzena a Sra. Cross partiria. Lady Susan postou-se diante da janela do salão principal de Churchill, observando enquanto o baú pequenino da Sra. Cross era carregado até a carruagem. Qual não devia ser a pungência de seus sentimentos com a partida de sua amiga e confidente. Charles Vernon juntou-se a ela conforme a carruagem se afastava.

— A pobre Sra. Cross foi obrigada a aceitar uma posição remunerada de governanta em Buckinghamshire — lamentou Lady Susan. — Como havia o elemento da amizade envolvido, percebi que o pagamento de um salário seria mutuamente ofensivo.

— Tem a amizade em altíssima conta — Charles apontou.

— Sim. Espero ter sido de alguma valia para ela.

## UMA SITUAÇÃO TRÁGICA —
## SE NÃO FOSSE INTEIRAMENTE CÔMICA

A chegada de Frederica não restringiu as caminhadas diárias de Lady Susan e Reginald, tornando-as ainda mais bem-vindas: ao ar livre eles podiam falar sobre assuntos de interesse mútuo longe do alcance dos ouvidos daqueles cujos pontos de vista não entravam em acordo com os deles.

— Por mais que alguém ame sua família — Reginald observou —, ouvir reclamações constantes e críticas mesquinhas torna-se extenuante...

— Concordo inteiramente — Lady Susan disse com um sorriso. — A vida é uma dádiva que o Senhor nos deu: é nossa incumbência vivenciar seus prazeres, e não só as obrigações. Todavia, sou grata à sua irmã pela hospitalidade.

— Sim; talvez eu é que seja mesquinho por reclamar disso.

— De modo algum. O senhor é altamente observador; admiro tamanha percepção, para não mencionar perspicácia.

Tais distinções e cortesias verbais talvez tenham subido à cabeça de Reginald, candidamente, como sobem à minha. Mas será tal linguagem, que beira as raias da pedância, realmente de Lady Susan ou teria sido inventada pela autora solteirona, que, conforme será mostrado, não era alheia à pretensão e à presunção?*

---

\* Tal linguagem não aparece no falso "Relato Verdadeiro" da autora, incluído como apêndice deste volume. No entanto, foi citado em sua versão pré-epistolar da narrativa. Não forneço representação ou garantia quanto à sua autenticidade.

Reginald, não obstante, jamais considerou a observação como um elogio; pelo contrário, ele evitava qualquer reconhecimento direto de lisonja como todo cavalheiro deve fazer.

O belo casal aproximava-se do lado do castelo onde ficavam os aposentos de Frederica e Lady Susan.

— Onde está Frederica agora? — Reginald inquiriu.

— Em nossos aposentos, praticando pianoforte.

— Ela pratica silenciosamente.

Ambos aguçaram os ouvidos para ouvir as notas, mas nada escutaram. Susan virou-se discretamente e olhou para cima de relance.

— Não olhe; Frederica está nos observando.

— Ela está "nos observando"?

— Sim, à janela; não olhe.

— Que pitoresco... ser espionado.

— Esta é a sina da maternidade! Nós trazemos essas adoráveis criaturas ao mundo, com expectativa e felicidade, e, quando você menos espera, elas estão nos espionando e nos julgando, raramente a nosso favor. Ter filhos é nosso mais terno desejo, mas ao tê-los, estamos nutrindo nossos críticos mais ferrenhos. Trata-se de uma situação trágica — se não fosse inteiramente cômica e de nossa responsabilidade.

Susan não falou com exasperação, mas rindo encantadoramente.

— Fico maravilhado com seu bom humor.

— Que alternativa nos resta? É assim que o mundo funciona. Só nos cabe aceitar com um sorriso. — Ao que Lady Susan mostrou a Reginald o sorriso que já havia feito metade de Londres, pelo menos a metade masculina, apaixonar-se por ela. — Naturalmente, quando ainda bem pequenas, as crianças têm uma doçura especial que compensa, em partes, o horror que vem a seguir...

— A senhora teme pelo futuro de Frederica?

— Temo pelo seu presente — ela disse alegremente —, ciente de que a responsabilidade de assegurar o futuro dela repousa sobre mim...

Reginald admirava a capacidade de Lady Susan lidar, mesmo com os assuntos mais desencorajadores e fastidiosos, como a deslealdade das gerações mais jovens, com uma ponderada suavidade. O que, na opinião dele, era adorável.

Nem tão adorável assim eram as estratégias usadas pelas mulheres DeCourcys para solapá-la, como acolher pronta e calorosamente a filha desobediente e recalcitrante.* Reginald era o alvo principal dos comentários da irmã. Eles estavam sentados no Salão Dourado, Catherine, ocupada com seu trabalho de agulha; ele, lendo *The Gentleman's Magazine*, quando ela comentou:

— Frederica é bem mais bonita do que eu imaginava.
— Bonita? — Reginald rebateu. — Você acha?
— Sim. Você não?
— Não... parece um ratinho, não parece? Em todo caso, a beleza pouco importa: é a vivacidade e espirituosidade das ideias que chamam a atenção, mesmo nas mais jovens.
— Você não reconhece o que isso é?
— Sim: falta de vivacidade e de boas ideias.
— Não, Frederica tem medo da mãe.
— Impossível! — Reginald sorriu.
— O quê?
— A astúcia daquela garota...
— Astúcia?
— Fazendo-se de vítima...
— É o que a mãe dela diz?
— Não; como a maioria das mães, Lady Susan tem a tendência de ser indulgente com a filha.
— Não vi tendência alguma dessa espécie!
— Talvez o seu conceito do que vem a ser indulgência, e do que não é, não seja muito convencional.
— O que quer dizer?

Cavalos e uma carruagem foram ouvidos do átrio, mas a distração não foi suficiente para resgatar Reginald do desastroso caminho pelo qual resolveu se aventurar: o de questionar, ainda que minimamente, o modo como uma mãe cria seus filhos.

— Qualquer mãe — ele disse, recuando —, uma vez submetida aos rigores do parto, tem o direito de ter o próprio ponto de vista sobre a criação dos filhos.
— E o que há de errado com o meu ponto de vista sobre a criação?
— Nada *errado*...

---

\* Posteriormente, aprendi a admirar Frederica, mas neste estágio seu comportamento era, sem dúvida, desleal, como em breve o leitor verá.

— Mas não é "convencional"?

— Bem, você há de convir que os deixa mais soltos. Lady Susan, criada em uma época mais restrita, tem pontos de vista diferentes...

Neste exato momento, ouviu-se uma agitação no vestíbulo e o som de uma voz masculina penetrante e desconhecida. Catherine levantou-se quando uma consternada Frederica irrompeu na sala, sem fôlego.

— Oh, desculpem-me! Com licença — Constrangida por deparar-se com Reginald, ela se deteve. — Oh, perdoem-me!

— O que foi, minha querida? — Catherine perguntou.

— Ele está aqui! Ele veio! Sir James está aqui!

Os irmãos não sabiam de quem ela estava falando; ambos estavam surpresos com o grau de sua descompostura.

— Com licença. Desculpem-me — Frederica disse, retirando-se para voar escadas acima.

— Frederica! Srta. Vernon! — Sir James chamou por ela. Então, adentrando à sala juntamente com Lady Susan, ele continuou: — Sinto muito por chegar assim. Creio que vocês não me esperavam.

Lady Susan não respondeu e procedeu friamente às apresentações:

— Catherine, permita-me apresentar Sir James Martin. Sir James, minha concunhada, Sra. Catherine Vernon, e seu irmão, Sr. Reginald DeCourcy.

— Olá — Sir James cumprimentou com um sorriso largo.

— Como vai? — Eles responderam.

Pego de surpresa pela pergunta, Sir James precisou de algum tempo para refletir. Um sorriso ainda mais largo tomou conta de seu rosto.

— Excelente! — ele respondeu, fascinado com o interesse dos irmãos. — Sim, de fato estou muito bem, obrigado... perdoem-me por chegar assim, em cima da hora — ele continuou — por não enviar-lhes um bilhete avisando-os com antecedência, *et cetera*. Verdade seja dita, eu me esqueci de escrever... e quando me lembrei, já era tarde demais. Agora, cá estou. Tomei a liberdade de uma relação que em breve espero concretizar. — Sir James acenou na direção em que Frederica saíra.

Os demais permaneceram emudecidos, como se estivessem embasbacados. A autora solteirona descreve Sir James como alguém que pontua cada frase com uma risada; trata-se de um artifício ordinário e vulgar de desmoralização. E o objetivo: fazer um honrável cavalheiro parecer um "bobo alegre".

— A senhora parece surpresa, devo dizer — Sir James dirigiu a palavra a Lady Susan. — A senhora ficou abismada ao me ver. Sim? Não? Bem, foi o que pareceu.

— Sim, eu fiquei abismada... e ainda estou.

Sir James então dirigiu-se a Reginald:

— Que propriedade impressionante o senhor tem aqui, Sir. Meus parabéns. É irrepreensível.

— O Sr. DeCourcy é o irmão da Sra. Vernon — Susan explicou.

— Que bom!

— O marido dela, o Sr. Vernon, é o dono de Churchill.

— Churchill? É assim que vocês pronunciam? Tudo junto? — Sir James então pronunciou a palavra rapidamente, tudo junto: — *Churchill*... agora tudo faz sentido. Eu sempre ouvi "church" e "hill", e esperava encontrar uma igreja sobre uma colina, isto é, "*a church hill*", e estava curioso porque ainda não tinha visto nada... Só esta casa enorme. — Ele riu de novo* e continuou a falar com Reginald:

— Belo nome: "Churchill". Marlborough**, correto? O general. Ele mostrou o que é bom para os franceses! — Sir James riu. — O senhor deve ter muito orgulho.

— Não há conexão — Reginald disse.

— Mas creio que já tinha ouvido essa pronúncia — Sir James virou-se para Susan. — Acho que a senhora já mencionara... *Churchill*... sim, creio que a senhora já dissera, mas o que eu ouvi foi "*church*" e "*hill*". Claro que jamais conseguiria encontrá-las! — Sir James sorriu; seu espírito altivo e bom humor deveriam ser contagiantes, mas aquelas manifestações eram estranhas aos DeCourcys; a conduta deles era da mais completa frieza.

— Sr. DeCourcy — Lady Susan atalhou —, o senhor me faria o obséquio de levar Sir James até o Sr. Vernon? Sir James, creio que encontrará no Sr. Charles Vernon um parceiro versado em métodos agrícolas avançados, sobre os quais o senhor demonstra o mais sincero interesse.

---

\* Acerca das frequentes menções às risadas de Sir James, sinto-me na obrigação de repetir que tudo isso, ou quase tudo, deriva da autora solteirona que empenhou-se para atender seus propósitos particulares e os dos DeCourcys, isto é, denegri-lo e retratá-lo como um tolo provinciano.

\*\* John Churchill, primeiro Duque de Marlborough (1650–1722), liderou campanhas vitoriosas contra as forças francesas de Luís XIV; posteriormente, vítima dos caluniadores Whig.

— Oh, sim! — Sir James concordou. — Métodos agrícolas avançados; de fato, sim. Collins, que supervisiona Martindale para mim, sempre me fala deles. O proprietário de terras dos dias de hoje deve estar inteirado dos mais diversos assuntos. É o nosso papel! "Olá, Collins", eu digo, "que métodos avançados temos para hoje?" Excelente!

Os demais lidavam surpresos com Sir James, provavelmente em virtude de seu entusiasmo pouco usual por técnicas agrícolas inovadoras, um assunto sobre o qual nossa aristocracia latifundiária tem sido tradicionalmente recalcitrante.

## UMA QUESTÃO FAMILIAR

Talvez esta seja um momento conveniente para eu abordar minha própria conexão com a história. Sir James Martin era meu tio, o amado irmão mais velho de minha mãe. Nosso Tio James, ou "Tio Sir James", como às vezes o chamávamos (ou "Sir Tio James", como Frederic, meu irmão mais novo preferia), foi um homem que, sob quaisquer títulos que lhe tenham sido atribuídos, trouxe apenas alegria e bons sentimentos ao mundo. Seja pelo prazer genuinamente positivo de se conhecer alguém sempre entusiasmado, sempre gentil, sempre disposto e agradável; seja pelo prazer perversamente vil que alguns têm em fazer pilhéria e ridicularizar um homem que não se dobra aos seus hábitos gélidos. Liderando este último grupo, é claro, estavam os DeCourcys — e aquela autora anônima que fez de si o escudeiro deles. O escárnio tão injustamente direcionado a meu tio partiu sobretudo deste bando. Em uma das supostas "cartas" (nº 9), que a lady solteirona engendrou para seu relato calunioso, ela traz a Sra. Johnson escrevendo a Lady Susan que Sir James "ria vivamente" e continuava "tolo como sempre". Fraseado que sugere um *continuum* no ato de ser "tolo" — "tolo como sempre" — como se ambas as mulheres já considerassem Sir James tolo desde muito antes desse encontro e com a concepção de que ele continuava sendo tolo depois disso, e não que houve apenas algum momento específico em que ele foi tolo.

Será que não deveria nos ocorrer que todos podemos ser considerados "tolos", mesmo que por breves períodos? Quem poderia ter o orgulho de dizer: "Eu nunca, jamais, nem mesmo por um segundo, fui tolo"?

Que feroz desatino, que arrogante decadência. No entanto, pensando bem, em verdade vos digo que os DeCourcys poderiam muito bem ser arrogantes a esse ponto. "Eu nunca fui tolo"; sim, é possível imaginar Reginald DeCourcy, Lady DeCourcy, ou Catherine ex-DeCourcy Vernon declarando ou pensando exatamente assim, apesar do absurdo de tamanha jactância.

Na carta número 20, talvez a mais crucial, a autora solteirona traz Catherine Vernon escrevendo que "Sir James falou demasiado", "misturando risadas, que são mais frequentes em seu discurso do que o assunto em questão", "repetiu a mesma coisa inúmeras vezes", "contou três vezes a Lady Susan" e "concluiu com o desejo, pontuado por uma risada...". A estratégia de difamação aqui empregada é familiar àqueles que já se debruçaram sobre o assunto: "repetição constante" é uma característica de imbecis, bem como "risadas frequentes e inapropriadas". Que belo retrato ela faz de um homem bom e honorável!

Então, revelando sua escandalosa malícia, ela o apresenta definido como um "tolo" (carta nº 23), um "Falastrão" (nº 20), e "nenhum Salomão" (nº 22) — em referência ao sábio rei da Bíblia. Que justiça existe em comparar qualquer criatura dos tempos atuais com tal pilar bíblico de sabedoria?

O excesso de decoro e formalidade de nossos dias tristemente privou nossa linguagem de muitas palavras férteis e ressonantes que o homem inglês dos séculos anteriores tinha à sua disposição. "Querela" é uma delas; o dicionário a define como "uma discussão ou contenda, geralmente por algo trivial". Decerto, todos nós já testemunhamos ocasiões em que assuntos inócuos são matéria de "querelas"; o excesso de álcool geralmente está envolvido, embora, na minha opinião, o excesso de café e de chá também possam incitar querelas. O análogo "discutir" ainda é bastante ouvido, porém não pode ser considerado elegante. Mais útil, embora menos conhecida, é a venerável "achincalhar". Achincalhar, ou achincalhação, é a definição dada à ação de um grupo de pessoas induzido a enxovalhar algo ou alguém por pouco ou por nada.*

---

\* Uma clara distinção deve ser mantida entre "enxovalhado", como o foi o radical John Wilkes, e "achincalhado", como o foi meu tio. Wilkes foi tanto admirado quanto enxovalhado por razões legítimas, não apenas pelo desprezo arrogante de uma pandilha aristocrática. John Wilkes Booth, parente distante de Wilkes e assassino do presidente americano, Abraham Lincoln, também foi legitimamente enxovalhado, não meramente achincalhado.

Foi precisamente o que aconteceu com meu tio. Ele era um bom homem, e com certeza nada poderia justificar a depreciação a que foi sujeito, mas a concepção amplamente difundida de que ele era tolo e ridículo abalou sua credibilidade nos círculos sob influência da pandilha dos DeCourcy. E então esses círculos influenciaram outros círculos e logo todos estavam galhofando às custas de Sir James Martin! Por mais que ninguém na turba de galhofeiros fosse capaz, se pressionado, de explicar por que ou do que estava rindo. Sir James tinha sido "achincalhado".

*Mas, e quanto a Frederica?* A questão, apresentada anteriormente em nosso relato, torna-se aqui de especial pertinência. Após a saída atarantada de Frederica do Salão Dourado, uma vívida preocupação com o bem-estar da filha, e quiçá com sua sanidade, oprimiu pesadamente o coração de Lady Susan. Como qualquer mãe, sua grande preocupação era sempre com o aconchego de sua cria.

Enquanto Reginald DeCourcy e Sir James Martin retiravam-se à procura do Sr. Vernon, Lady Susan foi procurar Frederica, indo primeiro aos seus aposentos.

— Frederica? Querida? — ela chamou com suavidade. — Onde você está?

A passagem entre os aposentos de ambas estava escura, assim como o quarto de Frederica, que estava com todas as cortinas firmemente cerradas. Lady Susan entrou cautelosamente, tentando não tropeçar enquanto seus olhos se ajustavam à penumbra.

— Você está se escondendo, meu bem? Não tenha medo; deixe-me vê-la... Oh, aí está você! Estava dormindo?

— Não, minha mãe.

— Ora essa, e então? Você estava se escondendo de mim? Por favor, explique-se.

Mais uma vez prestes a desmaiar de preocupação pelo bem-estar da filha, Lady Susan sentou-se na pequena poltrona próxima à cama, onde Frederica estava deitada com o rosto enfiado no travesseiro.

— Você é uma menina estranha. O que foi aquela atitude que você teve lá embaixo? Sair correndo antes que Sir James adentrasse a sala...

— Não podia suportar a visão dele.

— "*Não podia suportar?*" Mas que falta de generosidade é essa que vejo em seu discurso!

Frederica não se moveu nem respondeu; ela continuou deitada com o rosto para baixo, praticamente estática.

Desafio quem quer que seja a argumentar que tal comportamento ou postura seja educado ou respeitoso, ou que, ao tolerar ou ser indulgente com esse comportamento Lady Susan não estava colocando em risco o caráter de sua filha como, infelizmente, muitas mães o fazem; com consequências sempre desfavoráveis.

— Frederica, amada, Sir James Martin é um jovem de bom coração cuja única ofensa parece ser o desejo de lhe prover uma vida de conforto.

Ela aguardou uma resposta que não veio.

— Você não tem nada a dizer?

Frederica balançou a cabeça em negativa.

— Queridíssima, nosso atual estado de conforto é da mais precária sorte. Nós não vivemos, nós visitamos. Estamos à total mercê de nossos amigos e de nossas conexões, como dolorosamente constatamos em Langford. Aqui, você parece ter conquistado a afeição de sua tia; e creio que a beneficiei, visto que ela faria de tudo para tripudiar sobre mim. Mas tal dinâmica não pode continuar para sempre.

Frederica sentou-se sobre a cama.

— Mas, mamãe...

— Mas, mamãe? Não estarei aqui para sempre para você me contradizer. Se a vida confortável que Sir James oferece não está de bom tamanho, o que vai fazer? Como você vai viver?

— Eu poderia... lecionar.

— Lecionar! Se você tivesse ficado mais tempo na escola jamais consideraria essa possibilidade!

É verdade que, no último século, a vocação para o ensino era pouco valorizada e mal remunerada, um panorama que Frederica, que pouco frequentou a escola, talvez não soubesse; felizmente, hoje em dia essas deficiências foram corrigidas.

— Responda — Lady Susan disse, enfim. — Quando escreveu os Mandamentos, qual deles o Senhor considerou tão importante que o colocou na quarta posição?

— Na quarta posição?

— Sim, o Quarto Mandamento.

— Eu sei os Mandamentos... mas não na ordem.

— Viu? Este é o resultado de uma educação irregular! O Quarto Mandamento...

— Não...? — Frederica começou hesitante.

— *Não* é uma proibição. É uma *determinação*.

— Determinação?

— Se eu não estivesse presente no seu parto eu me perguntaria se sou mesmo sua mãe!

Susan olhou para a filha com compaixão, apesar do comportamento malcriado da menina; na questão religiosa, a educação de Frederica fora tão defectiva quanto em qualquer outro aspecto. Lady Susan percebeu que teria de fornecer a informação que a educação de sua filha lhe negligenciara. Ela citou o mandamento para esclarecer Frederica:

— Honrarás – Teu – Pai – e – Tua – Mãe.

— Perdoe-me, eu fiz algo que a desonrou ou ao meu pai?

— "Honrar" significa, entre outras coisas, ouvir com respeito o conselho singelo dos pais.

— Eu ouço com respeito, minha mãe. É só que...

— Se não prestas atenção em mim, quem sabe prestarás a um imperativo mais contundente: a Lei do Universo. É improvável que apareça uma oferta tão esplêndida como a de Sir James. Ele lhe ofereceu o único bem de valor que tem para dar: sua renda. Temo, e me repreendo por isso, que a superprotegi por tempo demais. Se tivesse deixado você passar um pouco mais de fome, você resistiria bem menos.

— Mas, mamãe, eu sempre estava faminta na escola...

— Evidentemente, não faminta o bastante! Em todo caso, a fome da reclusão escolar não é nada comparada à fome da miséria. É isso que você quer?

— Não... vejo que Sir James é um homem gentil e, se não fosse uma questão matrimonial, poderia até gostar dele. Mas casamento é para a vida toda.

— Não pela minha experiência. Enquanto isso, rogo-lhe que não fale sobre este assunto com sua tia nem com seu tio, nem que recorra à interferência deles seja pelo motivo que for. Eu insisto: prometa. Lembre-se do Quarto Mandamento.

— Sim, minha mãe.

No dia seguinte, ao caminhar com Catherine Vernon, Lady Susan procurou aliviar suas preocupações acerca da recepção de Sir James em Churchill, ignorando ainda a que nível a má vontade de sua concunhada tornara-a impermeável ao efeito conciliatório de tais confidências.

— A chegada repentina de Sir James exige alguma explicação — Lady Susan começou. — Posso crer que você não tenha ficado demasiado surpresa?

— Foi inesperada...

— Decerto que sim. Para mim tanto quanto para vocês. Receio que as melhores qualidades de Sir James não são aparentes à primeira vista... Certamente, ele não é nenhum Salomão...*"

— Salomão?

— O sábio rei da Bíblia... o que teve a ideia de partir o bebê ao meio, ou em dois, disputado por duas mães... não me recordo do palavreado exato.

— Oh, sim, é claro.

— Então, Sir James não é nenhum Salomão... Mas quantos pretendentes de tão vasta sabedoria uma jovem mulher tem a chance de encontrar nos dias de hoje?

— Eu não sei...

— Nenhum! E, devo confessar, às vezes me pergunto se tal qualidade é mesmo desejável em um marido...

Catherine Vernon deve ter sentido o golpe dessa observação: por mais que eu tenha aprendido a respeitar a compreensão e o discernimento de Charles Vernon, Catherine devia ter ciência de que muitos em seu círculo questionavam a ambas. Entre os habitualmente perniciosos, afabilidade e gentileza são, com frequência, confundidas com simploriedade.

— Quando tiver a felicidade de conceder sua doce Emily a um homem que é igualmente incensurável em suas conexões e em seu caráter, você saberá como me sinto. Embora a sobrevivência de Emily, graças aos Céus, não dependerá de um enlace afortunado!

Elas caminharam em silêncio por alguns instantes antes de Catherine falar.

— Mas... Sir James, ele não...?

— Eu sei... Ele parece tímido e um tanto desajeitado, ocasionalmente faz comentários que era melhor não serem feitos. De fato, um pouco "falastrão".

---

\* Rei bíblico, conhecido por sua sabedoria (1 Reis 3:16–28).

— Sim.

— No entanto, creio que você verá que suas boas qualidades, e vantajosas circunstâncias, sobrepujam quaisquer deficiências que seriam acentuadas em uma pessoa sovina e rancorosa...

Susan, então, perguntou — daquela maneira cândida e direta que tanto desconcerta os retroagentes* — se poderia contar com a bênção de Catherine e do Sr. Vernon.

— Perdão?

— Eu poderia contar com a sua bênção e a do Sr. Vernon para essa conexão tão importante para o futuro de Frederica?

— Bem... eu... — Catherine desconversou. — Acho que Charles deveria conhecê-lo primeiro.

---

\* *Retroagente*, do latim, refere-se àqueles que interpretam qualidades e fatos positivos como o seu oposto. Que sempre veem nuvens negras no céu azul; infelizmente, um traço tão comum em nosso país, que a própria palavra tornou-se rara.

# O MUI INJUSTO EPISÓDIO DAS "ERVILHAS"

Devo recontar o incidente seguinte da estadia de meu tio em Churchill com certa cautela, visto que foi tão injustamente arquitetado para achincalhá-lo. Uma completa explicação das circunstâncias deve, no entanto, absolvê-lo das represensíveis calúnias a que foi sujeito.

As ervilhas, que nem sempre foram parte de nossa dieta inglesa, não são universalmente conhecidas. A ervilha foi introduzida pelos italianos à corte francesa na segunda metade do século XVI. Sua primeira aparição foi recebida com certo deslumbramento, como de fato deveria ter sido; a ervilha é um legume peculiar, quase perfeitamente esférico, algo raro na natureza.* Após a introdução *real* das ervilhas, ainda levou décadas para que o seu consumo se tornasse habitual, mesmo nos mais elevados círculos franceses: no fim do século, tanto Françoise d'Aubigné, Marquesa de Maintenon, segunda esposa do Rei Luís XIV ("le Grand", ou "o Grande"), e Marie de Rabutin-Chantal, Marquesa de Sévigné, ainda descreviam as ervilhas como "uma moda, um *frisson*".

Dadas tais circunstâncias, não deveria ser surpresa que algumas décadas depois uma representativa parcela de nossa velha aristocracia latifundiária, que por oito séculos resistiu com sucesso a toda e qualquer invasão ou infiltração gálica, pudesse não estar familiarizada com essa tendência francesa.

E talvez mais importante seja o fato de que meu tio visitou Churchill em um embaraçoso papel, o de pretendente. Ele era um jovem apaixonado

---

\* Com exceção das pérolas e de algumas bagas.

cuja esperança fervilhante e fervorosa de conquistar Frederica Vernon não estava prosperando. Talvez seja um exagero dizer que Sir James estava desesperado, pois tais arroubos teatrais eram completamente alheios à sua natureza. Mas ele, com toda certeza, estava desconcertado com sua celeuma interior.

No que diz respeito a Frederica, Sir James deparou-se não apenas com a frieza — com a qual praticamente todo homem que corteja uma jovem deve lidar (inflamando ainda mais o impulso romântico) — mas com uma espécie de terror; e, para um homem moderado como era o meu tio, isso era uma verdadeira barreira. Ele teria ficado estarrecido com a simples ideia de causar algum aborrecimento à Frederica.

O ciúme também era outro fator. No fatídico jantar, Catherine Vernon insidiosamente dispôs os lugares de modo que Frederica tomasse assento ao lado de Reginald DeCourcy, com Sir James na extremidade oposta. Reginald, até Sir James podia notar, detinha toda a atenção de Frederica. Para um jovem homem apaixonado, isso foi um golpe mordaz; duplamente mordaz, posto que ao se comparar com Reginald, como os rivais no amor o fazem (rivais da perspectiva de Sir James, não de Reginald), ele levou a pior. O jovem cavalheiro — que ele reconhecia ter vantagem sobre si em termos de aparência, posição, *et cetera* — intimidou Sir James. Apreensivo, ele provavelmente agiu de maneira mais "tola" do que teria reagido em outra circunstância. E reitero, com certa passionalidade, que agir como um "tolo" em certa ocasião não faz de um homem um "tolo".

Um último e crucial fator talvez possa parecer anômalo: nossa fascinação, alguns diriam obsessão, por bolas, mesmo as mais diminutas. Sir James era louco por elas desde seus tempos em Westminster. Assim como vários de nossos maiores líderes, Sir James era muito mais afeito a jogar bola no campo do que estudar os astros ou as conjugações de grego e latim durante seus anos escolares. A cada semestre, determinado número de garotos era "expelido" da escola por negligenciar seus estudos. Sir James foi o primeiro estudante a ser "repelido" de Westminster (embora esse fato tenha sido posteriormente contestado, com alguns afirmando que ele estava "de brincadeira". Em todo caso, Sir James foi rusticado* da escola

---

* Do latim, o verbo *rusticare* significa viver ou ir para o campo praticar atividades *agrícolas*. Mas desde o início do século XVIII, "rusticar" também passou a ser usado

por dar vazão às suas preocupações esféricas em detrimento de qualquer outro assunto).

O serviço de jantar naquela noite estava estranhamente desordenado. Uma porção de ervilhas foi depositada sobre o prato vazio de Sir James; a porcelana Staffordshire de cor creme dos Vernons estava excepcionalmente lisa; as ervilhas — muito redondas, muito verdes, e talvez malcozidas — rolaram festivas.

— Que divertido! — Sir James comentou, pegando sua faca e cutucando levemente as ervilhas, rindo enquanto o fazia. — Bolinhas verdes!

Os ânimos exacerbados de Sir James, totalmente compreensíveis diante das circunstâncias, atraiu a atenção dos demais à mesa, que contava com várias pessoas que não o queriam bem. (Lady Susan estava ausente; sentindo-se indisposta, ela pediu que o jantar lhe fosse servido no quarto.)

— Talvez elas estejam malcozidas — Catherine disse, parecendo preocupada.

— De modo algum, elas estão perfeitas — Charles Vernon replicou.

Sir James saboreou uma garfada.

— Mmm, sim, são gostosas... um tanto adocicadas... Como se chamam?

Após alguns momentos de silêncio, Reginald finalmente respondeu:

— Ervilhas.

— Oh, sim! Não, eu sabia! É claro, agora me lembro... preciso instruir Collins a cultivá-las em Martindale. O legume da moda! Daria para fazer um belo pacotinho.

Ele experimentou outra garfada.

— Sim, distintamente adocicadas.

O que, suponho, os DeCourcys acharam tão hilário nesse episódio foi a noção de que, embora as ervilhas já fossem há um bom tempo um legume comum nos círculos exclusivos a que eles estavam acostumados, Sir James não sabia o que elas eram nem como se chamavam. Eu diria que este incidente não revelava nada de mais. O próprio Sir James declarou "eu sabia... agora me lembrei", demonstrando que não foi nada mais do que um lapso de memória. Por fim, alguém poderia questionar, esse episódio das ervilhas é realmente de tão suma importância? Os DeCourcys,

---

para se referir a estudantes que eram "expelidos" ou "repelidos" de uma respeitada universidade ou escola pública. *Rústico* deriva do adjetivo *rusticus*.
(N.T.: Em língua portuguesa, o verbo "rusticar" não tem essa segunda acepção que apresenta em língua inglesa.)

motivados por seus interesses particulares, gostaram de fingir que era. Eu diria que não.

Após o jantar, quando os cavalheiros se juntaram às damas no Salão Dourado, Charles puxou Catherine de lado:

— Estou apreciando a visita de Sir James. Ele tem uma conversa animada, que traz um novo ângulo às questões. Pensei em levá-lo para conhecer a fazenda de Fredericksville, o que você acha? Ele mencionou que se interessa por novos métodos agrícolas...

— Sim — Catherine respondeu com seu habitual sorriso enganador.

O que ela estava pensando? De uma coisa podemos ter certeza: nada de bom ou de gentil.

Não havia, aliás, nada de ridículo nos comentários de Sir James sobre as ervilhas. Elas estavam malcozidas, eram muito verdes, e rolaram sobre a porcelana Staffordshire excepcionalmente lisa; e o meu tio só fez um comentário sem maldade sobre isso. Ainda assim, esse "incidente" foi repetidamente usado para difamá-lo.

*Mas, e quanto a Frederica?* A essa altura, as ações e aspirações de Frederica requerem um exame mais minucioso. Qual era o seu papel, ela agia intencional ou inadvertidamente? Aquela noite, após o jantar, atenta, ela observou os dois homens no Salão Dourado: Sir James, que andava pela sala circular admirando as pinturas e os espelhos, e Reginald, que deixava de lado o exemplar de versos que estava lendo. Frederica perguntou se podia ver o livro.

— Oh, sim, por favor.

— Só por um momento...

Ela o ergueu hesitante para examiná-lo.

— Oh, não, eu já terminei. Pode ler, é seu.

— Oh, obrigada!

O entusiasmo e a gratidão desproporcionais desconcertaram e, em certa medida, enojaram Reginald; a garota parecia tão estúpida e patética quanto ele fora levado a crer. Ele se sentiu na obrigação de explicar:

— Não quero deixá-la sob o peso de uma falsa obrigação; eu peguei o livro na biblioteca do Sr. Vernon. Então é a ele que você deveria agradecer.

— Oh, não, não é necessário! — Charles atalhou, adentrando novamente a sala. — Enche-me de alegria ver que esses volumes estão sendo estudados, servindo de companhia em um passeio ou uma caminhada. É para isso que servem os livros: para serem lidos. E também alivia o meu fardo de não me dedicar a eles tanto quanto deveria. Na verdade — ele continuou, dirigindo-se a Frederica —, creio que boa parte desses livros são da biblioteca de seu falecido pai, que eu comprei em um leilão a fim de mantê-los na fam... — Charles calou-se abruptamente, receoso de que os tristes eventos evocados pela menção da ruína de seu falecido pai pudessem machucar Frederica. — Oh, por favor, queira me desculpar...

— Não por isso, meu tio. Muito me alegra que o senhor os tenha mantido consigo, assim como estou certa de que também alegraria meu pai.

— Obrigado. Por favor, leia-os todos; digo, todos os que quiser ler... — Com um educado aceno de cabeça, Charles pediu licença.

Sir James, ao terminar de examinar a decoração, juntou-se novamente aos demais.

— Admiro as pinturas — ele disse —, mas nem tanto os espelhos. Exceto por um, no canto em que fica aquele espelho mais afastado, avistei uma jovem que era muito bonita.

— Deve ter sido Frederica.

Sir James refletiu por um momento.

— Creio que tem razão! O reflexo dela, não? Deve ter sido. Obrigado, Sir.

Outra excelente qualidade de meu tio era que, ao ser corrigido, ele não argumentava ou tentava se justificar. De maneira simples, mostrava-se agradecido, algo a que a natureza humana normalmente resiste, por mais ilógico que seja. Nós sempre deveríamos ser gratos por aprender o que não sabemos, ou por poder contar com terceiros para auxiliar nosso entendimento. Nós *deveríamos* ser gratos, mas dentre os que conheço, apenas meu tio era-o verdadeiramente.

Enfim, ele se virou para Frederica com um largo sorriso.

— Devo dizer, Frederica, que admirei seu reflexo.

Como Sir James Martin se tornou meu tio? Creio que já escrevi que minha mãe, Juliana Martin, era sua irmã mais nova. Mas foi só depois que ela se casou com meu pai, Giancarlo (posteriormente Jean-Charles) Colonna de Cesari-Rocca, herói da luta de independência da Córsega e membro do estado-maior do General Paoli, a quem seguiu no exílio em

Londres, que eu nasci e Sir James se tornou meu tio — papel especialmente importante depois que meu pai retornou ao Mediterrâneo com o General Paoli para retomar aquela batalha.

Minha mãe, Juliana Martin-Colonna de Cesari-Rocca — ao simples ato de escrever seu nome sou dominado pela emoção, um profundo e comovente amor filial — era a irmã mais nova e favorita de Sir James. Eles se davam muito bem e eram admiravelmente parecidos no temperamento: felizes, amáveis e sanguíneos.

Durante minha infância, minha mãe foi meu porto seguro, sentia-me imensamente aliviado por ela não ter morrido prematura como muitas mães morriam naqueles tempos. Ela entendia profundamente as agruras dos garotos pequenos e dos não tão pequenos. Talvez o leitor se surpreenda, mas houve uma época de meus tenros anos em que fui alvo da aparente hostilidade de meus colegas de classe, bem como dos alunos de classes acima e abaixo da minha. Essa hostilidade se manifestava das mais diversas formas: eu era chamado de nomes ridículos, era golpeado com socos, colocavam o pé na minha frente para eu tropeçar; meus pertences eram roubados ou emporcalhados; bilhetes com palavras nada lisonjeiras eram colados nas minhas costas, onde eu não podia vê-los, mas todo mundo ao redor podia. Ha, ha, ha. Ou, mais precisamente, *gawf, gawf, gawf.* [*]

Tal situação, tal panorama, inicialmente me aborreceu. Eu tinha pavor de ir para escola e, se tivesse dutos lacrimais, teria chorado. Até que, certo dia, no chá da tarde, minha mãe revelou-me o porquê de tudo aquilo: os outros garotos tinham uma grande inveja de mim. Ao que tudo indicava, eu tinha atributos notáveis (até então eu não sabia) que despertava a inveja daqueles ao meu redor. Em posse dessa informação, minha perspectiva mudou inteiramente: eu pensava que era a gentalha da escola, mas, conforme se revelou, eu era o suprassumo, o que deixou meus colegas compreensivelmente ressentidos.

Um sentimento de inveja apoderou-se deles e precisava ser extravasado — o que acabou se manifestando em ataques e humilhações contra mim. Daí em diante, quando eu era golpeado ou tinha algum bilhete pendurado em minhas roupas, apenas sorria para mim mesmo — afinal, o que é isso se não elogios? Existe uma expressão popular que diz: "A imitação é a mais

---

[*] Datando do século XVI, *"gawf"* vem do escocês e é uma onomatopeia para uma risada escandalosa ou vulgar.

sincera forma de elogio". Não, não mesmo; não é a mais sincera. Esta seria o desprezo zombeteiro e a agressão física — uma lição que aprendi a duras penas ao longo dos anos.

Na manhã seguinte em Churchill, Frederica poderia ser encontrada diante do fogo no salão principal parecendo fascinada pelo volume das poesias de Cowper* que ela tomara emprestado na noite anterior. Mas estaria ela realmente fascinada? Não era Frederica aquele tipo de garota tímida que sempre carregava um livro consigo para que pudesse se esconder em suas páginas a fim de evitar qualquer contato social que, ela temia, pudesse ser constrangedor, o que quase todos o eram? (Uma tática antissocial que sua mãe considerava intolerável.)

Naquela manhã, enquanto lia, Frederica ocasionalmente erguia o olhar e o fixava no fogo, como se tivesse mesmo compreendido os versos de Cowper e refletisse sobre eles — quando, na verdade, ela podia estar pensando em qualquer outra coisa ou em nada. Visto que eu acho a maior parte dos versos e dos poemas incompreensíveis — com exceção, é claro, das obras do grandioso Pope** — é difícil para mim imaginar ou descrever o que os outros veem neles. Mas talvez Frederica fosse sincera; estivesse refletindo sobre Cowper, sugerindo que isso significasse algo para ela — como também significava para Reginald. Esse, aliás, talvez fosse o primeiro indício de que eles combinavam um com o outro, embora Reginald ainda a considerasse estúpida e inexpressiva. De todo modo, creio que não é da natureza masculina a aptidão de julgar uma mulher em seu verdadeiro valor.

Lady Susan levantou-se felizmente curada da indisposição que a acometera na noite anterior. Diante das súplicas de Reginald, ela se juntou a ele para uma caminhada nos jardins de Churchill.

— Esse homem, Sir James Martin — ele perguntou —, a senhora o conhece bem?

— Até certo ponto.

— Por que, se me permite perguntar, ele está aqui?

---

* William Cowper (1731–1800), poeta e hinista.
** Alexander Pope (1688–1744), incontestavelmente o maior de nossos poetas.

— Creio que Sir James já tenha esclarecido: ele não conhecia ninguém nas redondezas e queria evitar um pernoite na estalagem, o que bem posso compreender.

— Ele é terrivelmente ridículo.

— Decerto ele não é nenhum Salomão, mas...

— Salomão?

— O sábio rei da Bíblia; sei que não é o caso dele. Contudo, qualquer homem que navega pelas vagas da corte romântica, e ocasionalmente é tragado pelas águas tortuosas, não está apto a demonstrar o seu melhor.

— O quê?

— Uma simples palavra, Reginald: "Compreensão". Admiro a sua sagacidade, mas suspeito que você não esteja inteiramente a par do quanto intimida os demais ao seu redor, em particular, um jovem homem sobre o qual você exerce toda vantagem, seja pela posição, pela aparência ou pelo caráter.

Eis o que eu também presumo: é muito fácil para alguém meter-se em uma situação na qual uma das partes é vista sob uma luz desfavorável. Minha ex-esposa considerava-me entediante, ao passo que eu a considerava rude. A questão que quero colocar é a seguinte: a má-opinião que ela nutria a meu respeito era anterior ou posterior à sua própria conduta? Digo, foi o que provocou ou o que justificou seu comportamento? Aqueles que se perdem da virtude, primeiro causam injúrias e então procuram culpados.

À explicação de Lady Susan, Reginald redarguiu:

— Eu sou o culpado pela tolice de Sir James Martin?

— Sim. Ele realmente parece um tolo quando está perto de você.

— Ele não é um tolo com todo mundo?

— Não — ela garantiu.

— Creio que todos os outros tiveram a mesma impressão que eu.

— Eles só o viram quando você também estava presente.

— Então a senhora nega as intenções de Sir James a seu respeito?

— A meu respeito?

— É evidente que ele está perdidamente apaixonado pela senhora.

Susan riu como se estivesse surpresa e lisonjeada.

— Não, é por Frederica que ele está enamorado.

— Não é possível.

— Bem, ele fez a proposta para ela.

— Como um paspalhão como ele poderia ter a audácia de cortejar sua filha? É incompreensível.

— Trata-se da "incompreensão" dos ricos e dos que são bem de vida! Você pode se dar ao luxo de exigir os mais altos padrões e elevar ainda mais o seu orgulho. Mas se soubesse a extensão do ridículo que a masculinidade impõe à tolerância de uma jovem garota sem fortuna, você seria mais generoso com Sir James.

Boas novas chegaram a Lady Susan no fim daquela semana: a Sra. Alicia Johnson, sua amiga americana, enviou-lhe o aviso de que sua carruagem faria uma parada em Hurst & Wilford para trocar os cavalos, com tempo para uma breve visita e troca de confidências. Lady Susan encontrou-se com a amiga em estado de exasperação.

— O Sr. Johnson é implacável — Alicia disse. — Não serei enviada de volta para Connecticut!

— Não consigo entender por que ele acredita que associar-se a mim poderia macular sua reputação. Mas, uma pergunta: quando você viu Sir James, ele mencionou algum plano de vir até Churchill?

— Céus, não! Que loucura! Como o Sr. DeCourcy reagiu?

— Devo confessar que foi um tanto gratificante. A princípio, Reginald encarava Sir James com um olhar não totalmente desprovido de ciúmes. Todavia, era impossível torturá-lo, por isso tive de revelar que o objeto de desejo de Sir James era Frederica. E ele ficou completamente abismado! Quando estávamos a sós, não tive dificuldade para convencê-lo de que eu tinha uma justificativa; não me lembro exatamente da argumentação, mas tudo ficou bem resolvido.

Farei um breve comentário sobre este trecho da conversa, o qual considero essencialmente falso.

— O jovem DeCourcy não é estúpido; e fala com grandiloquência. — Tal fala foi imputada a Lady Susan. — Mas não posso deixar de olhar com certo menosprezo para as fantasias do coração, o que me leva a duvidar da razoabilidade das suas emoções. Prefiro vastamente o espírito generoso de um Manwaring, que, diante da arraigada convicção do mérito de alguém, mostra-se satisfeito em aceitar que, qualquer que seja a atitude dessa pessoa, ela está correta.

— Eu sei que ninguém é realmente digno de você, minha cara, mas o jovem DeCourcy talvez valha a pena ser conquistado.

Esse relato, estou certo, não reproduz fielmente a conversa das amigas, nem representa a verdadeira perspectiva de Lady Susan. Sua principal fonte é o relato da autora solteirona, que foi, como sempre, muito tendenciosa. "Um absurdo pavoroso!", foi o que declarou a Sra. Johnson, quando lhe perguntei a respeito alguns anos depois. O retrato de minha tia e sua amiga como mulheres cínicas e interesseiras, caçadoras de fortunas, é uma caricatura cruel, cuja falsidade pode ser exposta com facilidade; o que em breve eu farei.

Na mesma tarde em que Lady Susan encontrou a Sra. Johnson, uma interessante discussão desenrolou-se em Churchill, que seria posteriormente distorcida pelos interlocutores maliciosos para, como de costume, achincalhar meu tio.

Frederica, Reginald e Charles Vernon estavam lendo no Salão Dourado, cada um confortavelmente sentado em uma poltrona, quando Matthew, o lacaio, trouxe o número mais recente da *The Gentleman's Magazine*. Sir James, que adentrou o ambiente pouco depois, viu a revista e a pegou.

— O senhor gosta da *The Gentleman's Magazine*, Sir James? — Charles indagou, afável.

— Não, na verdade não — Sir James respondeu. — Mas até que eles lancem a *The Baronet's Quarterly*, esta vai ter de servir.

Charles apreciou o chiste. Não havia, é claro, nenhuma *Baronet's Quarterly*. Aquilo foi apenas uma excelente piada da parte de meu tio — por ele ser um "baronete", não meramente um "cavalheiro" como era o Sr. Vernon, mas não havia nenhum elemento esnobe ou de presunção em seu comentário, pois tal postura era completamente alheia à natureza de meu tio.

Sir James sorriu e caminhou de maneira descontraída rumo ao lado da sala em que Frederica estava lendo. Ele virou-se na direção dela e lhe dirigiu a palavra com sua habitual cortesia:

— Com licença, Frederica — ele disse. — Quando desci as escadas esta manhã não pude deixar de notar que você estava lendo um "livro". Que "livro" era?

Frederica mostrou o livro que estava lendo.

— Este volume dos versos de Cowper.*
— Cowper, o poeta? Ele também escreve versos? Que impressionante.
— Sim — Reginald interveio —, ele era bem versátil.

(Versos-Versátil era a versão de Reginald de um trocadilho; os DeCourcys não tinham muita facilidade com jogos de palavras.)

Sir James sentou-se perto de Frederica.

— Então, Frederica, além de poesia, você também lê versos? Nisso, creio que puxou à sua mãe, que tem um vasto conhecimento. Ontem mesmo ela me citou uma história bíblica sobre um rei muito sábio, o que me trouxe à memória as histórias que aprendemos na infância. Talvez a mais significativa na formação de princípios de um indivíduo seja aquela do velho profeta,** que desceu o monte trazendo as tábuas inscritas com os Doze Mandamentos, que nosso Senhor nos ensinou a obedecer sem falhas.

— Os Doze Mandamentos? — Reginald perguntou.

Sir James acenou afavelmente em concordância.

— Perdoe-me... — Charles interveio num tom apologético. — Creio que eram apenas Dez.

— Oh, é mesmo?! — Sir James exclamou. — Apenas Dez devem ser obedecidos? Bem, então... quais são os dois que foram excluídos? Tomara que seja aquele sobre guardar o sábado. — Ele arriscou com um sorriso. — Eu prefiro caçar.

— Bem... — Charles hesitou.

— Se não for esse — Sir James continuou —, fica mais difícil. Muitas das proibições: não matarás, não cobiçarás a casa, ou a esposa do vizinho, nós não cometeríamos de todo modo *Porque É Errado*, ainda que o Senhor nos permita excluir ou não algum deles.

Sir James olhou para Frederica para angariar seu apoio; para ver se suas observações tinham surtido um efeito favorável sobre ela. Seus verdadeiros sentimentos, no entanto, eram inescrutáveis.

---

\* Pronuncia-se "Cooper", exceto no País de Gales e por certos descendentes da família de Cowper (o poeta mesmo não teve filhos). Embora educado em Westminster, Cowper não era bom em jogos, dedicando-se então aos versos e hinos.
\*\* Moisés, profeta do Velho Testamento.

O discurso de Sir James sobre os "Doze Mandamentos" obviamente era uma chacota, bem típico de seu jeito de ser — mas os DeCourcys, sem senso de humor, recusaram-se a reconhecê-lo. Aqui, eles viram outra oportunidade de ridicularizar e tecer injúrias contra meu tio e, por meio dele, contra Lady Susan. Charles Vernon, entretanto, admitiu de bom grado que achava a conversa de Sir James divertida (o termo usado foi "engraçada"). Ele estava rindo quando pontuou para Catherine:

— Tenho que dizer: aprecio o humor de Sir James. Deveras engenhoso.

Seja como for, as pesquisas de eruditos da Bíblia já sugeriram que "doze" seria o mais exato ao se enumerar os mandamentos. Alguns, inclusive, já identificaram quinze mandamentos no texto relevante (Êxodo 20:1-17), o que faria da versão de Sir James a mais próxima da correta.

Trata-se de uma situação frequente: o indivíduo que enxerga a verdade antes dos outros é causticamente ridicularizado por aqueles que continuam arraigados a convenções errôneas.

Para melhor compreender meu tio, um recurso da sabedoria antiga é de grande valia. Os médicos de tempos passados examinavam a natureza humana com base em quatro "humores". Conquanto esses "humores" não façam mais parte da medicina ortodoxa, eles ainda descrevem comportamentos e perspectivas de modo bem útil. Os humores associados à "bile negra" e à "bile amarela"* — no primeiro caso representando ânimos abatidos ou deprimidos (melancólicos), no último um temperamento raivoso (colérico) — serviriam bem para caracterizar os DeCourcys e sua escrivã solteirona. Indivíduos coléricos de temperamento sombrio encontram um peculiar *soulagement*** em atacar, desvalorizar e desmoralizar os outros, em especial os de temperamento sanguíneo, como meu tio. Sua disposição feliz parecia, particularmente, enfurecê-los.

Um vergonhoso preconceito contra os que nutrem sentimentos alegres e generosos há tempos assola nossa sociedade — uma concepção de que àqueles que possuem uma visão otimista faltam o discernimento, a inteligência e a gravidade daqueles que transbordam bile. Que crença falsa e corrosiva!

De forma semelhante, esses sujeitos cheios de bile negra e amarela transformam em "ultrajes" imperdoáveis as faltas e os pequenos erros ocasio-

---

* Daí que vem o adjetivo *bilioso*.
** *Consolo* em francês.

nalmente cometidos por aqueles de nós que lidam com negócios mundanos, apesar de nossos melhores esforços e toda boa vontade. Tamanha injustiça e hipocrisia pode despertar uma ira extrema em um cidadão de bem.

Mais relevante é o enigma proposto pelos antigos — acredito que foi Demóstenes — que fala da "taça" com líquido até a metade: trata-se de uma taça "meio cheia" ou "meio vazia"? Ao responder esta questão, aqueles de compleição como a dos DeCourcy só veriam a parte vazia e reclamariam, "Por que é que esta taça não está cheia?", ou ainda: "Fomos enganados! A taça está vazia. Quem tomou o resto?". Eu quase posso ouvir as suas vozes. Eles veriam apenas a deficiência e protestariam, com amargura e arrogância.

A perspectiva de meu tio era totalmente oposta. Ele apreciaria a porção menor, considerando-a apropriada, prática, até mesmo elegante. A taça cheia até a borda poderia muito bem respingar, causando danos, manchando roupas ou móveis, além do desperdício. No mínimo, seria necessário sorver o líquido com extremo cuidado, de modo que a taça não poderia ser facilmente entregue e partilhada com um amigo. A assim chamada taça "meio cheia" pode, por outro lado, ser transportada livremente sem derramar; pode ser apreciada em movimento ou durante uma caminhada. Na realidade, até mesmo a metade que é encarada como "vazia" não o está verdadeiramente; ela está cheia até a borda com o saudável e indispensável à vida "Ar". Se alguém fosse preso em um cofre sem ar, a metade "vazia" da taça poderia provar a diferença entre a vida e a morte. Assim, a taça que outros (os DeCourcys) achincalhariam por sua vacuidade, Sir James veria e apreciaria por suas inúmeras e mais significativas vantagens. Seu idealismo era tão puro, tão elevado, que estava inteiramente além da compreensão de almas vulgares e coléricas como os DeCourcys e sua escriba cínica. Na verdade, escapava a quase todos.

## SIR JAMES MARTIN SOCORRE UMA VIÚVA

A grande esperança de Sir James era a de que em pouco tempo Frederica tornar-se-ia sua noiva, e nesse caso Lady Susan ganharia um novo papel: o de sogra. (A lembrança de que fora a mãe que primeiro lhe roubara o coração em Langford parecia ter sido posta de lado. Ou não?)

Sir James tentou cogitar que passos confidenciais poderiam aliviar o arrocho nas finanças da admirável dama. E decidiu recorrer a uma forma de empréstimo cujo pagamento não seria necessário nem esperado e, como veio a descobrir, este era precisamente o tipo de arranjo financeiro que também favorecia Susan. Sir James, sem querer intrometer-se na privacidade dela, permaneceu educadamente postado do lado de fora da porta entreaberta de seus aposentos enquanto discutia os detalhes finais do empréstimo.

— É tão gentil de sua parte — Lady Susan disse. (Consigo até imaginar sua voz adorável; o tom encorpado e cheio de doçura com o qual tanto me familiarizei na infância.\*)

— Não, sinto-me encantado... honrado. O prazer é meu.

— O senhor gostaria que eu assinasse um recibo?

— Não, não, sem documentos. Nenhum recibo é necessário. Tudo entre família... ou assim espero que seja, em breve.

— E a carruagem?

---

\* Mesmo aos 8 anos, todos nós éramos um pouquinho apaixonados por ela. Nessa idade, os sentimentos são puros e idealizados, um raio de luz quente que se alastra pela consciência. As imaginações e os pensamentos repugnantes geralmente não nos acometem pelo menos pelos próximos cinco anos, mais ou menos.

— Oh, sim, a carruagem. Definitivamente. Certamente. Um prazer. Uma honra.

Naquela noite, os Vernons deram um pequeno baile no salão principal de Churchill, com uma banda de cinco músicos trazida especialmente para a ocasião. O jovem pároco da paróquia de Churchill e vários vizinhos compareceram, formando um grupo não muito grande, mas animado e simpático. O ponto alto, todos pensaram, foi a empolgante interpretação da pequena orquestra de "Sir Roger de Coverley". A princípio, Reginald formou par com Lady Susan e Frederica com Sir James. Meu tio estava particularmente animado naquela noite, divertindo-se muito. Infelizmente, uma pessoa animada pode deprimir ainda mais uma pessoa desanimada; e parece ter sido o que aconteceu com Frederica.

Mesmo se alguém ainda tentasse argumentar, como eu, que a aversão dela pela corte de Sir James era infundada e bastante injusta, ela foi, no entanto, passionalmente sentida. Após a dança, Frederica estava ainda mais desesperada. Naquela noite, ela mal dormiu.

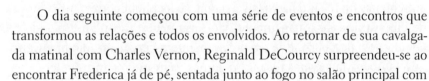

O dia seguinte começou com uma série de eventos e encontros que transformou as relações e todos os envolvidos. Ao retornar de sua cavalgada matinal com Charles Vernon, Reginald DeCourcy surpreendeu-se ao encontrar Frederica já de pé, sentada junto ao fogo no salão principal com a cabeça enfiada em um livro (embora, de fato, ela estivesse à espreita,[*] aguardando a chegada de Reginald).

— Oh, olá! Bom dia! — Reginald cumprimentou-a mais afavelmente do que o usual; para o azar de Frederica, que até já tinha aprendido a lidar com o desprezo.

— Você saberia onde posso encontrar sua mãe?

— Creio que ela saiu.

— Saiu?

Frederica não respondeu. (A base deste relato são conversas que tive com ela muitos anos depois; a partir do meu conhecimento pessoal dos demais envolvidos, bem como do Castelo de Churchill, acrescentei detalhes adicionais de interesse do leitor.)

---

[*] "À espreita", uma expressão que sugere uma postura vigilante, preparatória para uma emboscada.

Reginald, preocupado com a aparente aflição da menina, aproximou-se, embora tenha permanecido em pé. (As lembranças de Frederica podem ter sido amenizadas, uma vez que foram revisitadas através de uma névoa romântica.)

— Você está bem?

Frederica primeiro acenou com a cabeça, então ficou rígida como se estivesse paralisada de medo ou sofrendo de algum derrame debilitante,* o que seria extremamente incomum em alguém tão jovem.

— O que foi?

Frederica não conseguia responder.

— Diga-me: qual é o problema?

Frederica parecia atormentada demais para falar, com medo de que, se arriscasse uma palavra, acabaria se desmanchando em lágrimas. Então, ela não disse nada, e ficou olhando para algum ponto indefinido do chão.

— Por favor, diga — Reginald insistiu.

— Sir, eu... eu não sei a quem mais posso recorrer.

— O que foi? Por favor, me diga.

— Eu sinto muito, eu não deveria dizer nada! Mas é que... que o senhor é o único a quem minha mãe talvez dê ouvidos.

— Por que você diz isso?

— Ela não concede a ninguém a atenção que concede ao senhor, com exceção de Lorde Manwaring.

— Manwaring? O que você está insinuando?

— Não, eu sinto muito! — Frederica disse, o pânico escorrendo em seus lábios. — Eu só quis dizer que, dentre todas as pessoas, pensei que minha mãe ouviria mais ao senhor.

— Deixe-me ver se entendi: você está tentando me dizer que a presença e a corte de Sir James não lhe são bem-vindas? — Reginald perguntou, finalmente tomando assento.

Frederica anuiu.

— Se a presença dele aqui a incomoda, é a Charles ou à minha irmã que você deve recorrer.

Frederica não respondeu imediatamente.

— Eu... eu prometi à minha mãe que não o faria.

---

* Um ataque apoplético, cujo nome deriva da expressão "Derrame da mão de Deus" (Século XVI).

— Não entendo. Por que faria tal promessa?

Frederica, percebendo que fora longe demais, ficou desnorteada. Com um fiapo de voz, ela confessou:

— Ela assim o exigiu.

— O que ela exigiu?

Frederica pareceu estar paralisada novamente.

— O quê?... Esses silêncios são irritantes.

— Minha mãe me proibiu.

— Não entendo.

— Eu prometi que não levaria este assunto à minha tia nem ao meu tio.

— E por qual razão?

— É errado da minha parte dizê-lo agora. Se eu não estivesse num beco sem saída, eu não o diria: eu não posso me casar com Sir James!

— E qual é a sua objeção?

Frederica ficou pasma diante do questionamento; Reginald parecia ser o mais severo crítico de Sir James. Eu mesmo nunca entendi tão firme oposição de Frederica contra o pedido de meu tio. Talvez houvesse algum elemento de vaidade: não fora ela a escolher o homem que tão enfaticamente lhe pedia a mão. Ou um preconceito tão arraigado lhe fora engendrado contra o pretendente, que nada do que pudesse ser dito deporia a seu favor. Não obstante, ainda me é doloroso recordar a resposta que ela deu a Reginald naquela manhã (de cuja escolha de palavras, eu soube, ela muito se arrependeu posteriormente):

— O senhor deve ter notado... ele é deveras tolo.

— Mas, e além disso?

— Além disso?

— Sim. Confesso que a primeira impressão que tive dele também foi... indiferente. Mas não são os conhecedores destas questões que julgam Sir James um homem de temperamento alegre, feliz em devotar uma vultosa quantia para o conforto da esposa? E dizem que é um "bom negócio", "bom partido" ou o que quer que digam...

A insuportável condescendência e complacência dos DeCourcys! É algo que muito me enfurece. É claro que Reginald, herdeiro de uma propriedade substancial, firmemente testamentada, poderia dar-se ao luxo de debruçar-se sobre considerações tão essenciais. O mesmo não é tão fácil para o restante do mundo. Frederica, pelo menos, era menos presunçosa.

— Eu preferiria trabalhar pelo meu pão!
— E o que você faria?
— Eu poderia lecionar. Poderia...
— Lecionar! — Reginald exclamou. — Você deve ter passado pouquíssimo tempo na escola para pensar nisso. — Esta repetida depreciação da carreira docente, como se as condições de pouco prestígio, remuneração miserável e praticantes paupérrimos devessem torná-la motivo de zombaria entre os arrogantes, embora menos verdadeira hoje em dia, após uma reflexão mais profunda, deve-se admitir que é essencialmente genuína.
— Diga-me: como isso aconteceu? — Reginald indagou. — Sua mãe é uma mulher de excelente entendimento, que se mostra atribulada por você, embora com sabedoria e bom senso. Como ela poderia estar tão enganada como a senhorita sugere, se você verdadeiramente despreza Sir James?
— Eu não desprezo Sir James. Tenho certeza de que ele é um homem gentil e encantador... ao seu modo. Certamente, ele é simpático, e não tenho dúvidas de que poderia gostar dele se fosse meu primo, ou o primo de um primo, ou um amigo, ou amigo de um amigo, ou um conhecido, ou um parente distante... Eu só não quero me casar com ele.
— Venha. — Reginald pôs-se de pé. — Conte-me os pormenores. Se eles são como você diz, por nada nesse mundo sou capaz de imaginar por qual motivo sua mãe permaneceria surda aos seus desejos.

Frederica agiu de modo muito errado ao ter falado com Reginald sobre esse assunto. Ingrata e insensível aos esforços que sua mãe estava fazendo em seu nome, Frederica fechou-se para um jovem homem valoroso enquanto colocava em risco a cordial relação de sua mãe e Reginald, que era tão importante para ambos. Tal comportamento é comum entre garotas a quem foram concedidas indulgências demais ou de menos. Creio que, alguns anos depois, a própria Frederica também se deu conta disso. Reginald DeCourcy talvez fosse mais bonito, ambos eram jovens e tinham idades compatíveis, mas Sir James sempre foi alegre e divertido, seja intencionalmente ou não, e ao longo de uma vida essas qualidades tornam-se muito valiosas em minha opinião.

Um debate entre Lady Susan e Reginald aconteceu àquela altura, da qual sabemos apenas o resultado e os comentários posteriores.

Mais tarde, Reginald juntou-se a Catherine no Salão Azul, onde ela estava separando pequenas quinquilharias que preparava para dar de presentes de Natal. Apesar de rica, Catherine não era nem atenciosa nem generosa; aqueles que frequentam tais círculos sabem que este aparente paradoxo é, na verdade, bastante comum.

— Catherine, eu gostaria de lhe agradecer por esta visita.

Reginald parecia um tanto agitado; havia um ligeiro rubor em sua feição.

— Você está indo embora?

— Sim, eu devo.

— Por quê?

— Como você disse, é importante que um de nós esteja com nossos pais nessa época.

— E você tomou essa decisão agora?

— Sim. Mas antes de ir, preciso fazer um pedido: ficaria grato se você pudesse observar para que justiça seja feita a Frederica. Ela é uma doce garota que merece um destino melhor.

— Fico feliz por você enxergar o valor dela.

— Sim, eu abri os olhos* para muitas coisas...

Pouco tempo depois dessa conversa, Frederica, em um estado visivelmente perturbado, desceu as escadas e se aproximou de Catherine no Salão Dourado.

— Tia, eu fiz algo muito errado...

— Tenho certeza que não...

---

* Essa impressão de "finalmente abrir os olhos" significa estar alerta à verdade ou ao perigo é bem recorrente — mas é quase inteiramente ilusória. A implicação é que, com os olhos abertos, os perigos serão identificados e evitados, uma noção que, embora possa ser reconfortante, é totalmente falsa. Raramente sofremos algum mal quando estamos de olhos fechados, geralmente ele nos acomete quando estamos de olhos abertos. Falando de minha própria experiência, desastres se abateram sobre mim somente quando eu estava de olhos abertos. Vulcões em erupção, terremotos ou incêndios, uma pessoa quase sempre está mais segura quando está de olhos fechados. Mas este não é o senso comum, e Reginald DeCourcy não era o tipo de homem que sondava as profundezas dos assuntos.

— Não, eu fiz — Frederica insistiu. — E agora o Sr. DeCourcy e minha mãe tiveram um desentendimento: ele vai embora e é minha culpa! Minha mãe jamais me perdoará...

— Não se preocupe. Se o que você teme realmente vier a acontecer, ficarei feliz em interceder...

Frederica recolheu-se em seu quarto, por pouco não cruzando com a mãe quando ela deixou seus aposentos. Lady Susan tinha em mãos um pequeno e impecavelmente bem embrulhado pacote.

— Boa tarde, Catherine. Aquela tosse do jovem Frederic me preocupa; eu trouxe de Londres as excelentes pastilhas do Dr. Preston. Você as aceitaria para ministrar ao querido garoto?

Ela estendeu o pequeno embrulho para Catherine, que trazia impresso o garboso emblema: "As Famosas Pastilhas do Dr. Preston para Tosse e Moléstias da Garganta".

— Sim, obrigada — Catherine agradeceu com uma evidente falta de gratidão sincera.

— Aliás, é verdade que hoje perderemos o Sr. DeCourcy?

— Sim, ao que tudo indica.

— Que engraçado! Quando ele e eu conversamos, a menos de uma hora, ele não mencionou nada...

Susan perscrutou a expressão de Catherine em busca de uma resposta e acreditou ter encontrado:

— Mas, talvez, ele ainda não conhecesse a si próprio na ocasião. Os jovens são tão impetuosos em suas resoluções...

— Eu não diria que Reginald é impetuoso.

— Oh, sim, ele é — Susan insistiu com suavidade. — Ele é como outros homens nesse aspecto: apressado em tomar decisões e então mais apressado para desistir delas! Não me surpreenderia se ele mudasse de ideia e resolvesse ficar.

— Ele me pareceu bastante decidido.

— Bem, é o que veremos... — Susan sorriu e começou a se retirar, então parou. — Algo estranho também parece estar afetando Frederica... Na verdade, creio que a garota está caindo de amores pelo seu irmão!

Logo após essa conversa, ainda na mesma tarde, Wilson, o mordomo, bateu na porta de Reginald. Reginald, sem casaca, a abriu. A aristocracia rural daquele período se guiava com bem menos formalidade do que nos comportamos hoje em dia, e ocasionalmente com uma grosseira falta de boas maneiras. A história dos bons modos tem sido uma de constante melhoria e aumento da elegância.

— Sir, Lady Susan perguntou se poderia trocar uma palavrinha com o senhor, se teria a gentileza de visitá-la em sua antecâmara.

Wilson fez uma mesura e se retirou. Reginald vestiu a casaca com uma expressão em parte ansiosa, em parte temerosa. Ele desceu lentamente as escadas até o piso em que se localizavam os aposentos de Lady Susan e bateu à sua porta.

— Entre. — A voz de Lady Susan falhava, como se estivesse às lágrimas e ainda não plenamente recomposta. Ela se levantou da escrivaninha quando Reginald entrou. — Perdoe-me por chamá-lo aqui, Sir, mas acabei de ficar sabendo que o senhor tem a intenção de partir hoje. Isso é verdade?

— Sim, é sim.

— O senhor poderia fechar a porta? — ela pediu, com a voz titubeante. Então se sentou e indicou a Reginald que fizesse o mesmo. — Rogo-lhe que não encurte sua visita nem por uma hora sequer por minha causa — ela começou. — Estou perfeitamente ciente que, depois do que se passou entre nós, seria dificultoso permanecermos na mesma casa. Mas sou eu, não o senhor, quem deve partir.

— Não. Por quê?

Lady Susan ergueu a mão.

— Minha visita já foi inconveniente o bastante para sua família; a minha delonga oferece o risco de apartar um clã em que todos são tão carinhosamente apegados uns aos outros. A minha partida será de pouca significância — aqui a voz dela falhou novamente —, ao passo que sua presença aqui é de suma importância para todos.

No Salão Dourado, Catherine preocupava-se com a situação de Frederica. Suas mãos ocupavam-se com os trabalhos de agulha; o grande consolo de tais atividades é o modo como elas permitem ao corpo se desconectar da mente, normalmente uma tirana ciumenta. Reginald entrou no salão, parando no centro, perfeitamente imóvel.

— Reginald, Charles gostaria de falar com você antes de sua partida...

— Não será necessário.

— Mas... ele queria falar com você sobre a caçada.
— O que eu quero dizer é que não vou partir. Decidi ficar.
— Não vai mais para Parklands?
— Não. Houve um terrível engano. — Reginald olhou ao redor como se quisesse assegurar de que eles estavam inteiramente sozinhos. — Permita-me explicar?
— Sim, claro que sim, por favor.

Ele se sentou.

— Receio que agi com uma impetuosidade imperdoável. Ao agir assim, cometi uma violenta injustiça contra Lady Susan. Eu estava completamente enganado e estava a ponto de partir sob uma falsa impressão. Frederica não compreendeu a mãe; Lady Susan não quer nada além do bem da garota...
— Obrigando-a a se casar com Sir James Martin?
— É tudo um mal-entendido; o verdadeiro problema é que Frederica não aceita a amizade da mãe...
— Não aceita a amizade dela?
— Sim; ao que tudo indica, durante a prolongada doença do Sr. Vernon, o comportamento de Frederica com a mãe tornou-se hostil. Tal postura, de se ressentir com um dos pais por mais bem-intencionado que ele seja com o filho, é, aparentemente, bastante comum entre meninas da idade dela. Eu não tinha o direito de interferir, e a Srta. Vernon cometeu um engano ao recorrer a mim.
— Mas Lady Susan está obrigando a menina a se casar...
— Não, de modo algum. Frederica está completamente equivocada em relação à mãe. Um engano que enche Lady Susan de preocupação; ela me pediu para requisitar junto a você o favor de conceder-lhe tempo para uma conversa.
— Uma conversa? Comigo?
— Sim. Ela ainda está bastante descomposta e permanece em sua antecâmara. Você poderia ir ter com ela?

— Entre.

A resposta foi pronunciada num tom de voz tão frágil e suave que Catherine mal conseguiu distinguir. Ela abriu a porta; Susan lhe deu as boas-vindas com um sorriso tocante.

— Meu irmão disse que você deseja ter uma conversa — Catherine disse.
— Sim. Obrigada por vir. Por favor, sente-se.

Quando ambas tomaram assento em um par de poltronas próximo ao fogo, Susan começou:

— Eu não lhe expressei a minha esperança de que seu irmão iria ficar?

— Sim. Você sem dúvida tem uma habilidade fantástica para adivinhar o futuro quando meu irmão está envolvido.

— Por favor, não se ressinta dessa intuição! — Susan exclamou, com um tom de triste arrependimento. — Eu não teria arriscado palpite algum se não tivesse, naquele momento, ocorrido a mim que a decisão de Reginald foi fruto de uma acalorada discussão que tivemos acerca da presença de Sir James aqui. Eu sei que, para alguns, Sir James parece "abaixo do par"*... suas maneiras pueris e interesses esportivos, *et cetera*.

— Isso a surpreende?

— Não. É o modo como Frederica atuou para tornar sua oposição conhecida...

— Creio que ela temia que você ficasse brava.

— Eu sei. Mas, ao contrário, eu louvo seu bom senso. Foi uma deleitosa surpresa.

— Você não tinha ciência dele?

Susan ponderou a questão.

— Não, não tinha. Frederica raramente faz justiça a si mesma. Seus modos são tímidos, seus hábitos mentais são solitários. Talvez a natureza indulgente de seu pai a tenha mimado demais; a severidade que eu tive de mostrar desde então lhe causou um estranho medo de mim. Esse *éloignement*** entre nós talvez tenha conduzido erroneamente Frederica ao Sr. DeCourcy, implorando-lhe que intercedesse por ela...

— E que outro recurso ela tinha?

— Meu Deus, o que você deve pensar de mim! Como você pode acreditar que eu estava ciente do quão infeliz ela estava? Para qualquer mãe o bem-estar de nossos filhos é nosso primeiro compromisso e dever terreno!

— Você não sabia que ela não gostava de Sir James?

---

\* "Abaixo do par" — a referência faz menção a um título que é negociado por menos que o seu valor nominal ou "valor ao par"; percebam que esta não é a visão de Lady Susan, mas daqueles "alguns" como os que pertenciam ao círculo dos DeCourcy.
\*\* *Éloignement*, termo francês para apartamento, separação, distanciamento.

— Eu sabia que ele não era o primeiro homem que ela teria escolhido se guiada pelo julgamento incompleto, ou melhor, malformado da juventude, oriundo da leitura de romances que usam termos como "Amor" e similares em seus títulos. Que estrago tais livros fazem! Mas eu não estava inteiramente persuadida de que a decisão dela estava firmemente estabelecida.

Lady Susan fez uma pausa, então se inclinou para a frente para fazer uma confidência com a concunhada, uma nota de tristeza encorpando novamente sua voz.

— Existe algo que não revelei: a apelação de Frederica ao Sr. DeCourcy, e sua disposição imediata de tomar o partido dela, me feriu profundamente. Ele tem ânimos quentes e, quando veio protestar comigo, estava transbordando de compaixão por essa menina mal-acostumada! Ele me julgou mais culpada do que eu era, ao passo que eu considerei a interferência dele mais indesculpável do que agora acho. Quando soube da intenção dele de deixar Churchill, resolvi esclarecer tudo antes que fosse tarde demais. Agora que estou ciente da profundidade da aversão de Frederica por Sir James, repreendi-me durante por um dia, ainda que inocentemente, ter lhe causado tamanha infelicidade. Eu gostaria de informar prontamente o pobre homem de que deve desistir de todas as suas esperanças em relação a ela!

Mesmo muitas décadas após esses eventos, ainda sinto o "sangue ferver" ao ler como meu tio foi denegrido; total e inteiramente achincalhado. Não é coincidência, tenho certeza, que aqueles que mais difamaram Sir James eram também aqueles que caluniaram Lady Susan e sua encantadora amiga americana, a Sra. Johnson.

Um episódio estapafúrdio na crônica da autora solteirona relata uma suposta conversa (transposta, é claro, em uma troca de cartas) entre Lady Susan e a Sra. Johnson, que teria acontecido logo após Lady Susan ter retornado a Londres naquele mês de dezembro. Ele retrata Lady Susan durante uma visita à Alicia na Edward Street (o que seria impossível, visto que Sr. Johnson banira as visitas dela).

— Peço-lhe que me dê as felicitações, minha querida! Sou eu mesma novamente: faceira e triunfante...

— Meus parabéns! — diz esse relato que a Sra. Johnson respondeu. — Que maravilha...

— Mas é aterrador o quão perto cheguei da destruição, escapando apenas no último instante com tamanha abnegação que, devo confessar, surpreendeu até a mim.

— Seus amigos há tempos sabem disso, minha cara...

— Que amigos? — Susan brincou; ela certamente sabia que tinha muitos amigos, mas gostava de exaltar a posição privilegiada de Alicia.

— Orgulho-me de ser a única, além de você mesma, a conhecer a extensão de sua genialidade.

— Obrigada; mas não corremos o risco de sermos flagradas pelo Sr. Johnson?

— Tenho a felicidade de informá-la de que a gota do Sr. Johnson o levou para Bath, onde, se as águas estiverem favoráveis, ele permanecerá por várias semanas.

A ideia de Alicia Johnson ter feito tal declaração é uma invenção maliciosa; entre outros fatores, o Sr. Johnson detestava Bath, considerando Tunbridge Wells mais respeitável.

— Tudo começou com Frederica — Lady Susan continuou — que, em um surto de loucura, implorou a Reginald que intercedesse por ela; como se eu fosse algum tipo de mãe insensível que não deseja o melhor para minha filha! Reginald apareceu em meus aposentos com uma expressão da mais arraigada solenidade para comunicar-me que era uma impropriedade permitir que Sir James Martin cortejasse Frederica! Eu tentei enredá-lo, mas ele se recusou a me ouvir. Quando eu calmamente exigi uma explicação, insistindo em saber por quem ele fora impelido, quem o comissionara a me repreender, ele então contou-me, em meio a alguns elogios fora de hora, que minha filha se apresentara a ele expondo algumas circunstâncias que lhe provocaram "grande inquietação"...

— Céus, ele é assim tão pomposo?

— A pomposidade eu já esperava; a deslealdade é o que me ultraja. Se ele realmente me tivesse em alta conta, não acreditaria em tais insinuações levantadas contra mim. Um amante valoroso assumiria que uma pessoa sempre age guiada por motivos incontestáveis em tudo o que faz!

— Decerto que sim...

— Onde está o ressentimento que o verdadeiro amor inflama contra aqueles que difamam o ser amado? E ela, uma criança, uma regateira, sem talento nem educação, a quem ele fora tão bem adestrado a menosprezar? Mantive a calma por algum tempo, mas até o mais louvável autodomínio cai por terra. Ele se esforçou, como se esforçou, para apaziguar meu ressentimento, mas por fim retirou-se tão abalado quanto eu estava.

Obviamente, este relato está gravemente deturpado; Lady Susan era devotada à filha, como declarou em inúmeras ocasiões. Note como a esperta (embora em um sentido que não é passível de admiração) e inescrupulosa autora procura criar uma aura de "Verdade" em sua versão ao intercalá-la com trechos reais da conversa.

— Mal transcorrera uma hora quando soube que Reginald estava partindo de Churchill — Susan disse (de acordo com esta versão). — Algo precisava ser feito; a condescendência era necessária, por mais que eu a abomine. Chamei por Reginald; quando ele apareceu, as emoções coléricas que marcaram sua fisionomia estavam parcialmente aplacadas. Ele parecia chocado com a convocação, como se uma parte dele desejasse, e a outra temesse, ser abrandada pelo que eu poderia dizer...

— Qual não é a minha admiração ao imaginar o desfecho!

— O resultado justifica certa dose de vaidade, minha querida, posto que não foi nada menos que imediatamente favorável.

— Sua criatura brilhante!

— Qual não foi o meu deleite ao assistir às variações de seu semblante enquanto eu o convencia de seu próprio erro! Testemunhar a batalha entre o retorno da ternura e os resquícios da dúvida. Existe um elemento muito agradável em sentimentos tão facilmente moldáveis. Veja o caso de Reginald, a quem umas poucas palavras de minha parte bastaram para amansá-lo de uma vez por todas à mais completa submissão, tornando-o mais cativo, mais devoto do que nunca, e que teria me abandonado ao primeiro impulso raivoso de seu coração orgulhoso sem nem se dignar a procurar uma explicação.

— Que descalabro... E, no entanto, receio que seja uma característica do sexo deles...

— Servil como ele agora se tornou, acho muito difícil perdoá-lo por essa erupção de orgulho. E fiquei me perguntando se devia puni-lo, dispensando-o de uma vez... ou casando-me com ele e provocando-o para sempre.

— Case-se com ele! Um homem tão facilmente influenciável tem seu valor.

— E quanto a Frederica, com aquele coraçãozinho rebelde e sentimentos indelicados, lançando-se à proteção de um jovem a quem ela mal conhecia; sua desfaçatez e credulidade igualmente me espantam. Portanto, minha querida, agora tenho muitas tarefas: devo castigar Frederica por sua apelação a Reginald, e puni-lo por recebê-la tão favoravelmente; tenho de atormentar minha concunhada pelo insolente triunfo de suas táticas; e preciso ser seriamente reparada pelas humilhações a que fui obrigada a me submeter.

— E por onde começará?

— Creio que devo a mim mesma a rápida conclusão do enlace entre Frederica e Sir James após intencioná-lo há tanto tempo. Como você bem sabe, a flexibilidade não é um atributo que tenho o desejo de obter.

— Mas... será que não deveria pensar mais em si mesma, em seus próprios interesses?

— Perdoe-me? — Lady Susan perguntou, surpresa pelo modo como a pergunta foi feita.

— Por que não deixar Frederica à mercê da miséria de seu coração mole e romântico, que por si só a punirá pela desgraça que ela trouxe a você? Assegure o DeCourcy para si; sem dúvida, estar bem estabelecida atende mais aos seus interesses do que sacrificar tudo pelo bem de uma filha ingrata. Minha querida, você se preocupa demais com os interesses alheios e não o bastante com os seus próprios.

Susan refletiu cautelosamente sobre esse comentário.

— Há algo a mais no que você diz.

— Eu tenho uma razão extra para dizê-lo: Manwaring está na cidade.

— Manwaring! Como ele está? Aquele homem divino...

— Absolutamente miserável por sua causa e morrendo de ciúmes do DeCourcy; a tal ponto que não posso afirmar que ele não cometerá alguma grande imprudência, como segui-la até Churchill...

— Céus! — Lady Susan exclamou, de acordo com este relato.

— Creio que consegui dissuadi-lo dessa ideia — Alicia disse. — Se você realmente seguir meu conselho e casar-se com o DeCourcy, será indispensável que tire Manwaring de seu caminho. Somente você tem a influência para enviá-lo de volta para casa.

A meia verdade é a guarda-costas mais ferrenha da Falsidade. Podemos até conceber que trechos da conversa acima *poderiam* ter se desenrolado conforme descrito; como boas amigas que eram, Lady Susan e Alicia tinham um raciocínio e uma linguagem particular que pode ser aproximadamente descrito como "bem-humorados". Elas gostavam de parodiar as conversas vazias e a afetação daqueles que se dobravam às verdades insinceras da Sociedade e o resultado era coruscante. Mas citar essas observações fora de contexto, como se fossem reflexo das verdadeiras crenças das duas admiráveis mulheres, é um falso-testemunho da mais abominável ordem.

Frederica Vernon permaneceu em Churchill enquanto sua mãe estava em Londres. Reginald DeCourcy também ficou por lá.

Um estranho distanciamento, uma barreira se ergueu entre eles, diferente do muro de indiferença que Reginald estabelecera antes. Da parte de Frederica, uma sensação de culpa se abateu depois que ela traiu a própria mãe e a solene promessa que fizera ao agir deslealmente e apelar para Reginald. Quase indubitavelmente foi essa culpa e o pesar que a levou até a igreja de Churchill* naquele dia.

Frederica seguiu o caminho pelo bosque e arbustos espinhentos para chegar à igreja, talvez procurando punir-se involuntariamente, visto que, em alguns momentos, um espinho enroscava em sua capa ou arranhava sua mão. O céu estava coberto de nuvens, cada vez mais escuro, ameaçando um temporal com algumas gotas que já começavam a cair antes que ela alcançasse o abrigo da pequena igreja.

A tempestade já começara quando o jovem pároco, Thomas Edward Braddock**, notou Frederica sentada em silêncio no banco logo abaixo do vitral de uma janela.

— Srta. Vernon? Que prazer vê-la aqui.

O amável e jovem pároco, pequeno em estatura, mas tampouco imperioso ou argumentativo, aproximou-se dela.

— A senhorita necessita de alguma assistência?

— Sim, obrigada... Tenho uma dúvida que gostaria de esclarecer. De que modo... de acordo com o ensinamento Cristão, o Quarto Mandamento deveria ser honrado?

---

\* O leitor talvez se recorde que Sir James, ao chegar em Churchill, procurou, mas não avistou a igreja. Não seria de se esperar que ele a identificasse; datando do século XVII, a igreja de Churchill estava mais na escala de uma capela e ficava em um vale, separada do restante da área de Churchill por um alto muro de pedra e um bosque, tornando-se praticamente invisível da estrada.

\*\* Não há parentesco com o Gen. Edward Braddock (1695–1755), commander-in-chief das forças britânicas na América do Norte no início da Guerra Franco-Indígena, derrotado e morto na Batalha de Monongahela.

— O Quarto Mandamento? Sim... "Guardarás o sábado, a fim de santificá-lo".

— Não — Frederica disse —, estava me referindo ao mandamento "Honrarás teu Pai e tua Mãe"...

— Oh, o Quinto Mandamento! Meu favorito! — ele exclamou alegremente. — É a Igreja de Roma que o considera o Quarto Mandamento; sim, o Quinto Mandamento, "Honrarás teu Pai e tua Mãe: para que teus dias sejam prolongados sobre a terra que te dá o Senhor Deus". Belo e profundo; acredito que devemos aplicar esse sentimento de Gratidão e Lealdade a todos os aspectos de nossa vida. Não nascemos na natureza selvagem, mas em uma bela mansão do Senhor, erigida por Deus e por aqueles que vieram antes de nós. Devemos fugir da negligência e, em vez disso, glorificar e preservar essa mansão, assim como devemos fazer com toda a Criação do Senhor. O excelente Baumgarten assinalou a trindade estética como "Verdade", "Beleza" e "Bondade". A "Verdade" é perfeitamente perceptível pela razão; a "Beleza", pelos sentidos; e a "Bondade" pela força moral.

Frederica perdeu totalmente a noção da hora conversando com o pároco, cuja erudição e entusiasmo achou reconfortantes. Ali estava um jovem homem que talvez pudesse ser um verdadeiramente solidário companheiro de vida. Será que Frederica estava se imaginando como a Sra. Thomas Edward Braddock? Na verdade, ela nem pensou nisso, ou não pensou muito; sua mente e seu coração já estavam repletos de pensamentos sobre outro alguém...

Regressando a Churchill, Frederica deparou-se com Reginald ao emergir da trilha do bosque. Ele tinha um aspecto de surpresa, como se tivesse esquecido completamente da existência dela, o que, de fato, quase tinha.

— De onde você está vindo? — ele perguntou.

— Da igreja.

— Por que você estava na igreja?

— Bem... é a nossa religião.

Reginald sorriu.

— Sim, tem razão, mas a essa hora do dia? Fora da missa matinal ou da vespertina?

Tentando evitar uma explicação mais complexa, ou mais verdadeira, Frederica recorreu ao pretexto usual, o clima.

— O céu estava nublado... — ela disse. — Achei que ia chover.

— E choveu — Reginald replicou, chacoalhando a capa molhada.

Só então Frederica notou que ele estava ensopado; devia ter sido surpreendido pelo temporal. A água pingava de seu chapéu e do casaco.

— Oh, você está bem encharcado; precisa vestir roupas secas!

Aproximando-se como se quisesse protegê-lo da umidade, Frederica tocou de leve no casaco de Reginald, mas imediatamente puxou a mão, como se, em vez de molhado, o tecido estivesse em chamas.

— Desculpe-me! Com licença — ela disse, embaraçada e descomposta, imediatamente dirigindo-se para a casa mais adiante. Reginald DeCourcy ficou para trás e teve a chance de refletir sobre o que acabara de acontecer antes de seguir no encalço dela.

Algumas referências foram feitas à nossa Fé cristã, um assunto que muitos mostram-se relutantes em abordar: As demais crenças, em suas particularidades, em geral são desconcertantes quando não desalentadoras; em outras ocasiões, são incrivelmente entediantes.

Uma grande felicidade em um culto divino devidamente ministrado é a ocasião em que permite a uma congregação numerosa recitar as mesmas orações, pronunciar a mesma liturgia, cantar os mesmos hinos, declarar o mesmo credo — pintar um belo quadro da harmonia que ultrapassa o ranço malcheiroso de nossas crenças individuais, geralmente absurdas ou heréticas.

Os principais caminhos da fé são dois,[*] com uma grande divisão entre aqueles cuja fé representa um caminho contínuo de práticas e de crença, sem a identificação de nenhuma experiência de conversão ou renascimento espiritual, e aqueles que tiveram tal experiência. Nos últimos anos, está em voga a concepção de que a Ciência interpõe um desafio sem precedentes para a Fé cristã, para o qual talvez não haja resposta. Na verdade, porém, a lassidão e o ceticismo constituíram

---

[*] Teólogos que advogam por uma delineação mais específica argumentam que há, na realidade, cinco.

ameaças muito mais graves para a igreja no último século, isso sem considerar todo o derramamento daquele nauseante blábláblá deísta nesse período. Em tempos remotos, os romanos e as espadas dos bárbaros eram desafios ainda maiores. No entanto, confrontados com os desafios da Ciência em relação ao nosso dogma, alguns pensadores cristãos têm avançado — erroneamente, creio eu — pelo que eles consideram ser provas da verdade da doutrina cristã. Nisso, eu diria que eles estão "latindo para a árvore errada.*" A Fé, por sua própria definição, significa ir além das evidências.

---

\* A menção aqui é uma referência ao cachorro, ou cachorros, que late para uma árvore, crendo erroneamente que sua presa está arvorada, isto é, que está em cima da árvore; aqui a expressão é empregada como uma metáfora teológica para criar uma imagem mais vívida. "Esse cão não caça" é outra metáfora canina que descreve um fenômeno desconcertante: alguns cães simplesmente não caçam.

## O "CAMINHO DE FÉ"

Para aqueles cuja a fé não é contínua desde os pré-racionais primeiros anos, argumenta-se que houve um "Salto de Fé". Essa expressão, originalmente "Salto *para a* Fé", agora assume a forma anterior, sendo essa deterioração na precisão de nossa linguagem tão comum hoje em dia que até dispensa comentários. Em ambas as formas, essa imagem do "salto" é alarmante, posto que sugere perigo: saltar de um despenhadeiro para outro, com um abismo embaixo. A busca e o encontro da fé não deveriam ser tão comparados: a busca por um caminho que leve a um destino de glória não significa mergulhar em um abismo. A palavra em si — abismo — não é estranha? Por si só ela não sugere o mal, só pela sequência das letras? Existe palavra mais esquisita? (Aqui refiro-me a palavras de extensão modesta; entre as palavras compridas, com certeza são encontradas outras mais estranhas: Mississippi. Ou: Antidesunitarianismo)

O grande Calvino nos ensinou[*] que estas imagens dramáticas, "saltos" aterrorizantes, "renascimentos" tormentosos, evidenciam a vaidade do Homem em vez do poder soberano de Deus. Nós podemos, e devemos, nos regenerar; mas, por vontade própria, nós não "saltamos" para lugar algum. Deveríamos ser capazes de nos tornamos cristãos fiéis sem que nenhum salto aterrorizante jamais tivesse de ser envolvido. Em vez de um "Salto de Fé" — com a vaidade e a dramatização que o

---

[*] João Calvino (nascido Jehan Cauvin), 1509–1564, teólogo francês & pastor. Suas *Institutas da Religião Cristã* (1536) é, sem dúvida, a grande obra do pensamento teológico desse milênio, no mínimo.

termo sugere —, o que é necessário é um longa e esperançosa estrada, o chamado "Caminho de Fé". Decerto, há uma grande distância a ser percorrida, mas o caminho não deve apresentar o risco de uma queda apavorante em um abismo rochoso. Com o Caminho de Fé, nossos irmãos da "fé contínua" também progridem conosco; com o Caminho de Fé procuramos regenerar nosso eu (nossa alma) enquanto seguimos em frente, rumo a um destino que só o Todo-Poderoso pode decidir. A concepção do Caminho de Fé me proporcionou grande conforto e espero que possa fazer o mesmo pelo leitor.

## UM RETORNO A PARKLANDS

Logo após a partida de Lady Susan de Churchill, os Vernons também pegaram a estrada, partindo com os filhos e Frederica para visitar os DeCourcys mais velhos em Kent. Ao chegar em Parklands, Catherine deixou as crianças com o avô para ir ao encontro da mãe, que estava descendo as escadas.

— Oh, minha Mãe! — Catherine a abraçou, quase aos prantos.

— Como é bom vê-la; que júbilo sua carta nos proporcionou!

— Eu escrevi muito apressadamente...

— O quê?

— Não podia imaginar que minhas expectativas seriam tão rapidamente esmagadas.

— Você me assusta!

— E a senhora está certa em assustar-se. É desesperador jamais conseguir tirar a vantagem daquela mulher...

— Lady Susan?

— Os poderes dela são diabólicos.

— Diabólicos?!

— Sim. Logo após ter lhe escrito contando de meu choque ao ver Reginald voltando dos aposentos dela; a contenda entre ambos foi resolvida! Apenas uma vitória foi conquistada: a dispensa de Sir James Martin. Reginald puxou-me de lado para oferecer-me uma explicação na qual apenas Lady Susan seria capaz de fazer um homem crer, e então a própria Lady Susan fez o mesmo. Sua segurança, sua dissimulação... meu coração quase parou. Assim que retornei ao salão, a carruagem de Sir James estava na porta e ele, mais contente do que nunca, foi-se embora. Tal é a facilidade com que sua senhoria encoraja ou dispensa um Amante!

— Mas e a querida Frederica? — Lady DeCourcy perguntou. — E quanto a ela?

— Nosso único consolo! Espero que a senhora a adore tanto quanto nós a adoramos...

— Mas quando poderemos conhecê-la?

Catherine virou-se para o saguão.

— Frederica, venha; minha mãe está ansiosa para conhecê-la.

Frederica apartou-se dos primos e do avô deles e rapidamente apareceu.

— Mãe, gostaria de lhe apresentar nossa sobrinha, Frederica. Frederica, permita-me apresentar minha mãe, Lady DeCourcy.

— Minha doce criança — a mulher mais velha disse —, estou tão feliz por conhecê-la. Tínhamos a mais alta estima por seu falecido pai; e também ouvimos falar muito bem de você.

— Obrigada, Lady DeCourcy; há muito eu também desejava conhecer a senhora e visitar Parklands, sobre a qual meus primos tanto falam.

As vozes pueris das crianças logo chamavam Frederica de volta, em coro com a de Sir Reginald.

— Você deve voltar para eles, minha querida. Conversaremos mais tarde; temos um assunto importante para discutir.

— Obrigada, Lady DeCourcy!

— Ela é *adorável* — Lady DeCourcy sentenciou após a saída de Frederica.

— Pobre garota — Catherine lamentou. — Sua única chance de se libertar... Quem sabe quais castigos Lady Susan agora lhe impôs? E o tormento que Frederica deve sentir ao ver Reginald novamente sob o jugo da própria mãe.

— Não é possível que Reginald não tenha olhos para uma garota tão adorável.

— Ele foi cegado: Reginald seguramente só tem olhos para Lady Susan.

— Por favor, não conte ao seu pai — ela pediu a Catherine. — Temo por seu temperamento.

O velho homem, cuja audição não estava tão ruim quanto todos supunham, surgiu de um dos cantos:

— Não me contar o quê?

Tiranos opressivos da esfera doméstica, como as fêmeas da família DeCourcy, sempre irão, ao que parece, retratar a si mesmos e a seus favoritos como os "agredidos" em vez de como os "agressores". Todavia, devemos notar, não é Lady Susan que está se dedicando a tecer maledicências contra os outros.

Numerosos são aqueles que acreditam logo de cara em qualquer injúria ou acusação, sem considerar a verdade e a honestidade da fonte. No caso dos DeCourcys e sua escrivã solteirona, a veracidade era nula, como demonstra o exercício a seguir de assassinato de caráter. A maliciosa autora apresenta um absurdo, Lady Susan indo de carruagem (a que meu tio lhe providenciara) para a Edward Street, onde deparou-se com Alicia Johnson descendo às pressas os degraus da escada da frente para interceptá-la:

— Susan! Pare!

— O que foi, criatura pândega?

— A pior coisa que se pode imaginar: o Sr. Johnson foi curado!

— Como isso é possível?

— É a terrível gota que o ataca: assim que ouviu dizer que você estava em Londres, ele se curou. O mesmo ocorreu quando eu queria visitar os Hamiltons; então, quando eu queria ir a Bath,* nada foi capaz de induzi-lo a desenvolver um sintoma.

— Preciso interceptar Manwaring antes que ele chegue.

— Você o chamou aqui? Que grande ousadia, minha cara!

— Preciso que você me faça um imenso favor — Susan pediu. — Vá até a Seymour Street e receba Reginald. Não posso arriscar que ele e Manwaring se encontrem; mantenha-o lá consigo a noite toda se puder. Invente qualquer coisa; concedo-lhe permissão para flertar com ele tanto quanto quiser; verá que não é difícil.

— Que plano intrigante...

— Mas não se esqueça do meu verdadeiro interesse: convencer Reginald de que ele não pode permanecer em Londres, pelas razões de sempre: propriedade, família, e assim por diante.

---

* Só isso já revela a falsidade do relato; ele sugere que Alicia teria tentado atrair o Sr. Johnson para Bath, quando é bem sabido que ele preferia Tunbridge Wells.

Em seguida, ela retrata as amigas juntas no dia seguinte; a conferência entre Reginald DeCourcy e a Sra. Johnson já teria acontecido; a locação, a bem indicada saleta dos aposentos de Lady Susan na Upper Seymour Street.

— A princípio, ele estava muito desapontado — Alicia contou. — Ele não conseguia entender por que você não foi e me encheu de perguntas, algumas bem estranhas. Mas eu falei incessantemente da sua devoção e admiração...

— Que bom.

— E rapidamente ele recuperou o bom humor. Minha querida, agora entendo o que você quis dizer: como a bajulação altera o estado de espírito de um homem. É divertidíssimo. Coro só de pensar nos superlativos que lhe oferecia; mas ele os aceitou sem a menor cerimônia...

— Quando se trata de bajular, não se contenha — Lady Susan comentou ("dada sua vasta experiência", a solteirona escreveu). — Homens são uns tremendos glutões de elogios, nunca é suficiente. Muito melhor um Manwaring, suficientemente seguro de si para não precisar da adulação alheia!

— Como estava o encantador homem?

Susan sorriu.

— Não vou negar o prazer genuíno que vê-lo me proporcionou, nem o quão intensamente sinto o contraste entre seus modos e os de Reginald. Por uma hora ou duas, até vacilei em minha resolução de casar-me com Reginald.

Um olhar de preocupação passou pelo semblante de Alicia; Lady Susan explicou-se:

— Se tem algo que eu desprezo é aquele tipo de mentalidade que duvida, que suspeita, que sempre exige justificativas. Prefiro imensamente os modos desapegados e generosos de Manwaring; ainda que seja apenas a fortuna de sua esposa que o permita ser assim.

— Manwaring está ciente de suas intenções?

— Céus, não! E é essencial que não esteja! Descrevi Reginald como nada além de um flerte trivial. Na verdade, rimos bastante às custas dele. Manwaring foi toleravelmente amansado; oh, o que não daria para ter mais alguns meses com aquele homem divino antes de sujeitar-me à prudência...

— Você me preocupa, minha cara.

— *Eu* me preocupo. Por mais que eu deteste imprudência e emoções sinceras de qualquer espécie, quando Manwaring está envolvido...

Eu vou expor brevemente a falsidade deste relato.

Reginald chegou de carruagem pouco tempo depois. Lady Susan o acompanhou até a sala de estar.

— Sinto muito não ter podido estar aqui para recebê-lo, mas não providenciei uma substituta encantadora?

Reginald ficou calado, parecendo amuado.

— Que estranho... Você permanece em silêncio, a Sra. Johnson, contudo, não conseguia parar de louvar suas qualidades.

— Perdão?

— Temo que Alicia quase se apaixonou por você; confesso que me deu um pouco de medo.

— Você não está falando sério.

— Mas você gostou dela?

— Naturalmente...

— Admiro tanto Alicia: seu marido, o Sr. Johnson, é mais velho e desagradável, mas nem uma queixa jamais saiu dos lábios de Alicia. Exemplar. Só conseguimos conhecer verdadeiramente uma pessoa pelos amigos que ela tem; espero que Alicia o tenha ajudado a pensar bem de mim.

— Eu já penso bem de você.

— Não está "atormentado pela dúvida"?

— Alguns fatos me desconcertaram: você não estar aqui, não...

— Por favor, Reginald, não seja severo; eu não consigo suportar censuras...

— Mas...

— Não, eu lhe rogo, não posso suportá-las. Minha ausência foi para resolver um assunto para que possamos ficar juntos. Estou proibida de falar mais; por favor, não me censure.

— Você considerou o que eu pedi?

— Considerei, e uma vez que tive tempo de refletir, creio que nossa situação requer uma delicadeza e uma cautela que, em nosso cândido entusiasmo, talvez tenhamos falhado em ponderar plenamente.

— O que quer dizer?

— Temo que nossos sentimentos nos incitaram a agir de um modo que vai em desacordo com a visão de mundo. Ao noivarmos, nós fomos... apressados, precipitados.

— Precipitados?

— Tantos amigos ainda se opõem. É compreensível que sua família prefira que você se case com uma mulher de fortuna: onde as posses são extensas, o desejo de aumentá-las ainda mais é, se não inteiramente razoável, por demais comum para despertar surpresa. A indelicadeza de um segundo casamento precoce também me exporia à censura daqueles que lhe são estimados.

— Estou certo de que, com o tempo...

— É possível, mas com sentimentos tão pungentes como os nossos... — Lady Susan hesitou.

— Você não quer mais se casar? — Reginald reagiu como se tivesse sido ferroado.

— Não, não, não. Tudo o que estou dizendo, ou hesitantemente sugerindo, é que adiemos um entendimento em comum até que a opinião do mundo esteja mais de acordo com nossas inclinações.

— E quando seria isso?

Susan refletiu por alguns momentos antes de responder à questão.

— Vamos deixar que os sentimentos de nossos amigos seja nosso guia.

— Mas isso pode ser nunca!

Reginald continha-se para não sair andando de um lado para outro.

— Não, talvez meses... — Lady Susan replicou. — Eu confesso que esse atraso vai contra toda e qualquer inclinação de minha parte.

— Então vamos...

— Não, não posso ser a responsável pela divisão de sua família.

— Pensei que estávamos decididos — Reginald argumentou, sentando-se novamente, agora mais perto. Reginald aqui pode dar a impressão de ser fraco e manhoso, mas arrisco dizer que homem algum, inclusive Manwaring, pareceria admirável diante de tais circunstâncias.

— Eu sei; a perspectiva de semelhante atraso parece insuportável, especialmente quando ambos estamos em Londres. Quando se trata de separações, apenas aquelas que também são geográficas podem ser razoavelmente toleradas.

— Como assim?

— Sinto muito, Reginald... permanecer em Londres seria a morte de nossa reputação. Não devemos nos encontrar. E para não nos encontrarmos, não podemos estar próximos. Por mais cruel que possa parecer, essa necessidade logo mostrar-se-á evidente para você.

— E para onde você vai?

— É necessário que eu permaneça em Londres; existem providências que preciso tomar para que possamos ficar juntos. E, por outro lado, sei que sua família anseia por sua companhia, especialmente o velho cavalheiro a quem você tanto deve. Jamais me permitiria ser a causa de um *éloignement*[*] entre você e seu pai, que, perdoe-me, não deve durar muito tempo.

Reginald pareceu surpreso:

— Não há motivo para semelhante preocupação; pelo que sei, meu Pai está no auge de sua vitalidade.

— Oh, graças aos Céus! — Susan exclamou. — Então, ele não está definhando?

— Ele sofre de dores e desconfortos, mas nada fora do normal; creio que ele goza de boa saúde. Em todo caso, ele não gostaria de nenhuma preocupação dessa espécie, o que consideraria uma grande bobagem.

— Ah, mortalidade! Nossa mortalidade e a dos que nos cercam, mas especialmente a nossa, é a mais árdua e mais implacável mão que a vida nos estende. Anseio por conhecer o excelente cavalheiro. Certamente, é mais do que natural que ele ignoraria ou minimizaria o frio e triste fim que nos aguarda.

— De modo algum. Meu pai é cristão, a quem a perspectiva do fim não é fria nem triste.

— Ah, sim! — Susan concordou. — Louvado seja o Senhor por nossa religião! Tão importante nessa vida e especialmente na próxima...

— Devemos mesmo esperar? Rogo-lhe que reconsidere.

Ao final do encontro, Lady Susan pediu a Reginald que levasse, em seu nome, uma carta "estritamente confidencial" para a Sra. Johnson na Edward Street. A tarefa também permitiria a Reginald a oportunidade de agradecer a Alicia pela hospitalidade da noite anterior.

---

[*] *Éloignement*, conforme mencionado anteriormente, termo francês para apartamento, separação, distanciamento.

## OS MANWARINGS DE LANGFORD

Lorde e Lady Manwaring de Langford, peças de destaque neste jogo, ainda não foram devidamente apresentados. Lucy FitzSmith, uma herdeira que perdeu os pais muito cedo na vida, ficou sob a tutela do Sr. Johnson. Embora não fosse bonita de rosto, era dona de uma silhueta arrebatadora, nos moldes a provocar paixões primitivas em alguns homens. Portanto, suspeita-se de que não tenha sido apenas sua fortuna que atraiu Lorde Manwaring.

Edward Manwaring assemelhava-se ao falecido pai de Lady Susan, o Conde, em hábitos e modos, mas não em aparência. Conquanto não houvesse comparação entre o formato de seus olhos, ambos tinham o tino aristocrático de perder quaisquer fundos que lhes passassem pelas mãos. Assim como o Sr. Cross, o falecido esposo da Sra. Cross, Lorde Manwaring "investia" — mas seus investimentos eram feitos nos cavalos e nas cartas em vez de nos precários bancos escoceses ou nas ações em queda da Companhia das Índias Orientais. O retorno final era o mesmo, embora Manwaring lucrasse muito mais em aproveitamento: cavalos são belos, correm a velocidades alucinantes, ao passo que promissórias e certificados sem valor rendem *souvenirs* irrisórios.

As cartas e os jogos de azar há muito exerciam um grande fascínio, e para nós, garotos, Lorde Manwaring era de uma grandeza majestosa, deificada, evidente em cada gesto e olhar, até nas pregas de suas roupas. Enquanto amigo de Tio James e residente assíduo em Martindale, ele era frequentemente visto, mas muito pouco ouvido. Tais modos taciturnos causavam forte impacto sobre os jovens: imaginávamos que grandiosos pensamentos não eram expressados; normalmente, os mais velhos têm a tendência de falar demais. Frederic Martin, meu primo mais novo, louvava Manwaring como a um herói, tanto que até tornou-se parecido fisicamente com ele na juventude — a admiração e emulação às vezes têm esse efeito.

Quaisquer que fossem as qualidades que Lorde Manwaring de fato possuísse, elas não surtiram efeitos no Sr. Johnson, para quem a ordem, a propriedade e a respeitabilidade eram os objetivos da vida e das quais ele se desviou apenas uma vez. O Sr. Johnson era especialista em detectar irregularidades em uma folha de balanço, circunstância nada favorável para o pretendente da Srta. FitzSmith. O culto da "Respeitabilidade" que hoje impera em nossa terra, mas à época ainda engatinhava, pouco tem a ver, em minha opinião, com nossa fé cristã. O Sr. Johnson se opôs ao noivado de sua tutelada por motivos pecuniários, questão de receitas, rendimentos e débitos. Mediante o casamento com Manwaring, ele decidiu "abrir mão dela" para sempre, embora esse afastamento tenha durado uns dois anos.

Lorde Manwaring não dispensava muita atenção à esposa nos primeiros meses da união; ela, em compensação, tinha todo o cuidado de não se alienar ao marido, inclusive convidando a irmã caçula dele, Srta. Maria, para ficar em Langford. Embora a Srta. Manwaring não fosse a jovem mais dócil com quem lidar, Lady Manwaring logrou êxito. Então, talvez seja verdade que a estadia de Lady Susan em Langford desencadeou a espiral de ciúme e desatino que finalmente pôs o casamento, e a sanidade, de Lady Manwaring em perigo.

No dia anterior ao encontro de Lady Susan e Reginald, Lady Manwaring chegou a Londres amparada por duas criadas e com a mente descompensada. Na tarde seguinte, ela bateu à porta dos Johnsons na Edward Street num estado chocante de descompostura.

— Estou num estado terrível! Perdoe-me, não sei o que dizer... — ela falou, com a garganta trêmula de soluços mal contidos. — O Sr. Johnson está em casa? Preciso falar com meu Guardião!

— Sim, sim, é claro. Pobrezinha! Eu o avisarei que você está aqui.

Alicia a conduziu ao salão e abriu a porta da biblioteca do Sr. Johnson.

— Lucy Manwaring está aqui para vê-lo...

— Sr. Johnson! — Lady Manwaring ganiu e adiantou-se à frente de Alicia até a biblioteca. — O senhor precisa me ajudar! O senhor tem que me ajudar! Manwaring se foi!

— Sim, por favor, entre — Alicia falou e fechou a porta, mas apurou os ouvidos para escutar a conversa lá dentro:

— Minha querida Lucy, por favor acalme-se — o Sr. Johnson dizia. — Aqui, sente-se.

— Ele está com ela agora!

— Conte-me o que aconteceu.

— Manwaring se foi! Foi visitá-la!

Alicia ainda estava inclinada perto da porta quando William, o lacaio, entrou.

— Madame, o Sr. DeCourcy.

Reginald apareceu.

— Oh, bom dia.

— Sr. DeCourcy!

Apesar de surpreendida pela chegada inoportuna de Reginald, ela empertigou-se rapidamente para interceptá-lo.

— Que surpresa vê-lo! Muito gentil da sua parte vir aqui.

— Devo agradecê-la pela noite anterior — Reginald disse —, por apaziguar a situação. Lady Susan explicou-me tudo. Sinto-me envergonhado pelo que disse. Foi tolice da minha parte...

— Não, não, de modo algum... o senhor é só bons modos — Alicia respondeu, desdobrando-se para impedir seu avanço. — Mas o senhor não precisava ter vindo me agradecer; não é o que dita a cortesia.

— De fato, não venho apenas por razões pessoais: Lady Susan confiou-me esta carta para a senhora — Reginald anunciou com um gesto elegante.

— "Estritamente confidencial" — Alicia leu. — Que intrigante.

Neste momento, um ganido que mal dava para distinguir se era humano ou não ecoou do outro lado da porta.

— Algum animal foi machucado?! — Reginald perguntou, alarmado.

— Ensaios fechados. *Medeia* — Alicia disse, citando a peça grega[*]. — A apresentação é na próxima semana, mas eles preferem não serem vistos ensaiando... — completou enquanto o escoltava em direção à porta, levando-o para longe da biblioteca. — Agradeço-o mais uma vez pela noite adorável.

Precisamente neste instante, Lady Manwaring irrompeu da biblioteca, seguida pelo Sr. Johnson.

---

[*] *Medeia*, de Eurípides. Peça do século V a.C. sobre a bárbara mulher que desposou Jasão dos Argonautas, cuja trama é hedionda demais para recontar. É espantoso que ainda seja encenada, mas o melodrama nu e cru sempre teve um público cativo.

— Ela está com ele agora! — Lucy disse aos prantos. — Isso não pode continuar! Isso não deve...

— Lucy, por favor, não! — o Sr. Johnson clamou. — Fique aqui, repouse, recobre sua compostura...

— Compostura!? Eles estão juntos agora! — Lady Manwaring agarrou as mãos do Sr. Johnson. — Eu lhe imploro... venha comigo, converse com Manwaring, faça-o voltar à razão. O senhor é meu Guardião... e não vai me ajudar?

— Mesmo se eu os encontrasse, que bem poderia ser feito?

Alicia adiantou-se na direção deles.

— Sim, ouça o Sr. Johnson, os conselhos dele são excelentes em tais questões...

— O que é isso? Uma carta na letra dela?! — Lady Manwaring avançou bruscamente para tomá-la de Alicia.

— Devolva essa carta, Madame! — Reginald exclamou. — Não é para a senhora.

Lady Manwaring já estava rompendo o selo que lacrava a epístola.

— Lucy, não! — o Sr. Johnson urgiu.

Ambos os cavalheiros ainda apelavam ao código de respeito à confidencialidade da correspondência antes que ele fosse desgraçadamente abandonado.

Com um movimento ágil, Reginald recuperou a carta das mãos de Lady Manwaring.

— Perdoe-me, Madame, mas creio que a senhora estava prestes a cometer um grave equívoco. A senhora é Lady Manwaring? Lady Manwaring de Langford? Sem dúvida deve ter reconhecido a caligrafia de sua amiga Lady Vernon e concluiu que a carta fosse para a senhora...

— Minha amiga? Você acha que aquela mulher é minha amiga?! Ela está com o meu marido agora; enquanto falamos, ele a visita!

— Impossível, Madame. Eu estava com ela até agora; Lady Susan está completamente sozinha, até seu criado foi dispensado.

— Owen! — Lady Manwaring gritou.

Outro lacaio dos Johnson trouxe o criado de Lady Manwaring à sala de estar.

— Owen, venha aqui — ela disse. — Fique aqui. Conte a este cavalheiro o que você viu.

— Vossa senhoria... — Owen parecia envergonhado.

— Repita para ele o que você me contou.

Obediente, Owen virou-se para dirigir-se a Reginald.

— Bem, Sir, Lady Susan dispensou o criado, então o senhor foi embora. E poucos minutos depois Lorde Manwaring chegou e foi recebido por Sua Senhoria.

— Sozinha? — Reginald perguntou, perplexo.

— Sim, senhor, creio que sim. Ninguém mais entrou ou saiu.

Lady Manwaring tomou a carta de Reginald e começou a devorá-la como uma besta voraz. (Muitos anos depois, a Sra. Johnson descreveu a cena para mim, contando-me que se lembrava dela "como se fosse ontem". Carrego essa evocativa expressão comigo há anos.)

— Não... pare! Madame! Esta carta é exclusivamente para a Sra. Johnson!

— Eis! — Lady Manwaring disse, lendo: — "Envio Reginald com esta missiva; retenha-o consigo a noite toda se puder; Manwaring está vindo bem agora".

— Não é possível — Reginald protestou.

— Tenho que dar um basta nisso! — Lady Manwaring apelou novamente ao Sr. Johnson: — Por favor, Sir, venha comigo.

— E o que se ganha com isso? Pode até ser perigoso; trata-se de um assunto para seus advogados. — O Sr. Johnson virou-se para Alicia: — Sra. Johnson, isso vai além do que eu poderia imaginar. Você prometeu que romperia todo o contato com essa mulher.

No calor do momento, seria difícil para Alicia explicar a linguagem privada, jocosa e brincalhona que as duas amigas compartilhavam. Em vez disso, ela defendeu-se com o que é chamado de "alegação de insanidade", retratando Lady Susan como uma lunática, que escreveu uma carta sem sentido.

— Não tenho ideia do que ela escreve! — Alicia argumentou. — Ela enlouqueceu!

— Sinto informá-la, minha cara — seu marido replicou friamente —, mas a travessia do Atlântico é muito fria nessa época do ano.

Alicia parecia atordoada; Lucy Manwaring a socorreu de mais interrogatórios ao prosseguir com sua histeria chorosa e sair correndo da sala.

Assim que teve oportunidade, Alicia foi de carruagem até os aposentos de Lady Susan em Upper Seymour Street. Lady Susan descera para cumprimentá-la.

— Apuros, minha cara! — a Sra. Johnson exclamou.
— O que houve?
— As piores circunstâncias imagináveis. Um desastre.
— Desastre?
— O Sr. DeCourcy chegou justamente quando não devia chegar; Lucy Manwaring tinha acabado de forçar sua entrada no escritório do Sr. Johnson para chorar suas mágoas.
— Ela não tem orgulho, não tem amor próprio?
— Nenhum. Que cena ela fez... Irrompendo da biblioteca do Sr. Johnson, gemendo como uma criança machucada. Ao ver a carta com sua caligrafia, ela a tomou das mãos de Reginald e leu em voz alta...
— Não!
— Sim. "Manwaring está vindo bem agora"!

Lady Susan virou-se para indicar que subissem a escada, mas as amigas estavam em tão natural sintonia que ambas viraram juntas e subiram em união.

— E Reginald ouviu?
— Ele próprio a leu.

Lady Susan ficou estupefata.

— Que falta de cavalheirismo! Estou chocada! Não posso acreditar.
— Sim — Alicia concordou. — Realmente chocante.
— Um cavalheiro a quem foi confiada uma correspondência marcada como "confidencial" a lê sem a menor cerimônia; e então, por causa de algumas observações particulares, eu sou vilanizada! Mas quem agiu mal nesse caso? Apenas você e eu podemos ser inocentadas de ler a correspondência alheia!
— Por azar, Lady Manwaring também coagiu seu criado a contar que Manwaring lhe fez uma visita particular.
— Oh. — Lady Susan ficou momentaneamente calada. — Fatos são coisas odiosas!

Elas continuaram a subir as escadas e, alguns degraus depois, Lady Susan recuperara sua compostura.

— Não se preocupe. Caprichárei na versão que devo contar a Reginald. A princípio ele ficará ligeiramente enraivecido, mas dou-lhe minha palavra de que, no jantar de amanhã, tudo estará bem.

Alicia não parecia ter tanta certeza.

— Eu não teria tanta certeza... Ele estava com o Sr. Johnson quando saí. Perdoe-me pelo que digo, mas... arrepio-me só de pensar no que deve estar sendo dito contra você...

Nesse ponto, em vez de se preocupar consigo, Lady Susan estava, como lhe era característico, angustiada pela amiga:

— Que erro você cometeu ao casar-se com o Sr. Johnson, minha querida... ele é velho demais para ser governado e jovem demais para morrer!

Há uma expressão idiomática que não data daquela época, mas da nossa própria, baseada no conhecimento do bipedismo do homem: "Em seguida, o outro sapato caiu". No que diz respeito a Reginald, "o outro sapato" caiu no dia seguinte, quando ele foi prestar sua visita final a Lady Susan. Ela estava escrevendo em seu *escritoire* quando a criada conduziu Reginald até a sala de estar. Ele anunciou sua chegada friamente:

— Boa noite, madame.

— Finalmente você veio.

— Somente para despedir-me.

Lady Susan retorquiu com um sorriso:

— O que você quer dizer?

— Creio que você deve saber.

— Não — ela disse.

— O feitiço foi quebrado. Tudo foi revelado. Agora eu vejo quem você realmente é.

— Que encantador, mas estou começando a achar esses seus modos irritantes.

— Desde minha partida ontem, chegou aos meus ouvidos um relato tão mortificante dos verdadeiros fatos de sua história que se mostrou absolutamente clara para mim a necessidade de uma separação eterna e imediata entre nós.

— Faz-me rir. — Mas ela não estava rindo de fato.

— Você não pode ter dúvidas quanto ao que estou aludindo.

— Sim, eu posso. Alguma vez sequer eu escondi algo de você? Estou profundamente abismada.

— Langford — Reginald disse, quase num gemido. — Langford... Langford. Esta palavra somente deveria bastar.

— Mas não basta... A palavra "Langford" não tem semelhante força para mim.

Reginald permaneceu calado e andando de um lado para outro.

— Você me exaspera além do que posso expressar! Tal variação de humores e desconfiança não são, penso eu, dignas de um jovem cavalheiro da sua distinção.

— Soube a verdade pela própria Lady Manwaring.

— "A verdade"? Que conexão é possível existir entre Lady Manwaring e a "verdade"? Ela está completamente tresloucada. Você deve ter visto.

— O criado dela testemunhou a chegada de Manwaring aqui.

— Aquele criado, Owen, sofre notoriamente de problemas de compreensão. Por acaso Owen explicou o que motivou a visita de Manwaring? Sua natureza inteiramente inocente e desprovida de culpa?

— Se você se recordar da consideração que eu tinha por você, será capaz de imaginar a agonia que senti ao ler suas palavras.

— Então eu o aconselharia a parar de ler a correspondência de outras pessoas! Alicia possui um senso de humor ferino. Tudo o que escrevemos tem o sentido contrário e está repleto de piadas internas; ela deleita-se com frases curiosas que somente nós duas podemos decifrar. É claro que isso pareceria extravagante ou chocante para os outros; mas não esperamos que *outros* leiam nossa correspondência e não inserimos dicas para beneficiá-los.

Isso vai perfeitamente ao encontro do que eu descobri e expliquei a respeito das conversas e correspondências entre Alicia e Lady Susan. Principalmente para aqueles que duvidaram de mim!

Lady Susan continuou:

— Manwaring só me visitou porque sou amiga de sua esposa...

— Amiga? — Reginald replicou com grosseria. — Se ela mesma nega tal amizade.

— Lógico! Éramos amigas quando ela estava sã, e então virei sua maior inimiga desde então. Manwaring só saiu de Langford para fugir de suas suspeitas sem fundamento. Ao conceder-lhe uma audiência, meu único objetivo era persuadi-lo a voltar para a esposa, ver o que poderia ser feito para aliviar a mente da pobre mulher...

— Mas por que "sozinha"? Por que você providenciou para que fosse uma visita a sós?

— O que você quer dizer?

— Você dispensou o seu criado.

— Você realmente não consegue enxergar o meu motivo para isso? — Lady Susan olhou rapidamente para se certificar de que a porta estava fechada antes de continuar. — Criados têm ouvidos, com a desafortunada tendência de repetir o que quer que imaginem ter ouvido. Eu estava com medo de prejudicar ainda mais a reputação daquela pobre dama.

Maud, a jovem que Lady Susan contratara como empregada doméstica durante sua estadia em Londres, estava com os ouvidos à porta, mas, ao ouvir as palavras de Lady Susan, retirou-se prudentemente; foi o que ela contou tempos depois para o valete de meu tio. Enquanto isso, a verdade da observação de Lady Susan não pode ser exagerada: muito cuidado deve se tomar com o que é dito diante da criadagem, mesmo que eles estejam aparentemente distantes. Isso continua sendo verdade hoje em dia.

— Você acha que eu poderia aceitar essa explicação? — Reginald perguntou, tão descrente agora quanto fora crédulo antes.

— Eu só posso lhe dizer o que sei ser verdade.

— Você conseguiu?

— O quê?

— Conseguiu convencer Manwaring a voltar para a esposa?

— Sim, consegui. Mas ao que tudo indica o julgamento dela está por demais deteriorado para colaborar. Ela se encontra em um estado de desconfiança e ciúme cuja natureza não aceita ser tranquilizada.

— Você se esquece que vi a carta com meus próprios olhos...

— Não, não esqueço. E muito me ressinto pela falta que me atribui diante da interpretação equivocada de algo que você jamais deveria ter visto. Você crê que eu confiaria uma carta a um terceiro se pensasse que seu conteúdo pudesse ser prejudicial de algum modo? Eu já não lhe expliquei tudo o que a índole perniciosa do mundo costuma aventar em meu desfavor? O que poderia abalar tanto sua estima por mim agora? Depois de tudo o que discutimos e confidenciamos um ao outro, você mais uma vez duvida de minhas intenções, minhas ações, de minha palavra...

Reginald permaneceu em silêncio.

— Sinto muito, Reginald. Refleti profundamente sobre a questão... eu não posso me casar com um homem tão avesso à confiança. Não posso tolerar.

— O quê?

— Não podemos nos casar. Qualquer compromisso existente entre nós, está dissolvido; nenhuma conexão é possível.

— O que você está dizendo? — Reginald indagou com a voz ligeiramente trêmula, impressionado com a mudança no tom de Susan.

— A desconfiança não é bom augúrio a nenhuma união de qualquer espécie; tenho um grande apreço por você... sim, o mais ardente. Mas devo ser forte. Não é tolerável ser constantemente obrigada a me defender.

Reginald ficou paralisado por alguns instantes, então, de olhos marejados, fez uma reverência e se retirou.

Parklands localizava-se a oeste de Kent, facilmente acessível de carruagem, portanto a extrema fadiga e o grande desânimo exibidos por Reginald DeCourcy ao retornar podem ser atribuídos a outros fatores, mas não a uma jornada extenuante. Sua chegada foi um *soulagement*[*] para sua mãe, no entanto; ela apressou-se para encontrar Catherine para compartilhar a novidade.

— Catherine! Catherine! — Lady DeCourcy chamava, aproximando-se da escadaria enquanto Catherine a descia. — Reginald regressou!

— Ele está aqui?

— Sim, acabou de ir encontrar seu pai.

— Não é para...

— Não, excelentes boas novas, nossos temores foram em vão.

— O quê?

— O noivado acabou!

— Como?

— A própria Lady Susan o rompeu.

— Ela rompeu? — Catherine parecia apreensiva.

— Reginald está profundamente arrasado. Mas tenho fé de que ele recuperar-se-á em breve e, ouso dizer, dirigirá seu olhar para outra direção.

Em vez de se sentir penalizada pelo irmão, ou desfrutar o prazer de sua aparente "vitória", Catherine preferiu levar adiante sua estranha *vendetta*.[**]

---

[*] *Soulagement* (do francês), alívio, trégua, conforto, consolação.

[**] *Vendetta*, termo para busca de vingança de uma rixa de sangue; dizem que é originário da terra natal de meu pai, a Córsega, mas de fato veio da Itália. Do latim *vindicta*, como em *vindicativo*.

— Essa mulher é diabólica!
— O que quer dizer?
— Lady Susan. Ela tem um misterioso entendimento da natureza masculina. Ao forçar a ruptura por conta própria, ela mexeu com o orgulho de Reginald.

Um olhar de confusão cruzou o rosto de Lady DeCourcy.
— Misterioso? Não entendo...
— Reginald começará a duvidar de tudo o que ouviu em detrimento dela; a sensação de culpa aliada ao arrependimento o dominará. Com o tempo ele convencerá a si mesmo de que a julgou mal.
— Você me assusta!
— A senhora tem motivos para se assustar. Se Frederic Vernon, reconhecido pelo bom senso, permitiu que Lady Susan o arruinasse; que chance tem Reginald?
— Você fala como se seu irmão fosse estúpido; tenho certeza de que ele não é. Sua inteligência brilhante sempre foi comentada.
— A senhora é uma excelente mãe, mas Reginald tem uma natureza sincera das mais vulneráveis a uma mulher de engenho...
— Você crê que ela é engenhosa?
— Diabolicamente, como a serpente\* no Jardim do Éden.
— Essa mulher sempre consegue o que quer?
— Pelo que sei, apenas comerciantes espertos são astutos o bastante para conseguir ver através de seus estratagemas; vários deles se uniram para enviar seus agentes para interceptá-la na Seymour Street e obrigá-la a penhorar a última de suas joias.

Pouco depois, Reginald e o pai juntaram-se a elas, Reginald tremendamente abatido enquanto os ânimos do velho homem regozijavam-se.
— Mate o bezerro gordo, minha querida, o filho pródigo voltou! — Ele olhou para Reginald. — O que foi, meu garoto? A alegria de ver seus velhos pais te deixa sem palavras?

Talvez apreensiva com a ameaça de um confronto, ou de faíscas verbais entre pai e filho, Lady DeCourcy saiu da sala — no entanto, conforme revelado, não foi essa a circunstância.

---

\* Personagem bíblico, citado em Gênesis 3, na verdade Satã disfarçado. Matthew Henry, comentarista da Bíblia, atesta: "Ele [Satã] é o grande promotor da falsidade de toda espécie. Ele é um mentiroso, todas as tentações são propagadas por suas palavras que dizem que o mal é o bem e o bem é o mal e nas promessas de liberdade no pecado".

— Não o provoque, meu Pai — Catherine falou.

— Provocar os filhos é direito do pai.

— Mas assim o senhor irá espantá-lo de volta para Londres.

— Não há esse risco, eu lhes garanto — Reginald disse, finalmente quebrando seu silêncio. — Londres não tem atrativos para mim.

— Oh, você se deu conta disso — o pai atalhou. — Que bom. Nunca foi atrativa para mim. Suja, barulhenta, gases nocivos, fuligem... não consigo entender o propósito das cidades. Muito melhor viver em sua própria terra. Todos deveriam.

— Receio que sua aversão esteja relacionada à minha concunhada — Catherine arriscou.

— Sim, minha irmã; meus parabéns por sua total vindicação.[*]

— Ao contrário do que pensa, de modo algum eu o vejo fora de perigo.

— "Perigo"? Garanto-lhe que não corro esse risco.

— Do que vocês estão falando? — Sir Reginald perguntou. — O que aconteceu? Não estou entendendo.

Neste momento, Lady DeCourcy retornou à sala com um maço de partituras e uma ruborizada Frederica.

— Reginald, meu querido — sua mãe falou. — Frederica preparou uma peça encantadora; ajude-me a persuadi-la a cantá-la para nós.

— Oh, não! — Frederica atalhou. — A senhora é deveras gentil, Lady DeCourcy, mas não estou pronta...

— Perdoem-me, Srta. Vernon, minha mãe — Reginald falou. — Eu adoraria ouvi-la cantar, mas receio que estou muito cansado para ser uma plateia adequada. Assim, se vocês me derem licença...

— Não, você deve ficar! — Sir Reginald exclamou. — Frederica é um pássaro canoro! Nunca ouvi nada parecido... Não nos negue esse prazer, meu caro. Reginald, precisamos que você persista.

— Bem, como eu disse...

— Não, eu sinto muito — Frederica interveio, constrangida. — Desculpem-me.

— Você tem que nos deixar ouvi-la, minha querida — Lady DeCourcy insistiu. — Por favor...

— O "Rouxinol de Kent", é como eu a chamo — Sir Reginald acrescentou. — Sua voz é notável, mesmo para a minha audição.

---

[*] Do latim, *vindicatio*.

— Ela deve ter herdado esse dom da mãe — Reginald refletiu com um ligeiro fervor apaixonado. — A voz de Lady Susan é soprano claro e natural. Adorável, linda...

— Ah é, não é? — seu pai respondeu.

Ao ouvir vozes vindas da frente da casa, Catherine perguntou:

— Está esperando visitas, mamãe?

— Não... Quem nos visitaria?

Passos ecoaram do corredor, seguidos pela entrada de Charles Vernon, que trazia um sorriso cordial no rosto faceiro.

— Vejam só quem veio de Londres — ele anunciou, estendendo o braço num gesto de boas-vindas. — Que agradável surpresa!

Uma bela mulher em trajes de viagem apareceu e aguardou um momento na soleira do grande salão; os DeCourcys, que haviam se virado todos na direção dela, ficaram imóveis, como se tivessem sido congelados no lugar.

— Que linda pose de família! — Susan exclamou alegremente.

— Sim, é a época que as famílias se unem, por isso é especialmente auspicioso tê-la aqui.

— Obrigada, Charles — Susan agradeceu e então, virando-se para Sir Reginald e Lady DeCourcy, continuou: — Eu realmente espero que, reconhecendo a ansiedade de uma mãe para ver o filho, o senhor possa desculpar minha chegada abrupta.

— Não há nada a ser desculpado — Charles insistiu. — Sir Reginald, Lady DeCourcy, permitam-me apresentar minha concunhada, Lady Susan Vernon...

— *Enchantée* — Lady Susan saudou. — Por favor, perdoem-me pela invasão, mas agora que estou estabelecida na cidade não posso tranquilizar-me com Frederica distante.

— Esse é um mal-estar bem recente, não? — Catherine perguntou.

— Sim, é sim — Susan respondeu sempre bem-humorada —, concordo inteiramente, querida irmã. Mas agora estou em Londres, onde a instrução de que Frederica precisa pode ser providenciada sem demora. Sua voz tem algum potencial...

— "Potencial?" — Sir Reginald atalhou. — Ela é um verdadeiro pássaro canoro. O "Rouxinol de Kent", é como eu a chamo.

— Mesmo? Isso aqui é mesmo Kent? — Susan olhou rapidamente para a janela. — Que maravilha! — ela disse. Então, falando devagar e elevando o tom de voz para ajustá-lo à audição do velho homem, Susan continuou: — O senhor tem razão, Sir... Frederica tem o talento nativo ostentado pelos pássaros... embora aquelas poucas notas possam se tornar repetitivas.

— Mas, mamãe — Frederica chamou —, eu não poderia ficar?

Lady Susan sorriu.

— "Mas, mamãe, eu não poderia ficar?" Que gracinha. — Então, virando-se para Catherine, ela acrescentou: — Eu lhe agradeço, minha cara irmã, por fazer com que Frederica se sinta tão acolhida e bem-vinda... — um aceno de cabeça para os DeCourcys — aonde quer que ela vá.

Para Frederica, Susan adicionou:

— Consegui uma aula para você com o Signore Veltroni. Onde a "Grande Missão Educativa" está envolvida, não há desculpas para meias-medidas!

Falando novamente mais alto com Sir Reginald, ela perguntou:

— Não é crucial, Sir, cultivar a voz dela? Um "rouxinol", não foi o que o senhor disse?

Sir Reginald, ainda ligeiramente desbaratinado e intimidado por tal aparição, cedeu:

— Sim, isso mesmo. O "Rouxinol de Kent", é como eu a chamo.

— Uma denominação formidável, Sir — Susan concordou. — E, quem sabe, com um professor como o Signore Veltroni isso não se torne mesmo verdade... Frederica, já recolheu seus pertences?

— Partir para Londres agora? — Lady DeCourcy protestou. — Ansiávamos tanto para ter Frederica conosco.

— Mas que curioso — Lady Susan observou. — Apenas algumas semanas atrás era difícil encontrar um lugar sequer para Frederica, e agora o Mundo disputa sua companhia! Estou pasma.

— Pasma porque ela foi outrora negligenciada, ou porque agora ela é disputada? — Catherine perguntou.

— Uma excelente observação, minha cara irmã... mas vou parar por aqui, pois sei o quanto minha filha detesta ser elogiada. — E então saudou Reginald educadamente: — Como vai, Sir? Espero que esteja bem. — Em seguida, dirigiu-se a Frederica: — Temos de ir, minha querida.

— Com licença, minha mãe, preciso recolher meus pertences.

— Sim, precisa mesmo! Não podemos comprar um novo guarda-roupa a cada deslocamento... — Susan retirou-se para ajudar Frederica a arrumar suas coisas.

Os outros, embasbacados, observaram as duas sair.

— Pobre garota... — Lady DeCourcy comentou. — Vocês viram a carinha dela?

— Preciso falar com ela e lembrá-la de que sempre terá um lar conosco.

— Ou conosco — a mãe acrescentou, olhando para Sir Reginald.

— Se estão se referindo ao passado — Charles atalhou —, duvido que sua mãe correrá o risco de novos mal-entendidos. Portanto, podemos nos tranquilizar e ter certeza de que Lady Susan deixará claro para Frederica a consideração e o afeto que guiam suas ações.

De volta a Londres, Lady Susan imediatamente visitou Alicia. A única concessão das amigas à proibição do Sr. Johnson era evitar a casa propriamente dita, e assim, elas passeavam pelas veredas podadas do jardim dos Johnsons, onde também podiam conversar longe dos ouvidos dos criados.

— A Srta. Maria Manwaring acabou de chegar à cidade para ficar com a tia, munida de um novo guarda-roupa — Alicia alertou —, na esperança de conquistar Sir James antes que ele vá embora de Londres novamente.

— É o que veremos! Não fiquei ociosa, minha querida, nem assumi o risco de retirar Frederica de Parklands para ser frustrada novamente. Que a Srta. Maria Manwaring arque com as consequências. Ela pode soluçar, Frederica pode chorar, e os Vernons podem berrar, mas Sir James será o marido de Frederica antes que o inverno termine!

— Sua criatura brilhante!

— Obrigada, minha cara. Já estou farta de submeter minha vontade aos caprichos alheios; de renunciar a meu próprio julgamento em deferência àqueles a quem nada devo e por quem nutro pouco respeito. Muito facilmente permiti que minha resolução fraquejasse: Frederica agora verá a diferença!

— Você é indulgente demais com a menina... por que deixar que Frederica fique com ele, quando você mesma poderia fisgá-lo?

— Sir James?

— Sim. Conheço sua natureza generosa... mas por que privilegiar Frederica com Sir James em vez de conquistá-lo para si mesma?

Uma expressão inicialmente de surpresa cruzou a face de Lady Susan, para então tornar-se sombria.

— Você está me insultando?

— Exatamente o contrário, minha cara: não duvido de sua habilidade de fisgar o DeCourcy quando bem entender, mas será que realmente vale a pena tê-lo? Pois não é o pai dele o típico e odioso urubu velho que vive eternamente? Como você viveria? Da mesada que Frederica, enquanto "Lady Martin" poderia que lhe garantir? Como uma hóspede em Churchill? Eu certamente prefiro estar casada com meu marido a depender da hospitalidade dos outros.

Elas caminharam em silêncio por algum tempo. Num dado momento, Susan começou a falar, mas parou. Alicia olhava para ela.

— Muito bem apontado — Susan finalmente admitiu.

A meu ver, todo esse episódio é ridiculamente implausível. Minha tia, como eu a conhecia, era completamente desapegada de interesses materiais.

Como o leitor provavelmente já notou, grande cuidado foi tomado com a pontuação empregada neste relato. Para mim, no concernente à Literatura, a pontuação é o que separa o verdadeiramente grandioso do meramente bom — e certamente do falacioso. Eu recomendaria que o leitor desse uma olhadinha (não mais que isso) no relato mentiroso da solteirona, incluído como apêndice neste volume; mesmo uma olhadela superficial revelará sua displicência grosseira para com a pontuação. Pode alguém tão leviano com as regras de pontuação — conhecidas por todos e ainda mais evidentes quando violadas — ter o crédito de fiar-se estritamente na verdade, mediante a ausência dessa fiscalização básica? Eu acho que não.

Falando em termos gerais, quanto mais pontuação, corretamente usada, melhor e mais precisamente verdadeira é a produção literária, na minha opinião. Uma sentença sem uma marca de pontuação a cada dez ou doze palavras, mais ou menos, nem uma virgulazinha sequer, deve ser considerada suspeita, ou altamente duvidosa; mais importante, no entanto, é o uso correto do ponto-e-vírgula.

Quando estudei em Westminster, seguindo os passos de meu tio (apesar de ter sido rusticado de Westminster em seu quinto ano, o único estudante a ser "repelido" em vez de "expelido" da escola, Sir James não guardou rancor, o que era característico de seu temperamento sanguíneo e indulgente), um de meus mestres favoritos, o Sr. Grove, gostava de dizer que se aprendêssemos a dominar o ponto-e-vírgula poderíamos ter a certeza de que seríamos bem-sucedidos independentemente do caminho que seguíssemos na vida. Alguns talvez até concordem que isso seja verdade para o Monastério ou para o Direito, áreas em que a linguagem e pontuação correta são cruciais, mas o Sr. Grove argumentava com considerável veemência que o uso apropriado do ponto-e-vírgula era a chave do sucesso para qualquer empreendimento, incluindo negócios. Ficávamos impressionados com tamanha insistência e, quando ele não estava presente, escarnecíamos dele por isso.

Todavia, ao longo dos anos vindouros, aprendi que aquilo que nos é ensinado pelos mais velhos, por mais improvável ou ridículo que possa parecer, quase sempre é verdade. Logo no início de nossa firma, descobrimos que cartas de negócios bem pontuadas, incluindo os pontos-e-vírgulas adequadamente empregados, inspiravam confiança tanto nos consumidores como nos credores; seria bem difícil imaginar o banco Barings concedendo-nos empréstimos tão grandiosos se fosse diferente. Assim como o Sr. Grove previra, o sucesso veio rápido. Nossa companhia, Martin-Colonna & Smith, logo alcançou, e durante um período considerável manteve, uma posição de liderança no comércio de madeiras raras e preciosas antes do repentino e inesperado colapso no mercado de mogno, que ninguém poderia ter previsto.

Também deveria tocar no interessantíssimo assunto (ao menos para mim) dos artigos do discurso. Conforme a Sra. Johnson, uma interlocutora excepcional apesar de suas origens americanas, uma vez me perguntou: "Sr. Martin-Colonna, qual artigo do discurso o senhor diria que é o seu preferido?", e eu não hesitei em lhe responder: "Sem sombra de dúvida, os artigos definidos". Eu valorizo a precisão e a clareza nos artigos do discurso, assim como na pontuação; os artigos definidos asseguram a ambas. Mediante a vasta expansão de nosso Império pelo globo, bem como nosso envolvimento no comércio mundial, agora temos de nos comunicar com pessoas menos fluentes em nossa língua, às vezes sem fluência alguma. O artigo indefinido abre brechas para más interpretações. Burma, Jamaica, Índia, Trinidad ou América, onde quer que travemos relações comerciais, o artigo definido é mais claro e apto a ser melhor entendido. Confiar nos artigos indefinidos ao falar com nativos de terras estrangeiras e exóticas pode ser perigoso, levando a interpretações equivocadas de autoridade e comando. O "definido" raramente é incompreendido.

Tal preocupação com a precisão frequentemente me levou a pronunciar a pontuação do discurso para alcançar a maior clareza possível. Eu me esforço para mencionar a forma de uma pausa, ou interrupção, ou cláusula de apositiva, conforme o desejado. Enunciar a pontuação requer um tanto mais de esforço, mas o que quer que atue em auxílio da compreensão, eu creio, será recompensado no final. Aprovo inteiramente os esforços de Sir Reginald em pronunciar a pontuação quando leu a carta de Catherine para Lady DeCourcy, embora a falha dela em apreciar tal atitude seja típica daquela família.

Todavia, temo que meu empenho em ser preciso com a pontuação ditada tenha causado sérios prejuízos no julgamento de meu caso. Pensei que ao prezar pela máxima clareza seria visto com bons olhos pela corte e pelas autoridades judiciais. Nem um pouco. Estava terrivelmente enganado.

— Muito bem, muito bem... já chega disso! — o Juiz Wilkinson exclamou no meio do meu testemunho, interrompendo-me com uma grosseria chocante. Achei esse comentário tão bizarro, ainda mais vindo de um jurista de peruca e toga preta, que a princípio não compreendi suas palavras.

— Perdoe-me, vossa excelência, mas "já chega" do quê? — O testemunho foi transcrito por um escrivão da corte e o tenho diante de mim agora: "Muito bem, muito bem... já chega disso!". Uma formulação deselegante, descuidada e inapropriada de abordar um cavalheiro no tribunal, como se estivesse se dirigindo a uma criança estúpida ou indomável.

Não me arrependo de minha tentativa de prezar pela clareza, ainda que pouco ortodoxa, mas receio que minha intenção honesta de melhorar a prática da corte levantou-se contra mim no momento da sentença, a qual o Sr. Knox, o advogado de defesa, considerou especialmente dura. Perguntei-lhe se achava que minha tentativa de ser preciso, especificando a pontuação em meu testemunho, não fora sábia, mas ele estava relutante em responder. Quando o pressionei, ele disse:

— Pouco sábia, talvez... mas admirável, brava, astuta; contudo, parece que tivemos de lidar com um preconceito evidente: a pontuação deve ser vista, mas não ouvida. O senhor é um idealista, Sir!

Foi gratificante saber que o Sr. Knox, por quem tenho considerável respeito, apreciou minha intenção, ainda que ela não tenha sido bem-sucedida, prolongando, assim, minha estadia nesse lugar sinistro mais do que deveria.

## DE PARKLANDS A LONDRES

Semanas depois, em Parklands, Catherine Vernon deixou de lado uma carta que estava analisando.

— Aflige-me tentar aprender qualquer coisa dessas cartas — ela disse à mãe. — Elas parecem ter sido escritas sob a supervisão maternal.

— Pobre Frederica. Pobre, querida Frederica!

— Temos de trazê-la de volta para Churchill.

— Ou Parklands; seu pai adora seu "Rouxinol de Kent".

— E pensar que, a qualquer momento, ela pode ser forçada a se casar com aquele Martin! Precisamos protegê-la; não só pelo bem dela, mas também por seu querido e falecido pai.

— Mas o que podemos fazer?

— Temos de encontrar um argumento que vá persuadir a mãe de que isso vai de acordo com seus interesses, que, está claro, é o que guia as ações dela. Isso vai significar ir até Londres; felizmente, Charles deve ter algum negócio ou outro que justifique a viagem.

— Que marido maravilhoso você tem, minha querida; Charles parece viver para servir.

— É verdade, eu tive sorte; Charles parece sempre ter algum pretexto ou outro para fazer exatamente o que lhe é solicitado.

Elas ouviram Charles Vernon aproximando-se do corredor. Ao juntar-se à mãe e filha DeCourcy, ele parou, o sorriso levemente tingido pela apreensão.

— Meu queridíssimo — Catherine começou —, creio que tem negócios urgentes em Londres.

— Oh, sim! — Charles concordou com um sorriso, e era verdade que ele geralmente tinha negócios diversos a tratar por lá.

Na Upper Seymour Street, Lady Susan recebeu os Vernons calorosamente, conduzindo-os, ela própria, à sala de estar.

— Que gentileza nos visitar! — ela disse. — Frederica vai adorar. Como vão as crianças, especialmente o meu querido Frederic?

— Muito bem, obrigada — Catherine respondeu.

Susan chamou escadas acima:

— Frederica, venha ver quem está aqui! — Aos Vernons, ela continuou: — Não sou capaz de expressar minha gratidão pela hospitalidade com que nos receberam.

— Não por isso — Charles atalhou. — O prazer foi todo nosso.

— Frederica?

Frederica apareceu no alto da escada e desceu lentamente, parecendo ter retornado ao seu antigo estado de acanhamento.

— Olá, Frederica. — Catherine a cumprimentou com um sorriso acolhedor.

— Boa tarde, minha querida — Charles disse. — Espero que esteja bem.

Frederica fez uma mesura e parecia ter florescido, tal qual uma flor, embora mais para uma margarida do que para uma rosa.

— Obrigada; é tão bom vê-los!

— Frederica? — Sua mãe disse. — Por que você não vai buscar suas partituras? Escolha algo bem bonito para mostrar à sua tia e ao seu tio como tem estudado.

— Com prazer — Frederica respondeu com uma mesura e se retirou.

— Cuidado com a cabeça — Lady Susan avisou Charles, que era excepcionalmente alto, quando eles entraram na sala de estar; ele, felizmente atento à precaução, abaixou-se a tempo. A preocupação com o bem-estar dos outros era habitual em Lady Susan e, talvez por essa razão, insuficientemente apreciada, o que eu tentei corrigir aqui.

— Vocês verão os progressos que ela está fazendo — Lady Susan disse. — Frederica toca todas as novas músicas: Haydn, Hummel, Bernardini[*]... Cherubini[**]... por favor, sentem-se.

Os Vernons acomodaram-se no espaçoso sofá de estilo neoclássico.

— Então, você está feliz com o progresso dela? — Charles perguntou.

---

[*] Marcello Bernardini (c. 1740–c. 1799), compositor italiano.
[**] Luigi Cherubini (1760–1842), pronuncia-se "Querubini", compositor italiano residente em Paris, conhecido por seu temperamento colérico. "Alguns sustentam que seu temperamento era 'bastante regular' porque ele estava sempre bravo." — Adolphe Adam.

Lady Susan ponderou sobre a questão.

— Sim — ela disse finalmente. — Somente em uma cidade como Londres, acredito, ela poderia ter uma instrução assim.

Essa reflexão abateu a esperança dos Vernons; Charles virou-se para Catherine.

— Se Frederica está fazendo tamanho progresso em Londres... bem, isso complica a questão...

— Que complicação seria essa? — Susan perguntou.

— Nutríamos a esperança de que Frederica pudesse retornar a Churchill — Charles explicou.

— Ela faz uma falta imensa — Catherine acrescentou. — Especialmente para os pequeninos.

— A afeição entre primos é mesmo tocante! Minha preocupação, minha obrigação, é ver reparadas as falhas na educação de Frederica.

— Poderíamos convidar um de seus professores para vir a Churchill e continuar as lições dela por lá? — Charles indagou.

— Que ideia gentil — Susan disse. — No entanto, eles não são meros professores, são os mestres mais procurados de Londres; provavelmente não estaria no poder de nenhum deles aceitar um convite para um retiro campestre, ainda que seja um tão formidável quanto Churchill.

— Talvez um tutor particular então...

— Devo fazer uma confissão — Lady Susan disse —, Frederica e eu nos tornamos grandes amigas e seria muito difícil para mim separar-me dela. Vocês devem ter notado que, por algum tempo, havia uma estranha tensão entre nós, que, felizmente, agora foi dissipada. Vocês nem imaginam o meu contentamento...

Catherine pareceu desmoronar em seu assento.

— Desculpe-me, você está bem?

— Sinto muito... ansiávamos de todo coração pelo retorno de Frederica.

— Eu entendo completamente. Ela se tornou uma agradável companheira... Até mesmo sua tendência a um silêncio extremo eu aprendi a achar tranquilizante. — Olhando de soslaio para a porta, Lady Susan completou: — Mas admito que um fator me preocupa: vocês acham que ela parece bem?

— Oh, sim! — Charles respondeu rápido demais, e sua habitual gentileza acabou encerrando uma possível linha de argumentação para reivindicar o retorno de Frederica a Churchill.

— Essa foi sua impressão? — Susan confirmou. — Os ares de Londres, eu temo, não são muito saudáveis para sua constituição. Ela não está pálida?

— Está! — Catherine adiantou-se. — O ar de Londres, esses gases, a fumaça, não são saudáveis para uma garota da idade dela. O ar fresco do campo é do que os jovens precisam.

— Sim... que curioso...

— Permita que ela venha conosco então...

— Não tenho palavras para expressar meus sentimentos diante de tanta gentileza... ainda assim, por uma série de razões, estou muito relutante em separar-me dela.

Por um momento, um silêncio constrangedor pairou na sala, quebrado enfim por Charles.

— Mas — ele disse — não é o ar abafado da cidade que favorece o contágio pela influenza?

— A influenza? Em Londres? — Lady Susan perguntou, alarmada.

— Vários casos foram reportados; afinal, estamos na estação típica das gripes.

— De todos os males do mundo, o risco de contaminação pela influenza é o que mais me aterroriza que possa se abater sobre Frederica — Lady Susan confessou.

— Então não deveríamos considerar a ideia de removê-la desse perigo? — Catherine perguntou.

— O que você diz me faz repensar... Mas seria um fardo terrível perder a companhia de minha filha bem quando comecei a contar com ela... E, é claro, também tem os seus estudos...

Entre as carruagens mantidas pelos Johnsons havia um charmoso *landau* de dois cavalos que Alicia preferia para deslocar-se dentro de Londres. O veículo agora estacionava diante da porta de Lady Susan na Upper Seymour Street, que rapidamente saiu de casa para se juntar à amiga. Assim que Susan sentou-se no banco de frente para Alicia, o cocheiro deu a ordem e os cavalos começaram a se movimentar e, com um solavanco, a carruagem começou a ser puxada novamente.

— Pode me dar os parabéns, minha querida! A tia e o tio de Frederica a levaram de volta para Churchill.

— Mas achei que você estava gostando da companhia de Frederica.

— Comparativamente. Um pouco. Mas não sou tão autoindulgente a ponto de querer chafurdar na companhia de uma criança.

— Ai de mim! — Alicia falou. — Temo que este seja nosso último encontro; pelo menos enquanto o Sr. Johnson estiver vivo. Seus negócios em Hartford cresceram. Se eu continuar a vê-la, ele jura estabelecer-se em Connecticut para sempre.

— Você poderia ser escalpelada!! — Susan exclamou. — Sempre temi que a palavra "Respeitável" um dia se colocaria entre nós. Abomino seu marido, mas devemos nos curvar à necessidade. Nossa afeição não pode ser enfraquecida por isso e, em tempos mais felizes, quando sua situação for mais independente como a minha, nós nos uniremos de novo; aguardarei impacientemente por esse momento.

— Eu também.

Susan pegou as mãos de Alicia entre as suas.

— Que o próximo ataque de gota do Sr. Johnson termine de modo mais favorável!

A carruagem foi puxada até uma parada próxima da arcada palaciana que levava aos jardins de Hampshire. Um homem alto e bonito estava parado nas sombras à espera; ele então se aproximou: era Lorde Manwaring.

— *Adieu*, minha amiga — Lady Susan disse ao descer do veículo.

Os meses passaram, o clima esquentou, as chuvas deram uma trégua. Em meio aos arbustos de Churchill e as flores que se abriam, Reginald agora caminhava ao lado de uma adorável e radiante Frederica em vez de uma muito mais bela Lady Susan. Eles falavam sobre Cowper, Thompson, Addison e Steele. Para ambos, Pope era particularmente favorito.

No salão principal, Charles Vernon perguntou a Catherine se ela sabia onde Frederica estava.

— Lady Susan escreveu para ela.

Em posse da correspondência, Catherine foi procurar Frederica e, quando não a encontrou, chamou seu nome.

— Estou indo! — Frederica respondeu enquanto ela e Reginald voltavam do jardim.

— Chegou uma carta de sua mãe.

— Obrigada, Tia Catherine. O que ela escreve?
— Ela escreveu para você.

Frederica pegou a epístola e se sentou, rompendo o selo com delicadeza. O que será que ela temia descobrir naquelas linhas? Frederica leu em silêncio por alguns instantes até que uma expressão de surpresa alterou sua fisionomia.

— Minha mãe e Sir James Martin se casaram!
— O quê?! — Reginald exclamou. — Como isso pôde acontecer? Como seria possível que eles se casassem?
— A que você se refere? — Charles Vernon perguntou. — Ambos eram livres para tanto: ele, um solteiro; Susan, uma viúva.
— Sir James Martin é um tolo! — Reginald redarguiu.
— Bem, talvez um pouco "falastrão"... — Catherine concedeu.
— Um pouco "falastrão"? Ele é um completo idiota.
— A meu ver, existem três explicações possíveis — Charles contemporizou. — Primeira: Sir James, quem sabe, tenha mais méritos do que nós imaginamos...
— Não! — Reginald atalhou.
— Segunda: talvez para assegurar seu futuro, Frederica, sua mãe achou que seria necessário ela própria contrair um enlace prudente. — Charles olhou para Frederica em busca de concordância, o que ela providenciou.
— Esse poderia ser o caso — ela concordou, pensativa. — Mamãe sempre se preocupou com meu futuro.
— E a terceira explicação possível? — Reginald quis saber.
— Que ela... realmente se apaixonou por ele — Charles disse. — Há um ditado: "O coração tem razões que a própria razão desconhece", ou palavras com esse sentido. O coração é um instrumento que possuímos, mas que não conhecemos verdadeiramente. O amor humano compartilha do divino; pelo menos no meu caso.

Charles olhou para Catherine, que respondeu com um doce, porém enganador, sorriso. Virando-se para Reginald, ele continuou:

— Você encontrará isso nos escritos de Rousseau; *Júlia ou a Nova Heloísa*, eu acho. Posso confirmar a citação se você estiver interessado.
— Eu só acho incompreensível que uma mulher tão brilhante possa se casar com aquele cérebro de ervilha... ou *ervilhas*.
— Acontece o tempo todo — Charles replicou. Catherine sorriu.

— Desafia a credulidade — Reginald persistiu.

— Certamente; como já foi dito, Sir James não é nenhum Salomão, mas se ele pode proporcionar a Lady Susan a felicidade e a segurança das quais os tristes eventos dos últimos anos lhe privaram, então ele é alguém que eu e todos nós devemos valorizar.

— Concordo inteiramente, meu Tio — Frederica acrescentou. — Todos nós devemos; eu lhes desejo toda a felicidade em sua vida a dois!

Em Londres, na Edward Street, Alicia Johnson encarava a luta diária de lidar com o marido mais velho e de gênio difícil. Ele se deliciava com as ameaças de mandá-la de volta para sua nativa Hartford no vale do Rio Connecticut,* cujos cursos superiores ficavam em uma área deserta onde ataques de índios eram frequentes. É amplamente sabido, creio, que muitos de nossos compatriotas têm uma tendência para a crueldade. E em vez de se envergonhar, alguns até se vangloriam desse pendor. Infligir dor e humilhações, fazer os outros se contorcerem de agonia é entusiasticamente apreciado. Na Espanha, essa paixão de nossos patrícios por causar dor tem até um nome: "El Vicio Ingles" é como eles a chamam. E se caracteriza por uma postura de superioridade ou dominância; cidadãos de outras terras, ou mesmo de nossas próprias colônias, são depreciados (o que para mim é um tanto similar àqueles pais que se comprazem em maldizer os próprios filhos). Quanto à Sra. Johnson, a opressão de sua situação doméstica era severa; é de se maravilhar que ela tenha sido capaz de manter seus modos alegres e bem-humorados diante de tamanha repressão; mas, afinal, ela era amiga de Lady Susan e ambas as mulheres tinham a genialidade de permanecerem adoráveis mesmo nas circunstâncias mais detestáveis.

Quando meu tio, recém-casado, aceitou seu convite e lhe fez uma visita naquela primavera, alguém até poderia pensar que ela não tinha problema algum. Sir James estava excepcionalmente bem-humorado

---

* Enquanto escrevo, vejo na minha parede uma pintura de índios guerreiros remando uma canoa nos cursos de águas superiores, a única pintura que os oficiais de justiça deixaram para mim. Pelo que entendi, os guerreiros retratados pertencem à mesma tribo da Nova Inglaterra que aqueles nativos que escalpelaram o primo de Alicia em Hadley, Massachusetts, algumas décadas antes. (Seu primo sobreviveu, mas foi obrigado a usar um barrete horroroso pelo resto de seus dias). Tais atrocidades aconteciam naquela terra selvagem.

quando se juntou a ela na sala de estar, decorada no refinado estilo que tornou Robert Adam* famoso.

— Meus parabéns, Sir, por uma união pela qual eu torcia há tempos — Alicia disse amavelmente. — É deveras legítimo que vocês fiquem juntos; não é qualquer homem que realmente mereceria Lady Susan.

— Concordo de todo coração... E tenho o prazer de anunciar que felicitações em dobro são requeridas.

— Como?

— A mais bela mulher da Inglaterra, exceto pela presente companhia, em breve será a mais bela mãe. Sim, eu vou ser pai.

— Que maravilha! O senhor realmente não perde tempo... Meus parabéns, Sir!

Um lacaio trouxe um elaborado serviço de chá e a própria Alicia incumbiu-se de misturar as folhas no recipiente.

— Sim! — Sir James concordou. — Na manhã seguinte ao casamento, Lady Susan deu pistas das boas novas; que logo foram confirmadas.

— É verdadeiramente maravilhoso!

O espírito altivo e o bom-humor de meu tio eram um tanto quanto contagiantes.

— Estou mais orgulhoso do que você pode imaginar. — O som de um lamento soluçante ecoando de outro cômodo da casa atraiu sua atenção: — O que é isso?

— Um fardo... — Alicia sussurrou, Sir James inclinou-se para a frente para conseguir ouvir suas palavras. — Quando Lorde e Lady Manwaring se separaram, o Sr. Johnson, que é guardião de Lucy Manwaring, convidou-a para morar conosco.

— Sério? — Sir James perguntou. — Mas o que a faz sofrer tanto?

— A separação ainda. Ela só fala disso.

— Como assim?

— Toda essa ladainha sobre um casamento que acabou semanas atrás. Se uma mulher falha em agradar o marido, por que ficar falando disso, alardeando o fracasso? Por que anunciar ao mundo todo que o homem que a conhece como ninguém preferiu ficar com outra pessoa?

---

* Eu tive a oportunidade de ver esta sala com meus próprios olhos, quando lá fui tomar um chá com a Sra. Johnson em seu último ano de vida. É uma experiência pungente conhecer uma pessoa pouco antes que ela parta dessa vida.

— O que me parece — Sir James observou — é que Lady Manwaring falhou em considerar a diferença entre os sexos. Para um marido, sair da linha não é o mesmo que vice-versa. Se um marido tem um caso extraconjugal, está simplesmente respondendo à biologia; é assim que os homens são feitos. Mas... — só a ideia fez Sir James sorrir — uma mulher agir de modo similar é ridículo, inimaginável. Só a ideia já é engraçada: he, he, he... he, he.

— Eu não poderia estar mais de acordo, muito engraçado...

Ambos se sentaram.

— Eu diria que todas as cenas de Lady Manwaring provavelmente são as culpadas pelo marido ter saído de casa. — Sir James pontuou. — Mas a perda dela foi nosso ganho. Como resultado de todos os problemas que os advogados lhe causaram, Manwaring tem sido nosso hóspede nas últimas semanas.

— Não tem sido inconveniente?

— De modo algum! Um excelente companheiro. Não poderíamos nos dar melhor; ele adora caçar e também gosta de uma jogatina. É ótimo ter um convidado, bem como a oportunidade de uma boa conversa. É claro que Susan tem a mente afiada, mas é mais fácil conversar com um companheiro do mesmo sexo, particularmente um que partilha dos mesmos interesses... E, em breve teremos outro hóspede.

— Frederica?

Sir James riu.

— Não! O bebê, é claro!

Neste exato momento, a porta irrompeu com força; Lady Manwaring, desacorçoada e desgrenhada, entrou.

— Manwaring? Manwaring? Você viu meu marido? — Lady Manwaring fez a pergunta num tom de paixão febril, com a voz falhando. — O que você estava falando, Sir?! Conte-me. Como... ele está?

— Bem, Madame, muito bem, acredito. Não poderia estar melhor.

Incapaz de suportar o feliz relato, Lady Manwaring soluçou e saiu da sala. Embora Sir James e a Sra. Johnson certamente estivessem sensibilizados pela aflição dela, eram por demais educados para demonstrar.

— Chá? — Alicia ofereceu.

— Um pouco — Sir James replicou, retomando seu assento.

## UM CASAMENTO

Minha primeira visita a Churchill foi para desempenhar um ilustre papel no casamento de Frederica e Reginald DeCourcy. Após o noivado, quando Frederica foi a Martindale visitar a mãe (Reginald achou melhor ausentar-se dessa viagem), ela perguntou se eu e meu irmão poderíamos participar da cerimônia como floristas ou segurando a cauda do vestido, ou algo do gênero. Parecia-me que as criancinhas incluídas numa festa de casamento tinham função essencialmente decorativa; o trabalho real não era árduo.

A igreja de Churchill era, como já mencionado, mais uma capela do que uma igreja; não ficava distante da casa de Churchill, mas não era visível da estrada, pois um bosque, um muro alto de pedra e a discrepância na elevação do terreno obscureciam sua visão. O casamento foi pequeno e os primeiros convidados já estavam chegando quando a carruagem de Sir James parou e então rolou para trás, quase atropelando um casal de idosos que passava atrás dela.

— Cuidado! — o homem gritou raivosamente para o condutor; verdade seja dita, essas manobras repentinas podem causar desmembramentos e até mortes.

Meu tio saltou da carruagem seguido por Lady Susan, que, nessa época, estava maior por causa da criança, e também por Lorde Manwaring.

Sir James estava encantado por finalmente ver a igreja de Churchill; falta que tanto desorientou sua primeira vista, levando ao eterno e cruel escárnio dos DeCourcys.

— Então... aqui está a igreja! — ele comentou com sua natural exuberância. — Mas onde está a colina? Não a vejo. — Ele olhou ao redor e estreitou os olhos para ver mais adiante. — Parece que não há colina alguma... estranho. Pitoresco.

O jovem pároco da igreja de Churchill celebrou o casamento com distinção. Frederica Vernon e Reginald DeCourcy estavam casados e praticamente todo mundo aparentava estar satisfeito, embora Reginald sem dúvida tenha levado a melhor nessa barganha. Na sequência, depois que os noivos e os convidados passaram pelo arco de flores, a pequena Charlotte Vernon gritou:

— Deus abençoe a todos!

Seu espírito cordial sugeria que a menina saíra ao pai em vez de puxar à mãe. Fiquei com inveja por não ter pensado em nada igualmente impactante para gritar; de todo modo, ela terminou mal.

O casamento foi seguido por um delicioso banquete matinal no salão principal de Churchill. Enquanto as outras crianças corriam como bobas lá fora, eu permaneci dentro da casa, observando de perto o que acontecia e aproveitando para experimentar os pratos. Como não tinha ideia que um dia escreveria este livro, não posso alegar que ouvi essas conversas específicas; mas, na verdade, consegui o livro de recordações do casamento de Frederica para extrair os fatos, como também recorri à minha extraordinária (como a Sra. Johnson a chamava) habilidade de imaginar uma situação exatamente como ela ocorreu, mesmo naquelas ocasiões em que eu não poderia estar presente (embora nesse caso eu estivesse).

Primeiro, Charles Vernon comentou com Frederica que Lady Susan "deve estar muito orgulhosa" dela.

— E eu sou imensamente grata a ela também — Frederica respondeu. — Sem os esforços de minha mãe, eu não teria encontrado tamanha felicidade. — Ela olhou de relance para o local onde sua mãe, esplêndida com a gravidez, estava falando com Sir James e Lorde Manwaring; a conversa naquele grupo era recíproca.

— Você deve estar muito orgulhosa de Frederica — Sir James comentou.

— Eu não diria "orgulhosa" — Lady Susan especificou. — Esta não é a palavra que eu escolheria. Eu direi que estou contente por ter sido capaz de atender à educação de Frederica. Minha filha se mostrou ardilosa e astuta; eu não poderia estar mais satisfeita. Uma Vernon jamais passará fome.

Em outro canto, Catherine Vernon falava com o jovem pároco da igreja de Churchill.

— E quanto a levantar falso testemunho?
Seria possível que uma certa culpa e uma pontada de arrependimento agitavam o peito de um DeCourcy?
— Esse é o Nono — o jovem pároco explicou.
E eis que foi revelado que aqueles que tanto escarneceram de meu tio por um engano na interpretação dos mandamentos tampouco os conheciam bem. "E por que reparas no cisco que está no olho do teu irmão, e não enxergas a tora que está em teu próprio olho?" (Mateus 7:3-5).
Pelo que sei, nenhum DeCourcy jamais respondeu a essa questão.
Enquanto isso, Lady DeCourcy rogava a Charles e a Sir Reginald que lhe ajudassem a convencer Frederica a cantar.
— Seria maravilhoso! — Charles anuiu. — "O pássaro canoro de Surrey" é como a chamamos.
— O quê? Não! — Sir Reginald exclamou. — Ela é o "Rouxinol de Kent"; sempre a chamei assim. "Pássaro canoro de Surrey"... que absurdo, que bobagem... ridículo!
Assim que Wilson, o mordomo, anunciou o casal em núpcias, os convidados se voltaram para Reginald e Frederica, que estavam em pé sobre os degraus que conduziam à ala "nova" de Churchill, construída dois séculos antes.
— Ao longo dos últimos meses — Reginald começou —, fui continuamente surpreendido pela amabilidade e pelo coração puro de Frederica. Eu quis escrever alguns versos para compor um memorial a estas descobertas, mas eles agora são tão extensos que dariam um volume completo, então lerei estas poucas linhas.
Reginald começou a ler uma folha de papel.

*Embora com toda graça humana seja abençoada*
*O viso arrebatador e a face de beleza enfeitiçada*

— "*Viso arrebatador?*", Sir Reginald perguntou a Charles num murmúrio.
— Sim — Charles respondeu. — "*Viso*": aparência ou semblante; vem do latim "visum", eu creio. Posso achar a citação para você.
Após um olhar de admiração, ou de um profundo carinho, para Frederica, Reginald continuou:

*Beleza ainda maior, no entanto, é ser cuidadosa,*
*A **Virtude**, o encanto de que o justo mais goza;*

> *Que a exaltação de tais prazeres por muito atestem*
> *Que do valor, da constância e do amor eles florescem.*

Relendo esses versos hoje, décadas depois, fico impressionado com a qualidade deles. E a questão que se levanta: são realmente de Reginald DeCourcy, ou será que ele encontrou "inspiração" em outras fontes? Seja como for, quando ele terminou os presentes aplaudiram sua (ou de outrem) bela composição.

— Como vocês já devem saber — Frederica disse —, um pedido de Lady DeCourcy é uma ordem para mim... portanto, eu cantarei essa peça.

Frederica fez uma pausa, procurando o tom correto, então começou sua canção, a princípio hesitante, mas logo soltando sua linda voz, incomparavelmente preferível, em minha opinião, ao superestimado e irritante gorjeio do rouxinol:

> *Além dos montes*
> *Nas ondas pulcras,*
> *Debaixo das fontes*
> *Sob a terra sepulcra,*
> *Sob as mais profundas inundações,*
> *Às quais se curva* NETUNO
> *Sobre as mais íngremes elevações,*
> *O Amor fará o caminho oportuno.*

Se as alusões e imagens ("Netuno") na estrofe de abertura dessa antiga e tradicional ária hoje em dia soem um tanto mirabolantes aos nossos ouvidos, a estrofe seguinte talvez seja mais pertinente.

> *Você pode estimá-lo*
> *Um infante por seu poder,*
> *Ou você pode julgá-lo*
> *Um covarde por seu querer.*
> *Mas se ela, a quem o Amor escolher,*
> *For ocultada pelo véu noturno*
> *Com mil guardas armados a lhe proteger*
> *O Amor fará o caminho oportuno.*

Com o casamento de Frederica e Reginald, e o iminente nascimento de meu primo Edward Martin, esta história está em grande parte concluída. Creio que o leitor apreciará a contenção que exercitei ao remover a mim mesmo da narrativa. Muitos, no entanto, encorajaram-me a recontar meu lado, que eu relacionasse algo de minha conexão e de minha própria história, da qual até agora me abstive, exceto por algumas poucas observações pontuais.

A vindicação de minha tia, Lady Susan Grey Vernon Martin, foi, acredito, inteiramente consumada. Mas restam outras proposições importantes a serem tratadas.

A primeira, creio que é e será autoevidente, exceto para as mentes intolerantes: *O mero fato de estar na prisão não transforma um indivíduo em criminoso*. O encarceramento não é um indício certeiro, invariável, denunciador de maus-feitos, nem nada semelhante. Decerto que a habitação ignóbil da qual ora escrevo não era o local onde eu pretendia residir neste estágio da minha vida. Ainda assim, embora humilhantes, a série de eventos — ou, ocasionalmente, a falta de evento — que me trouxeram para cá não pinta o quadro sombrio que aqueles de espírito mesquinho — ou de espírito torpe, como os DeCourcys — podem descrever.

De fato, toda a controvérsia acerca das minhas dificuldades financeiras e legais envolvem no máximo três questões. A primeira e provavelmente a mais fácil de explicar é a concernente ao empréstimo junto ao banco Barings. Martin-Colonna & Smith, a sociedade anônima que Smith[*] e eu fundamos para importar madeiras raras e preciosas começou a prosperar quase imediatamente. Ano após ano, as vendas se acumulavam com carregamentos de madeiras raras que eram cada vez mais abundantes e preciosas. Depois da decepção com a minha carreira nas leis, fiquei feliz por descobrir que tinha um certo "tino para os negócios".

A escassez e a demanda indicavam que a trajetória do comércio de madeiras preciosas só poderia continuar ascendendo, então nós previmos a expansão. A respeitada e altamente confiável Barings Brothers endossou nossos planos, os parceiros Thomas Baring e Russell Sturgis mostraram-se particularmente interessados, o que foi deveras gratificante para nós. Barings aprovou um empréstimo substancial para permitir que a firma comprasse madeiras em uma escala muito maior. O primeiro revés foi a descoberta de insetos, algum tipo de besouro, em um

---

[*] Sr. Thomas Smith, meu falecido parceiro; não há conexão com o Sr. Charles Smith, o alcoviteiro caluniador.

carregamento de madeira teca de Rangum (detritívoros, especialmente danosos para madeiras raras). Que baque dramático foi para nossos planos de expansão — que eram razoáveis, precisos e bem elaborados, e dos quais ainda muito me orgulho — o imprevisto colapso no mercado do mogno, que ninguém antecipou e nem poderia. As leis de escassez e demanda ditavam que a direção dos preços dessa notoriamente valiosa e bela madeira — que, devidamente cortada, tratada e polida, é lindíssima, com seus fascinantes padrões de ranhura escuros e intricados — só poderia subir. Pensar o contrário só mostraria um completo descaso em relação àquilo que o grande Adam Smith[*] descreveu como a lei do mercado.

A mudança de atitude de nossos banqueiros em Barings, que haviam se mostrado tão bons companheiros e quem nós considerávamos amigos, foi abrupta e cheia de frieza. Vou aceitar que talvez eu não possuísse ativos suficientes para assinar uma promissória garantindo o pagamento do empréstimo no caso de inadimplência — mas quem poderia antecipar tal eventualidade? Não acredito que ninguém poderia pensar que os documentos bancários trouxessem detalhes minuciosos sobre uma eventualidade dessas, o que, devo admitir, hoje me causa profundo ressentimento.

A segunda, nas câmaras judiciárias nas quais mantive conexões — talvez contra meu melhor julgamento, mas sem querer deixar nossos clientes sem um conselho confiável — houve alguns simples e facilmente solúveis problemas pertinentes a depósitos e contas fiduciárias. Eu nunca me gabei nem me vangloriei de ser um especialista na área de administração e contabilidade, e se os Srs. Sampson, Thales e West tivessem demonstrado mais paciência, estou convencido de que tudo poderia ter sido resolvido sem a necessidade de recorrer a medidas drásticas e insultantes.

Essas questões serão resolvidas algum dia, mas minha amizade e meu respeito eles perderam para sempre.

Finalmente, tenho de admitir meu equívoco em relação ao significado do termo "fungibilidade", que eu achei que se referia a algo completamente diferente. Eu tinha toda a intenção de restaurar os fundos assim que o

---

[*] Adam Smith (1723-1790), filósofo político e econômico. Como o leitor já deve saber, Smith (nenhuma relação com Thomas ou Charles) era membro do Clube Literário do Dr. Johnson, que tinha entre seus integrantes o Dr. Charles Burney, pai de Fanny Burney, posteriormente Madame D'Arblay, cujas novelas epistolares a autora solteirona procurou imitar.

preço do mogno voltasse a subir, o que eu tinha razões para acreditar que aconteceria em breve.

Basta dizer que todos aqueles que foram supostamente "lesados" pelas ações ou inações a mim imputadas estão levando suas vidas essencialmente como antes, enquanto eu sou punido e humilhado. Que no final serei completamente absolvido, não tenho dúvidas. E nesse ponto, se estiver vivo, vou tomar um cálice de vinho do porto e ocuparei minha mente com pensamentos positivos, orgulhando-me de nunca ter sido vingativo ou caluniador.

Assim como meu tio, prefiro ver a taça da vida não meio vazia, mas adequadamente cheia, na medida para que possa ser transportada ou erguida em um brinde entusiástico sem os respingos, a inconveniência ou as roupas arruinadas que uma taça cheia até a borda certamente ocasionaria.

A meu ver, enquanto a porta do triunfo no comércio de madeiras raras se fechou, a porta da literatura foi aberta.

# *L*ady S*usan*

JANE AUSTEN

## APÊNDICE
### O verdadeiro relato de Lady Susan Vernon, sua vida & seus amores

POR UMA LADY

Uma Nota sobre o Título: Quatro cópias do manuscrito final deste relato circularam entre os mais íntimos dos DeCourcys e então entre aqueles que frequentavam seus círculos, e assim por diante, até que um extensivo número de leitores foi amealhado. O objetivo: denegrir tanto quanto possível a reputação de uma dama admirável. O acréscimo da frase "Sua Vida & Seus Amores" foi para sugerir a existência de escândalos onde nada, ou relativamente pouco, havia.

Chamar esta mixórdia de descrições enganosas de "Verdadeiro Relato" é o mais arrojado dos libelos. E a autora, enquanto o faz, esconde sua identidade sob a máscara do anonimato, privilégio não concedido à sua vítima, cujo nome é anunciado no próprio título.

O "Sumário" que lista quarenta e uma cartas foi inserido para dar à obra um ar de veracidade. A maioria dessas missivas, na verdade, nunca existiu. A versão que o editor, o Sr. John Murray, decidiu incluir aqui é a última que ela preparou, na qual ela verteu seu relato dessa história (já decididamente falso) para a forma "epistolar", então na moda, apesar do (ou quem sabe atraída pelo) nível adicional de falsidade acrescentado: as distorções e afetações anacrônicas necessárias para transformar conversas e episódios da vida em "troca de cartas".

Pouco tempo depois que esta obra alcançou sua notoriedade inicial, o grande Sir Walter Scott publicou o seu épico *Marmion*, que traz as memoráveis linhas a seguir que aparentam refletir acerca dessa questão:

*Marmion*, **Canto VI. Estrofe 17:**
*Se das perguntas afiadas de Clare devo me esquivar*
*Constance, das freiras, devo apartar*
*Oh! Que emaranhada teia estamos a fiar*
*Quando antes praticamos para então enganar!*

O "relato" anônimo dessa Lady é publicado aqui com o mesmo intuito que o de um médico, que, ao curar uma ferida, primeiro expele todo o seu pus.

# Sumário

141 **Carta 1.**
*Lady Susan Vernon para o Sr. Vernon.*
142 **Carta 2.**
*Lady Susan Vernon para a Sra. Johnson.*
144 **Carta 3.**
*Sra. Vernon para Lady De Courcy.*
146 **Carta 4.**
*Sr. De Courcy para a Sra. Vernon.*
148 **Carta 5.**
*Lady Susan Vernon para a Sra. Johnson.*
150 **Carta 6.**
*Sra. Vernon para o Sr. De Courcy.*
152 **Carta 7.**
*Lady Susan Vernon para a Sra. Johnson.*
154 **Carta 8.**
*Sra. Vernon para Lady De Courcy.*
156 **Carta 9.**
*Sra. Johnson para Lady Susan.*
157 **Carta 10.**
*Lady Susan Vernon para a Sra. Johnson.*
159 **Carta 11.**
*Sra. Vernon para Lady De Courcy.*
161 **Carta 12.**
*Sir Reginald De Courcy para seu Filho.*
163 **Carta 13.**
*Lady De Courcy para a Sra. Vernon.*
165 **Carta 14.**
*Sr. De Courcy para Sir Reginald.*
168 **Carta 15.**
*Sra. Vernon para Lady De Courcy.*
171 **Carta 16.**
*Lady Susan para a Sra. Johnson.*

173 **Carta 17.**
   *Sra. Vernon para Lady De Courcy.*
176 **Carta 18.**
   *Da mesma para a mesma.*
178 **Carta 19.**
   *Lady Susan para a Sra. Johnson.*
180 **Carta 20.**
   *Sra. Vernon para Lady De Courcy.*
184 **Carta 21.**
   *Srta. Vernon para o Sr. De Courcy.*
185 **Carta 22.**
   *Lady Susan para a Sra. Johnson.*
188 **Carta 23.**
   *Sra. Vernon para Lady De Courcy.*
190 **Carta 24.**
   *Da mesma para a mesma.*
196 **Carta 25.**
   *Lady Susan para a Sra. Johnson.*
199 **Carta 26.**
   *Sra. Johnson para Lady Susan.*
201 **Carta 27.**
   *Sra. Vernon para Lady De Courcy.*
202 **Carta 28.**
   *Sra. Johnson para Lady Susan.*
203 **Carta 29.**
   *Lady Susan Vernon para a Sra. Johnson.*
204 **Carta 30.**
   *Lady Susan Vernon para Sr. De Courcy.*
206 **Carta 31.**
   *Lady Susan para a Sra. Johnson.*
207 **Carta 32.**
   *Sra. Johnson para Lady Susan.*
208 **Carta 33.**
   *Lady Susan para a Sra. Johnson.*
209 **Carta 34.**
   *Sr. De Courcy para Lady Susan.*

210 Carta 35.
   *Lady Susan para o Sr. De Courcy.*
211 Carta 36.
   *Sr. De Courcy para Lady Susan.*
212 Carta 37.
   *Lady Susan para Sr. De Courcy.*
213 Carta 38.
   *Sra. Johnson para Lady Susan Vernon.*
214 Carta 39.
   *Lady Susan para a Sra. Johnson.*
215 Carta 40.
   *Lady De Courcy para a Sra. Vernon.*
216 Carta 41.
   *Sra. Vernon para Lady De Courcy.*
218 **Conclusão**
09 **Árvore Genealógica dos Vernons e dos De Courcys***

---

\* Na minha opinião, este Sumário não tem nada de útil e, de fato, é bastante entediante. No entanto, a "Árvore Genealógica", que é de algum interesse, foi corrigida e levada para o início deste volume [ver página XI].

## CARTA 1

Lady Susan Vernon para o Sr. Vernon.
Langford, dezembro.

*Meu querido Irmão*

*Não posso mais negar-me o prazer de valer-me de seu gentil convite, quando de nossa última separação, para passar algumas semanas com vocês em Churchill, & portanto, se for assaz conveniente para você & para a Sra. Vernon me receber no momento, espero em poucas semanas ser apresentada a uma Irmã a quem há tanto desejo conhecer. Meus bons amigos por aqui urgem carinhosamente para que eu prolongue minha estada, mas hospitalidade & temperamento jubiloso do casal os levam demais à sociedade para minha atual situação & estado mental; & impacientemente anseio pela hora em que serei admitida em seu encantador retiro. Estou ansiosa para conhecer vossos queridos filhos, em cujos corações estou muito desejosa de assegurar um interesse. Em breve, terei necessidade de me fazer forte, visto que estou prestes a separar-me de minha própria filha. A longa doença de seu querido Pai impediu-me de devotar-lhe a atenção que o Dever & a afeição igualmente demanda, & eu tenho razões suficientes para temer que a Governanta sob cujos cuidados eu a consignei era inadequada para o cargo. Resolvi, portanto, colocá-la em uma das melhores Escolas Particulares na Cidade, onde eu mesma terei a oportunidade de deixá-la, em meu caminho até vocês. Estou determinada, como bem pode ver, a não ter minha recepção em Churchill negada. O conhecimento, inclusive, de que não está em seu poder me receber causar-me-ia a mais lancinante das sensações.*

*Vossa mais devota & afetuosa Irmã*
S. VERNON.

**Nota sobre a Primeira Carta:** *O relato da Lady Anônima foi "temperado" do mesmo modo que aqueles que agenciam a venda de ações de minas fraudulentas "temperam" o anúncio com quantidades de minério valioso. Ainda assim, tal e qual o falsário que não consegue se conter, ela acrescenta duas linhas de ameaça ao fim da epístola que Lady Susan jamais poderia ter escrito.*

## CARTA 2

Lady Susan Vernon para a Sra. Johnson.
Langford.

*Você estava enganada, minha querida Alicia, ao supor-me fixada neste lugar pelo resto do inverno.* Dói-me dizer o quanto você estava profundamente enganada, posto que eu *raras vezes desfrutei de três meses mais agradáveis do que esses que passaram tão rápido.* No presente momento, nada flui bem; as Fêmeas da Família estão unidas contra mim. Você previu como seria quando eu vim a Langford pela primeira vez, & Manwaring é tão extraordinariamente agradável que não pude deixar de ficar apreensiva por mim. Lembro-me de dizer a mim mesma, enquanto me dirigia à Casa, "Eu gosto desse Homem; queira os céus que mal algum venha disso!". Mas *eu estava determinada a ser discreta, a ter em mente que passaria apenas quatro meses como viúva, & seria o mais lacônica possível; & assim o fui,* Minha querida Criatura; não recebi as atenções de ninguém a não ser as de Manwaring. *Evitei flertes de toda e qualquer espécie; além disso, não dei preferência a Criatura alguma, apesar das Numerosas possibilidades, com exceção de Sir James Martin, a quem dediquei um pouco de atenção, para poder afastá-lo da Srta. Manwaring; mas se o Mundo pudesse saber meu motivo _eis_, eles me honrariam. Tenho sido chamada de Mãe insensível, mas foi o sagrado impulso de afeição maternal, foi em benefício de minha Filha que fui adiante; & se essa filha não fosse a maior provinciana da Terra, eu poderia ter sido recompensada por meus Esforços como deveria.*
*Sir James me pediu a mão de Frederica; mas Frederica, que nasceu para ser o tormento de minha vida,* decidiu **posicionar-se** tão violentamente **contra a união** que achei melhor deixar o arranjo de lado por enquanto. Mais de uma vez arrependi-me de não tê-lo desposado eu mesma; & fosse ele um pouco menos desprezivelmente fraco, decerto o faria, **mas é forçoso que eu admita meu romantismo** nesse aspecto & **ser Rico apenas não basta para me satisfazer.** O evento como um todo foi muito desgastante: Sir James se foi, Maria ficou altamente agastada, & a Sra. Manwaring insuportavelmente ciumenta; tão ciumenta, num curto período, & tão enfurecida contra mim, que, na fúria de seu temperamento, eu não ficaria surpresa se ela apelasse

ao seu Guardião, se ela tivesse a liberdade de dirigir-se a ele – mas nisto seu Marido permanece meu amigo; & a mais gentil, mais amável ação de sua Vida foi abrir mão dela para sempre por causa do Casamento. Dou-lhe a incumbência, portanto, de alimentar o ressentimento dele daqui por diante. Nós aqui estamos em uma situação lastimável; casa alguma já esteve mais inflamada: a Família toda está em pé de guerra, & Manwaring mal ousa falar comigo. *É chegada a hora de minha partida; estou determinada, assim, a deixá-los, & desfrutarei, espero, de um aprazível dia com você na Cidade nesta semana.* Se eu ainda não estiver nas graças do Sr. Johnson como sempre, venha ter comigo no número 10 da Wigmore Street; mas espero que não seja esse o caso, visto que o Sr. Johnson, com todas as suas faltas, é um Homem a quem a excelente palavra "Respeitável" é sempre atribuída, & como eu sou conhecida por ser tão íntima de sua esposa, seu menosprezo por mim causa uma constrangedora Impressão.

*Faço uma parada na Cidade em meu caminho* rumo àquele lugar insuportável, uma Vila Rural; pois estou realmente indo *para Churchill.* Perdoe-me, minha cara amiga, é o último recurso. Se houvesse qualquer outro local na Inglaterra de portas abertas para mim, eu o preferiria. Tenho aversão por Charles Vernon, & temo sua esposa. Em Churchill, no entanto, devo permanecer até que tenha algo melhor em vista. *Minha jovem Lady acompanhar-me-á à Cidade, onde a depositarei aos cuidados da Srta. Summers, na Wigmore Street,* até que ela se torne um pouco mais razoável. *Ela fará boas conexões por lá, visto que as Garotas são todas das melhores Famílias.* O preço é exorbitante, & muito além do que jamais intencionaria pagar.

*Adieu, enviarei um bilhete assim que chegar à Cidade.*

Sempre sua,
S. VERNON.

**Nota sobre a Segunda Carta**: *Como pode ser visto, as inúmeras interpolações alteram imensamente o tom e o significado da missiva. Aqui, em contraste com a epístola anterior, são as palavras verdadeiras que estão destacadas em negrito.*

## Carta 3

Sra. Vernon para Lady De Courcy.
Churchill.

*Minha querida Mãe*

*É com profundo pesar que lhe informo que não estará em nosso poder manter a promessa de passar o Natal com vocês; & fomos privados de tal felicidade por uma circunstância que provavelmente não nos proporcionará nenhuma compensação. Lady Susan, em uma carta para seu Irmão, declarou a intenção de visitar-nos quase imediatamente – & posto que uma visita assim é, dentre todas as probabilidades, meramente uma questão de conveniência, é impossível conjecturar sua duração. Eu não estava de modo algum preparada para tal evento, nem sei o que esperar da conduta de sua Senhoria; Langford aparentava ser exatamente o lugar para ela em todos os aspectos, desde o elegante & dispendioso estilo de vida lá praticado, até sua ligação especial com a Sra. Manwaring, que nem de longe eu esperava tão rápida distinção, embora sempre tenha imaginado que os laços de amizade que ela veio estreitando conosco desde a morte do Marido acabariam em algum momento futuro nos obrigando a recebê-la. O Sr. Vernon, eu acho, foi demasiado gentil com ela quando esteve em Staffordshire; o comportamento dela para com ele, independentemente de seu Caráter geral, fora tão imperdoavelmente manipulador e mesquinho, visto que nosso Casamento estava em seus preparativos iniciais, que ninguém menos amigável & moderado do que ele poderia ter feito vistas grossas; & embora, enquanto viúva do Irmão dele, & em circunstâncias delicadas, fosse apropriado prestar-lhe assistência pecuniária, não consigo deixar de pensar que o convite apressado para que ela nos visitasse em Churchill era perfeitamente desnecessário. Isto posto, contudo, como ele sempre teve a disposição de pensar bem de todo mundo, a encenação de tristeza dela, & profissões de arrependimento, & resoluções gerais de prudência foram suficientes para amansar o coração dele, & instigá-lo a realmente confiar na sinceridade dela. Mas quanto a mim, ainda não estou convencida; & como sua Senhoria agora escreveu razoavelmente, não posso mudar o que penso até que entenda melhor o real motivo de tal visita. A senhora pode imaginar, minha cara Madame, com quais sentimentos aguardo a chegada dela. Ela terá toda a oportunidade de pôr em prática todos aqueles Poderes sedutores pelos quais é celebrada, para conquistar um quinhão de meu apreço; & eu decerto empenhar-me-ei para me guardar contra sua influência, se não for acompanhada de algo mais substancial. Ela expressa um ávido desejo de estreitar laços comigo, & faz menções deveras graciosas de meus filhos, mas não sou assim tão fraca para crer que uma mulher que se portou com descaso, se não até mesmo com desafeto com a própria filha, sentir-se-ia apegada a um dos meus. A Srta. Vernon em breve será colocada em uma escola na Cidade antes de sua Mãe vir para cá, o que me deixa contente, pelo bem dela & pelo meu próprio. Creio que será vantajoso para ela separar-se da Mãe, & uma garota de dezesseis que recebeu uma educação tão miserável não pode ser uma companhia realmente desejável aqui. Reginald há muito almeja, eu sei, conhecer a cativante Lady Susan, & estamos na pendência de sua adesão ao nosso grupo em breve. Fico feliz de saber que meu Pai continua tão bem; & sou,*

Com todo Amor, &c.,<br>
CATH. VERNON.

**Nota sobre a Terceira Carta:** A *epístola acima foi reproduzida* ipsis litteris *do original e atesta, além de qualquer contradição, que o preconceito, a desconfiança e a inveja de Catherine Vernon contra Lady Susan já preexistia antes que elas realmente se conhecessem. Isso é importante.*

## CARTA 4

Sr. De Courcy para a Sra. Vernon.
Parklands.

*Minha querida Irmã*

*Parabenizo-a & ao Sr. Vernon por estarem prestes a receber em seu seio familiar a mais contumaz Coquete da Inglaterra. Como a Rainha do Flerte, eu sempre fui ensinado a considerá-la; contudo, recentemente chegou aos meus ouvidos alguns detalhes de sua conduta em Langford, que provam que ela não se contenta com aquela espécie de flerte inocente que satisfaz a maioria das pessoas, mas que aspira à mais deliciosa gratificação de instaurar a miséria no seio de toda uma família. Por seu comportamento com Lorde Manwaring, Lady Susan plantou o ciúme e a desventura na esposa dele, & as atenções dispensadas a um jovem previamente comprometido com a irmã de Lorde Manwaring privaram a amável garota de seu Amante. Soube disso tudo por um tal de Sr. Smith, agora nessa vizinhança (jantei com ele em Hurst & Wilford), tendo acabado de chegar de Langford, onde esteve durante uma quinzena na mesma casa que sua Senhoria, & portanto está bem qualificado a tecer semelhante comunicação.*

*Que Mulher ela deve ser! Estou ansioso para vê-la, & decerto que aceitarei seu gentil convite, para que assim possa ter uma ideia de seus poderes enfeitiçantes capazes de tamanha proeza – atrair ao mesmo tempo, & na mesma casa, a afeição de dois Homens, que não tinham, ambos, a liberdade de concedê-la – e tudo isso sem o charme da Juventude! Alegra-me saber que a Srta. Vernon não acompanhará a Mãe a Churchill, posto que ela não possui nem sequer Bons Modos para recomendá-la, &, de acordo com o relato do Sr. Smith, é igualmente estúpida & orgulhosa. Onde Orgulho & Estupidez se unem não pode haver dissimulação digna de nota, & à Srta. Vernon nada deve ser consignado além do desprezo implacável; mas por tudo que pude apurar, Lady Susan possui tantas Artimanhas cativantes que devem ser agradáveis testemunhar & detectar. Estarei com vocês muito em breve; & sou*

*seu afetuoso Irmão*
*R. DE COURCY*

**Nota sobre a Quarta Carta:** *A epístola acima foi inteiramente inventada. O Sr. Reginald DeCourcy na ocasião já estava numa prolongada estadia em Churchill, de onde se ausentou apenas por um dia, logo não poderia ter escrito semelhante carta, tampouco com semelhante linguagem – que trai claramente a pena feminina que a redigiu. Algumas das falsas acusações aqui foram introduzidas em outras partes. A autora solteirona, casada (embora fosse solteira) à ideia de angariar prestígio literário para si por meio da reformulação de seu relato na então prestigiosa forma "epistolar" usada pelos grandes Richardson e Madame D'Arblay, falsificou ainda mais sua narrativa à medida que transformava seu relato dos eventos nesta cada vez mais embaraçosa e implausível "troca de cartas". No meu relato (o volume precedente), referi-me às versões anteriores da autora solteirona, que descreviam os eventos e as conversas diretamente, apesar, é claro, de estarem contaminadas com suas habituais calúnias e falsidade, o que, acredito, em grande parte ter identificado e cauterizado.*

## CARTA 5

Lady Susan Vernon para a Sra. Johnson.
Churchill.

*Recebi seu bilhete, minha querida Alicia, pouco antes de deixar a Cidade, & regozijo-me ao ser assegurada de que o Sr. Johnson em nada suspeita de seu compromisso na noite anterior. Sem dúvida, é melhor enganá-lo inteiramente; já que ele insiste em ser teimoso, deve ser ludibriado. Cheguei aqui em segurança, & não tenho razões para queixar-me da recepção do Sr. Vernon; mas confesso que não estou igualmente satisfeita com o comportamento de sua Esposa. Ela é perfeitamente dotada de boas maneiras, de fato, & tem o ar de uma mulher da alta sociedade, mas não os Modos capazes de me persuadir de que ela está influenciada a meu favor. Queria que ela se deleitasse ao me ver – fui o mais amável possível na ocasião – mas tudo em vão. Ela não gosta de mim. Decerto, quando consideramos o que eu fiz; envidei todos os esforços para impedir que meu Cunhado a desposasse, essa falta de cordialidade não é tão surpreendente; & ainda assim vulga um espírito iliberal & vingativo ao se ressentir de um projeto que empreendi seis anos atrás, & que no fim das contas não foi bem-sucedido.*

*Às vezes, sinto certo arrependimento de não ter deixado Charles comprar o Castelo Vernon, quando fomos obrigados a vendê-lo; mas foi uma circunstância penosa, em especial porque a venda ocorreu exatamente na época do casamento; & cabe a todos respeitar a delicadeza desses sentimentos e o fato de ser impossível suportar que a Dignidade de meu Marido fosse diminuída diante de seu irmão mais novo assumindo a posse da Propriedade da Família. Pudessem as Questões terem sido arranjadas de modo a evitar a necessidade de nossa saída do Castelo, se pudéssemos ter vivido com Charles & tê-lo mantido solteiro, nem de longe eu teria persuadido meu marido a livrar-se da propriedade de outra maneira; mas Charles então estava prestes a se casar com a Srta. De Courcy, & tal evento me justificou. Aqui as Crianças são abundantes, & qual benefício teria eu granjeado de sua compra de Vernon? Meu impedimento talvez tenha causado à sua esposa uma impressão desfavorável – mas onde há disposição para o malquerer, um pretexto nunca estará em falta; & quanto às questões monetárias, isso não o impediu de ser muito útil para mim. Eu realmente o tenho em altíssima conta, é tão fácil prevalecer sobre ele! A casa é muito boa, a Mobília é requintada, & tudo anuncia abastamento & elegância. Charles é muito rico, tenho certeza; uma vez que um Homem tem seu nome acolhido em uma Instituição Bancária, ele está nadando em dinheiro. Mas eles não sabem o que fazer com ele, não mantêm muitas companhias, & jamais vão à Cidade, a não ser a negócios. Deveremos ser tão estúpidos quanto possível. Quero dizer, para conquistar o coração de minha Concunhada por meio das crianças; já sei todos os nomes delas, & vou apegar-me com grande sensibilidade a uma em particular, o pequeno Frederic, a quem vou pegar em meu colo & cair de amores pela semelhança com seu querido Tio.*

*Pobre Manwaring! – Não preciso contar-lhe o quanto sinto a falta dele – o quão perpetuamente ele está em meu Pensamentos. Encontrei uma pesarosa carta dele ao chegar aqui, cheia de reclamações sobre sua esposa & a irmã, & lamentações acerca da crueldade de seu destino. Disse aos Vernons que era uma carta da esposa dele, & quando escrever para ele, terá de ser encobertamente endereçado a você.*

*Sempre Sua, S. V.*

**Nota sobre a Quinta Carta:** *Embora Lady Susan realmente tenha feito algumas poucas menções dessa espécie para a Sra. Cross e para a Sra. Johnson, aqui elas foram distorcidas para dar uma impressão de cinismo e oportunismo; o parágrafo final é totalmente falso e, de fato, calunioso.*

## CARTA 6

Sra. Vernon para o Sr. De Courcy.
Churchill.

Bem, meu querido Reginald, eu vi a temida criatura, & devo lhe conceder uma descrição dela, embora espere que muito em breve você mesmo poderá formular seu próprio julgamento. Ela é de fato excessivamente bonita. Embora você tenha a opção de questionar os encantos de uma Lady que já não goza da juventude, eu devo, de minha parte, declarar que mui raramente vi Mulher tão adorável quanto Lady Susan. Ela é delicadamente pálida, com belos olhos cinzentos & cílios negros; &, a julgar por sua aparência, ninguém diria que ela tem mais de vinte & cinco, conquanto, de fato, ela sem dúvida é dez anos mais velha. Certamente que eu não estava disposta a admirá-la, apesar de sempre ouvir comentários a respeito de sua beleza; mas não posso deixar de sentir que ela possui uma união incomum de Simetria, Resplendor & Graça. Ela se dirigiu a mim de modo tão gentil, franco & até mesmo afetuoso que, se eu não tivesse conhecimento do quanto ela sempre me detestou por casar com o Sr. Vernon, & que nunca nos encontramos antes, poderia até imaginá-la como uma amiga próxima. Uma pessoa é capaz, creio eu, de aliar modos refinados à galantaria; na expectativa de que um trato despudorado dirija-se naturalmente a uma mente despudorada; eu, pelo menos, estava preparada para que Lady Susan demonstrasse um inapropriado nível de confiança; mas a doçura em seu semblante era absoluta, & sua voz e suas maneiras sedutoramente brandas. Lamento que assim seja, mas o que é tudo isso se não uma Farsa? Infelizmente, ela é bem conhecida. É astuta & gentil, possui todo aquele conhecimento de mundo que faz uma conversa fluir com facilidade & se expressa muito bem com um esplêndido domínio da Linguagem, que mui frequentemente é empregada, acredito, para fazer o Preto parecer Branco. Ela quase me persuadiu de seu caloroso apego à filha, apesar de há muito eu já estar convencida do contrário. Ela fala da menina com tamanha ternura & ansiedade, lamentando com tanta amargura por sua educação negligenciada, a qual ela representa como algo inteiramente inevitável, que tenho de me forçar a recordar as inúmeras e sucessivas Primaveras que sua Senhoria passou na Cidade, enquanto a filha era deixada em Staffordshire aos cuidados dos serviçais, ou de uma Governanta minimamente mais preparada, para me impedir de acreditar no que ela diz.

Se suas maneiras têm influência tão forte em meu coração ressentido, você é capaz de julgar como operam muito mais fortemente sobre o temperamento generoso do Sr. Vernon. Queria eu estar tão satisfeita quanto ele está, de que foi realmente escolha dela trocar Langford por Churchill; & se ela não tivesse convivido três meses com eles antes de descobrir que o modo de Vida de seus amigos não é compatível com sua situação ou com seus sentimentos, eu até poderia ter acreditado que a angústia pela perda de um Marido como o Sr. Vernon, com quem seu comportamento era longe de ser irrepreensível, talvez pudesse despertar nela o desejo de isolar-se por algum tempo. Todavia, não posso esquecer a duração de sua visita aos Manwarings; & quando reflito a respeito da diferença entre o modo de Vida que ela tinha com eles em relação ao qual ela deve agora submeter-se, só me permite supor que o desejo de restabelecer sua reputação ao seguir, ainda que tardiamente, o caminho da decência, foi o que motivou seu afastamento de uma família dentre a qual, na realidade, ela devia estar particularmente feliz. A história de seu amigo, o Sr. Smith, no entanto, não pode estar inteiramente correta, posto que ela se corresponde regularmente com a Sra. Manwaring. De todo modo, o relato deve ter sido exagerado; é pouquíssimo provável que dois homens possam ser tão grosseiramente enganados por ela ao mesmo tempo.

Com carinho, etc. CATH. VERNON.

**Nota sobre a Sexta Carta**: *Conforme mencionado, Reginald DeCourcy esteve apenas um dia fora caçando com os Lymans em Sussex. Ele e a irmã não trocariam tais cartas, visto que ambos estavam em Churchill.*

## CARTA 7

Lady Susan Vernon para a Sra. Johnson.
Churchill.

*Minha querida Alicia*

*Você é uma pessoa muito boa pela atenção que dispensa a Frederica, & eu lhe sou mui grata por tal prova de amizade; mas assim como não posso ter a menor dúvida da afeição de nossa amizade, longe de mim exigir tão oneroso sacrifício. Ela é uma garota estúpida & nada possui que a recomende. Eu não iria, portanto, de forma alguma permitir que você desperdice um momento sequer de seu precioso tempo enviando-a a Edward Street, especialmente porque cada visita representa muitas horas deduzidas da grande missão Educativa, a qual eu realmente desejo que seja cumprida enquanto ela permanecer com a Srta. Summers. Quero que ela toque & cante com algum Bom Gosto & uma bela dose de confiança, posto que ela me custa_a_mão & o braço inteiro, & tem uma voz tolerável._Eu_fui por demais indulgenciada em meus anos infantis, de modo que nunca fui obrigada a levar nada adiante &, consequentemente, vejo-me sem as prendas hoje em dia necessárias para lapidar uma linda Mulher. Não que eu esteja advogando a favor da moda vigente que prega a aquisição de um perfeito conhecimento de todas as Línguas, Artes & Ciências. Isso é uma perda de tempo; ser Amante do Francês, Italiano & Alemão, da Música, do Canto, do Desenho, etc. garante a uma mulher alguns aplausos, mas não acrescentará um Enamorado à sua lista. Graciosidade & Bons Modos, afinal, são de suma importância. Não quer dizer, assim, que os feitos de Frederica devam ser superficiais, & vanglorio-me de que ela não permanecerá o suficiente na Escola para que seja capaz de compreender o que quer que seja em profundidade. Espero vê-la como a esposa de Sir James dentro de um ano. Você bem sabe sobre o que planto minha esperança & decerto trata-se de uma boa fundação, visto que a escola deve ser um tanto quanto humilhante para uma garota da idade de Frederica. E, a propósito, justamente por isso é melhor que você não a convide mais, pois desejo que ela ache a situação em que se encontra a mais desagradável possível. Estou certa de que Sir James está na palma da minha mão & que a qualquer momento poderia persuadi-lo a renovar seu pedido escrevendo-lhe apenas uma* linha. Enquanto isso, devo incomodá-la pedindo-lhe que o impeça de se afeiçoar a qualquer outra quando vier à Cidade. Convide-o para visitá-la em sua casa de vez em quando & lhe fale de Frederica, de modo que ele não a possa esquecer.

Diante do quadro geral, enalteço fervorosamente minha própria conduta nesse caso, & a tomo como um feliz exemplo de circunspecção & ternura. Algumas Mães teriam pressionado suas filhas a aceitar tão vantajosa oferta logo na primeira proposição, mas eu seria incapaz de justificar a mim mesma o fato de forçar Frederica a aceitar um casamento contra o qual seu coração se revoltou; & em vez de adotar medida tão dura e extrema, simplesmente propus que ela própria tomasse a decisão, deixando-a completamente desconfortável até que decida aceitá-lo. – Agora chega dessa garota entediante.

Você deve estar se perguntando que engenhos articulei para passar o tempo aqui, & digo que a primeira semana foi insuportavelmente maçante. Agora, entretanto, começamos a progredir; nosso grupo expandiu-se com o irmão da Sra. Vernon, um jovem e bonito Homem, que promete fornecer-me algum divertimento. Há algo nele que muito me interessa, uma certa impertinência & um excesso de liberdades que devo ensiná-lo a corrigir. Ele é vivaz & parece ser esperto; & assim que eu o tiver inspirado com uma bela dose de respeito por mim, muito superior àquela que a diligência de sua irmã o fez crer que poderia nutrir, ele poderá tornar-se um agradável Flerte. Existe um intrincado prazer em subjugar um espírito insolente, em fazer uma pessoa predeterminada a desgostar admitir a superioridade de outrem. Eu já o desconcertei com minha calma reservada, & farei de minha tarefa obtemperar o orgulho desses pomposos De Courcys até o chão, convencer a Sra. Vernon de que seus cuidados fraternais foram exercidos em vão, & persuadir Reginald de que ela pintou um retrato escandalosamente errôneo de mim. Tal projeto, ao menos, servirá para me divertir & impedir que eu seja lancinada pelos sentimentos que me suscitam a dolorosa separação de Você & de todos aqueles a quem amo.

*Adieu.*
*Sempre Sua,*
S. VERNON.

**Nota sobre a Sétima Carta**: *Especialmente condenatório, parece-me, é o fato de que em nenhum trecho dessas cartas há qualquer menção à amiga e acompanhante de Lady Susan, a Sra. Cross, que fora com ela até Churchill e com quem ela compartilhou muitas confidências.*

## CARTA 8

Sra. Vernon para Lady De Courcy.
Churchill.

*Minha querida Mãe*

A senhora não deve aguardar o retorno de Reginald por enquanto. Ele deseja que eu lhe diga sobre o tempo aberto que ora se apresenta e o induziu a aceitar o convite do Sr. Vernon para prolongar sua estadia em Sussex, para caçarem juntos. O que ele quer dizer é que seus cavalos devem ser enviados imediatamente & é impossível dizer quando a senhora o verá em Kent. Não vou disfarçar meus sentimentos em relação a essa mudança, minha estimada madame, embora penso que seja melhor não comunicá-los a meu pai, cuja excessiva ansiedade em relação a Reginald o submeteria a um estado tão alarmado que poderia afetar seriamente sua saúde & seu ânimo. Lady Susan decerto empenhou-se, no espaço de uma quinzena, em fazer meu Irmão gostar dela. Em resumo, estou convencida de que a permanência dele aqui além do prazo originalmente estipulado para seu retorno deve-se muito mais ao grau de fascinação por ela do que ao desejo de caçar com o Sr. Vernon, & é claro que não posso desfrutar do prazer oriundo da extensão de sua visita, o qual a companhia de meu Irmão em outra circunstância me proporcionaria. Estou deveras consternada diante dos artifícios desta Mulher desprovida de princípios. Que prova mais contundente de suas perigosas habilidades pode ser dada do que a perversão do julgamento de Reginald, o qual, quando entrou nesta casa, era tão decididamente contrário a Susan? Em sua última carta ele inclusive me colocou a par de alguns pormenores do comportamento dela em Langford, exatamente como os ouviu de um Cavalheiro que a conhecia perfeitamente bem, e que, se forem verdadeiros, devem incitar a repulsa contra ela, & aos quais Reginald estava inteiramente determinado a dar crédito. A opinião dele a respeito dela, estou certa, era tão baixa quanto seria sobre uma Mulher qualquer na Inglaterra; & que ele sentiu que ela mostrar-se-ia encantada com as atenções de qualquer Homem disposto a flertar com ela.

*Seu comportamento, confesso, foi calculado para minar tal ideia; eu não detectei a menor impropriedade por parte dela – nada de vaidade, de pretensão, de Frivolidade; & considerando todos os aspectos, ela é tão atraente que eu não deveria me espantar por ele ficar fascinado, se não soubesse nada a respeito dela antes de conhecê-la pessoalmente; mas contra a razão, contra a convicção, ele estar tão feliz com ela, como estou certa de que está, realmente me surpreende. Sua admiração foi a princípio muito forte, mas não mais do que era natural, e não me surpreende que ele tenha sido tão severamente abalado pela benevolência & delicadeza de suas Maneiras; mas desde então quando faz menção a ela tem sido em termos de extraordinário louvor; & ontem ele chegou mesmo a dizer que não poderia mostrar-se surpreso diante dos mais diversos efeitos produzidos no coração de um Homem por tamanha Amabilidade & Habilidade; & quando eu lamentei, em resposta, a perversidade do temperamento dela, ele observou que onde quer que pudessem ser apontados seus erros, eles deviam ser imputados à sua negligenciada Educação & Casamento precoce, & acrescentou que no cômputo geral ela era uma Mulher maravilhosa. Esta tendência para desculpar sua conduta, ou esquecê-la no calor da admiração, é vexaminosa; & se não soubesse que Reginald sente-se em casa quando está em Churchill para precisar de um convite para prolongar sua visita, decerto me arrependeria por tal iniciativa do Sr. Vernon. As intenções de Lady Susan são, naturalmente, do mais absoluto coquetismo ou guiadas pelo desejo de admiração universal. Eu não consigo, nem por um momento, imaginar que ela tenha algo mais sério em vista; mas me mortifica ver um Jovem de bom-senso como Reginald sendo ludibriado por ela.*

*Da sua, &c.,*
CATH. VERNON.

**Nota sobre a Oitava Carta**: *O leitor deve ter notado que, em seu relato, a autora tece lisonjas aos seus patronos, os DeCourcy, ao grafar o sobrenome deles à aristocrática maneira francesa com a* particule[*] *"de" separado do restante do nome. A verdadeira origem do nome, contudo, não provém do francês, mas do irlandês "Decoursey".*

---

[*] Termo francês para o uso da partícula *de* antes de um sobrenome, geralmente com a pretensão de indicar nobreza.

## CARTA 9

Sra. Johnson para Lady Susan.
Edward St.

*Minha caríssima Amiga,*

*Parabenizo-lhe pela chegada do Sr. De Courcy, e aconselho-a por todos os meios a casar-se com ele; a Propriedade de seu pai é, como sabemos, considerável, & creio que certamente será herdada por ele. Sir Reginald é muito enfermo, e não é provável que fique em seu caminho por muito tempo. Eu ouvi o jovem homem tão bem falado; & embora ninguém seja realmente merecedor de você, minha querida Susan, o Sr. De Courcy talvez valha a pena ter. Manwaring esbravejará, é claro, mas você pode facilmente amansá-lo; além disso, a mais escrupulosa questão de honra não poderia exigir-lhe que esperasse a _emancipação_dele. Eu vi Sir James; ele esteve na Cidade por alguns dias na semana passada, & foi convidado várias vezes à Edward Street. Falei sobre você & sua Filha, & ele está tão longe de tê-las esquecido que tenho certeza de que desposaria qualquer uma de vocês com prazer. Dei-lhe esperanças do abrandamento de Frederica e falei-lhe bastante de seus avanços. Censurei-o severamente por Cortejar Maria Manwaring; ele protestou alegando que fora apenas um passatempo & ambos rimos com gosto da decepção dela e, em suma, foi muito agradável. Ele continua tolo como sempre.*

*– Afetuosamente*
*ALICIA.*

**Nota sobre a Nona Carta**: *Como eu acredito já ter sido esclarecido, a consideração da Sra. Johnson para com o meu tio era respeitosa e afetuosa; a referência a ele como "tolo como sempre" é uma óbvia interpolação maliciosa.*

## CARTA 10

Lady Susan Vernon para a Sra. Johnson.
Churchill.

*Estou em débito com você, minha querida amiga, por seu conselho a respeito do Sr. De Courcy, que sei que foi dado com a plena convicção da sua conveniência, todavia ainda não estou inteiramente determinada a segui-lo. Não sou capaz de tomar uma decisão com tanta facilidade sobre algo tão sério como o Casamento; em especial porque não estou, no presente momento, precisando de dinheiro, & talvez porque, até a morte do velho cavalheiro, pouco beneficiada serei pelo enlace. É verdade que sou vaidosa o suficiente para acreditá-lo dentro do meu alcance. Conscientizei-o de meu poder, & posso agora gozar do prazer de triunfar sobre uma Mente preparada para não gostar de mim & cheia de preconceitos contra todas as minhas ações passadas. Sua irmã, também, espero, está convencida do quão inútil revelam-se as representações mesquinhas tecidas por alguém em detrimento de outrem quando confrontadas com a influência imediata do Intelecto & dos Bons Modos. Percebo claramente o quanto ela está apreensiva com o meu progresso na boa opinião de seu irmão, & concluo que não medirá esforços para opor-se a mim; mas uma vez que o fiz duvidar da justiça da opinião dela sobre mim, creio que ela pode sentir-se desafiada. Delicio-me ao assistir seus avanços para criar intimidade, e especialmente ao observar sua mudança de modos em consequência da reprimenda que lhe passei em virtude de sua insolente abordagem que já tomava liberdades diante da plácida dignidade de meu comportamento. Minha conduta foi igualmente reservada desde o princípio & eu nunca me portei menos como uma Coquete em todo o curso de minha vida, embora meu desejo de domínio nunca tenha sido mais resoluto. Eu o subjuguei completamente pelo sentimento & pela conversação séria, & o deixei, aventuro-me a dizer, pelo menos _meio_ Apaixonado por mim, sem que parecesse um mero flerte. Apenas a impressão que a Sra. Vernon tem de que é merecedora de todo & qualquer tipo de vingança que possa estar em meu poder lhe infligir por conta de seus malfeitos bastaria para que ela notasse que desígnio algum motiva meu comportamento tão gentil*

& despretensioso. Que ela pense & aja como bem lhe aprouver, no entanto. Até hoje nunca soube que o conselho de uma Irmã foi capaz de impedir que um Jovem se apaixonasse se ele escolheu enamorar-se. Estamos avançando agora em direção a algum tipo de confiança, & em breve é provável que se estabeleça uma espécie de amizade platônica. Da _minha_ parte, você pode ter a certeza de que nunca será mais que isso, pois, se eu já não estivesse tão ligada a outra pessoa tanto quanto poderia apegar-me a alguém, cabe ressaltar que não concederia o meu afeto a um homem que se atreveu a pensar tão mal de mim.

Reginald é bem-apessoado & não foi tecido em vão todo o louvor que você já ouviu oferecido a ele, mas ainda é muito inferior ao nosso amigo de Langford. Ele é menos polido, menos insinuante que Manwaring, e é comparativamente deficiente no que diz respeito à habilidade de dizer aquelas palavras agradabilíssimas que deixam qualquer um de bem consigo & com todo o mundo. Ele é suficientemente amável, no entanto, para me garantir algum divertimento, & para fazer muitas dessas horas passarem de maneira deveras aprazível, as quais, caso contrário, seriam gastas em esforços para superar reserva de minha concunhada, & ouvindo a conversa insípida do Marido.

Seu relato sobre Sir James é o mais satisfatório, & pretendo dar à Senhorita Frederica uma pista de minhas intenções muito em breve.

– Com afeto, &c.
S. VERNON.

**Nota sobre a Décima Carta**: *remeto o leitor ao meu comentário sobre a Décima Primeira Carta.*

## CARTA 11

Sra. Vernon para Lady De Courcy.
Churchill.

*Estou profundamente desassossegada, minha estimada Mãe, com Reginald ao testemunhar o crescimento vertiginoso da influência de Lady Susan. Eles agora estão empenhados na mais particular das amizades, frequentemente engajados em longas conversas juntos; & ela se vale das mais astutas faceirices para dominar o Julgamento dele com vistas a atender seus propósitos particulares. É impossível assistir a intimidade que tão rapidamente se estabeleceu entre eles sem me alarmar, embora dificilmente suporia que os planos de Lady Susan teriam intuitos matrimoniais. Eu gostaria que você pudesse induzir Reginald a voltar para casa novamente sob qualquer pretexto plausível; ele não está inteiramente disposto a deixar-nos, & eu já insinuei o estado precário de saúde de meu Pai tantas vezes quanto a decência me permite em minha própria casa. Seu poder sobre ele agora não tem limites. Ela não só transfigurou inteiramente a má opinião que Reginald tinha a respeito dela como o persuadiu, além de esquecer, a justificar sua conduta. O relato do Sr. Smith sobre o procedimento dela em Langford, no qual ele a acusou de ter feito o Sr. Manwaring & um Jovem comprometido com a Srta. Manwaring inadvertidamente se apaixonarem por ela, e no qual Reginald acreditava firmemente quando veio para Churchill, é agora, que ele foi enredado, apenas uma invenção escandalosa. E ele me expressou veementemente seu arrependimento por um dia ter acreditado no contrário.*

*Lamento sinceramente que ela um dia tenha posto os pés nesta casa! Sempre olhei para a vinda dela com apreensão; mas nem de longe esse sentimento era devido a uma ansiedade por Reginald. Eu esperava uma companhia terrivelmente desagradável para mim, mas não poderia imaginar que meu Irmão correria um grande risco de ser cativado por uma Mulher cujos princípios ele estava tão familiarizado & cujo caráter ele tão vorazmente desprezava. Se a senhora puder levá-lo embora, seria muito bom.*

*Afetuosamente,*
*CATH. VERNON.*

**Nota sobre a Décima Primeira Carta**: *Anteriormente, fiz uma referência ao próprio relato de Lady Susan desses eventos, escrito nas páginas soltas de seu diário e que refutam totalmente a autora de invenções maliciosas que retrata os motivos de Lady Susan como interesseiros e sua personagem como desonesta. Lamento não estar agora em posição de citar essas páginas diretamente. Quando os oficiais de justiça vieram a meus aposentos antes do amanhecer do dia após a decisão do tribunal, batendo com tanta violência na porta que eu pensei que ela iria ser derrubada, eles removeram uma valiosa cômoda de mogno, finamente trabalhada com pequenas gavetas e um compartimento secreto forrado com feltro verde – precisamente onde deixara as páginas do diário de Lady Susan para guardá-las em segurança. Eu estava tão grogue, o caos era tão grande e o tempo tão curto que, com muitos outros bens e pertences pessoais em risco, eu só percebi que seu diário tinha sido levado junto da cômoda na semana seguinte.*

*Quando consegui encontrar o quarto dos oficiais, as páginas já tinham se perdido. Embora minha memória seja considerada excelente, não é do tipo daguerreotipo, capaz de reproduzir uma imagem exata (algumas pessoas têm essa capacidade). No entanto, eu tinha lido o relato de Lady Susan com atenção e quase o tenho de a memória, de modo que o leitor pode ter certeza de que a minha versão é fidedigna.*

## CARTA 12

Sir Reginald De Courcy para seu Filho.
Parklands.

*Eu sei que os jovens em geral não admitem questionamentos mesmo de seus parentes mais próximos nos assuntos do coração, mas eu espero, meu caro Reginald, que você será superior a estes que nada concedem à ansiedade de um Pai, e acham-se no privilégio de recusar-lhe sua confiança & refutar seu conselho. Você deve estar ciente de que, como um filho único, & representante de uma família de linhagem, sua conduta na Vida é do maior interesse daqueles a você ligados. Especialmente aos assuntos pertinentes ao matrimônio, tudo está em jogo – sua felicidade, a nossa, a credibilidade do nome de nossa família. Não creio que você contrairia deliberadamente um compromisso absoluto dessa natureza sem consultar sua Mãe & a mim mesmo, ou pelo menos sem estar convencido de que nós deveríamos aprovar sua escolha; mas não posso deixar de temer que seja enredado, pela Lady à qual ultimamente tem se apegado, em um Casamento que toda a sua Família, próxima & distante, mui deve reprovar.*

*A idade de Lady Susan já é uma substanciosa objeção, mas sua falta de caráter revela-se algo tão mais grave que a diferença de 12 anos, em comparação, até se torna irrelevante. Não tivesse você sido tão cegado por uma espécie de fascínio, seria ridículo de minha parte repetir todos os episódios de má conduta severa protagonizados por ela, e tão amplamente conhecidos. A negligência de Lady Susan para com a memória do marido, o encorajamento que dá a outros Homens, sua extravagância e dissipação, são tão abjetos & notórios que ninguém atualmente seria capaz de ignorá-los, tampouco de já tê-los esquecido.*

*À nossa Família ela sempre foi representada com tintas suaves, graças à benevolência do Sr. Charles Vernon; & ainda assim, apesar de seu generoso empenho para justificá-la, sabemos que ela envidou, guiada pelos motivos mais egoístas, todos os esforços possíveis para impedir que ele desposasse Catherine.*

*Meus Anos & minhas Enfermidades crescentes muito me inflamam o desejo, meu caro Reginald, de vê-lo estabelecido no mundo. Quanto à fortuna de sua esposa, a virtude de minha própria vontade torna-me indiferente; mas a família e o caráter dela devem ser igualmente irrepreensíveis. Quando sua* escolha for feita de modo que objeção alguma possa ser levantada contra ambos os fatores, prometo-lhe meu imediato & feliz consentimento; mas é meu Dever opor-me a um Enlace que só as mais profundas artimanhas poderiam viabilizar & que, no fim, está fadado à miséria.

É possível que o comportamento dela seja fruto apenas da Vaidade, ou do desejo de conquistar a admiração de um Homem que, particularmente, ela supõe nutrir preconceitos contra si. É mais provável, no entanto, que ela esteja mirando em um alvo maior. Ela é pobre & naturalmente deve estar à procura de uma aliança favorável para si. Você conhece seus próprios direitos & está fora de meu poder impedir que você herde a Propriedade da família. Minha habilidade de atazaná-lo durante minha Vida seria uma espécie de vingança à qual eu dificilmente me dedicaria seja qual fosse a circunstância. Eu honestamente exponho-lhe meus Sentimentos & Intenções: Não desejo apelar aos seus Temores, mas à sua Razão & Sensibilidade. Seria a ruína de todo o conforto de minha Vida saber que você se casou com Lady Susan Vernon: seria a morte do Orgulho honesto com o qual sempre nutri a mais alta consideração por meu filho; seria vergonhoso vê-lo, ouvir seu nome, mesmo pensar nele.

Talvez o único bem que obtenha com esta Carta seja o de aliviar a minha própria consciência, mas senti que era meu Dever dizer-lhe que a sua parcialidade para com Lady Susan não é segredo para seus amigos, bem como alertá-lo contra ela. Eu deveria estar contente ao ouvir as suas razões para descrer no relato do Sr. Smith; você não tinha a menor dúvida de sua autenticidade um mês atrás.

Se puder me assegurar de que não tem nenhuma intenção além de desfrutar da conversa de uma mulher inteligente por um curto período, & de admirá-la unicamente por sua Beleza & Habilidades, sem ser cegado por ambas aos defeitos dela, terei restaurada minha felicidade; mas se não puder fazê-lo, explique-me, pelo menos, o que ocasionou tão grande alteração na opinião que tinha a respeito dela.

Do seu, &c.<br>REGD. DE COURCY.

**Nota sobre a Décima Segunda Carta:** Se mais evidências da falsidade deste relato forem necessárias – o que creio que não são –, a verdadeira diferença de idades entre Reginald e Lady Susan era de treze anos, e não "doze", como a Lady anônima aqui aponta.

## CARTA 13

Lady De Courcy para a Sra. Vernon.
Parklands.

*Minha querida Catherine*

*Infelizmente, eu estava confinada ao meu quarto quando sua última carta chegou, vítima de um resfriado que afetou tão severamente meus olhos a ponto de me impedir de ler sua mensagem eu mesma; assim, não pude recusar quando seu Pai se ofereceu para lê-la para mim, de modo que ele ficou a par, para minha grande amolação, de todos os seus temores sobre seu Irmão. Eu tinha a intenção de escrever para Reginald assim que meus olhos me permitissem, para assinalar tanto quanto pudesse o perigo de um relacionamento mais íntimo com uma mulher tão engenhosa quanto Lady Susan, para um Jovem da idade dele & cheio de expectativas.*

*Queria, além disso, tê-lo lembrado do quanto estamos sozinhos agora, & necessitando por demais dele para elevar nosso ânimo nessas longas noites de inverno. Se isso teria surtido algum efeito positivo nunca saberemos, mas estou excessivamente agastada que Sir Reginald tenha sabido de um assunto o qual previmos que o deixaria tão apreensivo. Ele apropriou-se de todos os seus medos no momento em que lia sua Carta, e estou certa de que não tirou essa questão da cabeça desde então. Ele aproveitou o mesmo mensageiro para escrever a Reginald uma extensa carta sobre esse assunto pedindo uma explicação em particular acerca do que ele teria ouvido de Lady Susan para contradizer o último escândalo. A resposta chegou esta manhã, e a incluo aqui para você, pois acho que gostará de vê-la. Queria que fosse mais satisfatória; mas parece ter sido escrita com tanta determinação em pensar bem de Lady Susan, que as garantias que ele nos oferece em relação ao Matrimônio, etc., não tranquilizam meu coração. Digo tudo o que posso, no entanto, para satisfazer seu Pai, & ele certamente está menos apreensivo desde a carta de Reginald. Que irritante, minha querida Catherine, que essa indesejável hóspede, além de evitar nossa reunião neste Natal, ainda acarrete tanta aflição & problemas! Dê um beijo nas queridas Crianças por mim.*

*Sua afetuosa Mãe,*
*C. DE COURCY.*

**Nota sobre a Décima Terceira Carta**: *"Aflição & Problemas!"* Quem está causando o quê a quem?

## CARTA 14

Sr. De Courcy para Sir Reginald.
Churchill.

Meu caro Sir,

*Tenho em mãos neste momento vossa carta, que me causou mais espanto do que jamais senti. Devo agradecer à minha irmã, creio, por representar-me à tal luz que tanto me desfavorece em vossa opinião & por deixá-lo tão alarmado. Eu não sei por que ela incumbir-se-ia de nutrir para si & contaminar a própria família com a apreensão pertinente a um Evento que ninguém além dela, eu posso afirmar, jamais teria considerado possível. Imputar tal concepção a Lady Susan seria confiscar-lhe cada alegação de seu excelente conhecimento, que até seus Inimigos mais implacáveis nunca lhe negaram; &, igualmente, vulgariza e afunda minhas pretensões no senso comum se paira sobre mim a suspeita de intenções matrimoniais no meu comportamento para com Lady Susan. Nossa diferença de idade por si só já é um obstáculo insuperável, & rogo-lhe, meu caro Sir, que acalme vossa mente & não dê mais guarida a uma suspeita que não pode ser mais nociva à sua própria paz do que para nosso Entendimento. Não tenho nada mais em vista ao permanecer na companhia de Lady Susan além de desfrutar por um curto período (como o senhor mesmo expressou) da conversa de uma Mulher de mente superior. Se a Sra. Vernon tiver alguma consideração para com minha afeição por ela & por seu marido durante o curso de minha visita, ela faria mais justiça a todos nós; mas minha Irmã está tristemente ferida pelo preconceito além da esperança de convicção contra Lady Susan. Em virtude do apego que tem com o marido, o que em essência é honroso para ambos, Catherine não consegue perdoar os esforços realizados para impedir sua união, os quais têm sido atribuídos ao egoísmo de Lady Susan; mas nesse caso, assim como em muitos outros, o Mundo tem caluniado grosseiramente aquela Lady, supondo sempre o pior quando os motivos de sua conduta seriam apenas duvidosos.*

*Lady Susan ouvira comentários fortemente desvantajosos sobre minha Irmã, de modo que foi persuadida de que a felicidade do Sr. Vernon, a quem ela sempre foi muito ligada, seria absolutamente destruída pelo Casamento. E esta circunstância, ao mesmo tempo que explica o verdadeiro motivo da conduta de Lady Susan & remove toda a culpa que foi fragorosamente jogada sobre ela, serve também para convencer-nos de como não devemos acreditar em relatos sumários feito por qualquer um; posto que nenhum personagem, por mais correto que seja, pode escapar da malevolência de calúnia. Se minha Irmã, na segurança do isolamento do campo, com tão pouca oportunidade quanto inclinação para fazer o Mal, não pôde evitar a Censura, não devemos condenar precipitadamente aqueles que, vivendo no Mundo & cercado de tentações, acabam sendo acusados de Erros pelos quais tornam-se conhecidos pela mera possibilidade de cometê-los.*

*Eu me culpo severamente por ter acreditado tão facilmente nas histórias caluniosas inventadas por Charles Smith para denegrir Lady Susan, assim como agora estou convencido do quanto elas tornaram-se a tradução dela. Quanto ao ciúme da Sra. Manwaring, é tudo invenção dele, & o relato da ligação de Lady Susan com o Amor da Srta. Manwaring foi grosseiramente fundamentado. Sir James Martin fora atraído pela jovem ao dedicar-lhe alguma atenção; & visto que ele é um Homem de fortuna, era fácil perceber que_as_intenções_dela dirigiam-se ao Casamento. É bem sabido que a Srta. Manwaring está absolutamente à caça de um marido, & ninguém, portanto, pode sentir pena dela por perder, diante dos atrativos superiores de outra mulher, a chance de ser capaz de tornar um homem digno completamente miserável. Lady Susan nem de longe intencionava tal conquista &, ao descobrir o quão vivamente a Srta. Manwaring ressentia-se pela perda de seu Amante, ela determinou-se, apesar dos mais sinceros apelos do Sr. & da Sra. Manwaring, a deixar a família.*

*Tenho razões para crer que, de fato, ela recebeu sérias Propostas de Sir James, mas sua imediata remoção de Langford ao descobrir o bem-querer dele basta para absolvê-la naquela questão mediante qualquer Mente honesta. O senhor vai, tenho certeza, meu caro Sir, sentir a verdade do que vos digo, e vai por meio desta missiva aprender a fazer justiça ao caráter de uma Mulher deveras caluniada.*

*Eu sei que a vinda de Lady Susan para Churchill foi guiada somente pelas mais nobres e amáveis intenções; sua prudência e economia são exemplares, a estima que tem pelo Sr. Vernon se iguala até mesmo à_deserção_dele; & o seu desejo de conquistar a boa opinião de minha irmã merecia um retorno melhor do que tem recebido. Como mãe, ela é excepcional; o sólido afeto que tem pela* filha é demonstrado ao confiá-la a mãos que podem cuidar devidamente de sua Educação; mas porque ela não sofre da cegueira & débil parcialidade da maioria das Mães, ela é acusada de falta de Ternura Maternal. Toda pessoa de Bom-Senso, no entanto, saberá como valorizar & elogiar seu bem direcionado afeto, & juntar-se-á a mim na torcida para que Frederica Vernon possa revelar-se mais digna do que tem se mostrado até então dos ternos cuidados de sua Mãe.

Aqui vos expresso, meu caro Sir, por escrito meus verdadeiros sentimentos acerca de Lady Susan; o senhor saberá por meio desta Carta o quanto eu admiro suas Habilidades, & Estimo seu Caráter; mas se o senhor não estiver igualmente convencido pela minha completa & solene garantia de que seus medos foram indolentemente concebidos, ficarei profundamente mortificado e angustiado.

– Do seu, &c.
R. DE COURCY.

**Nota sobre a Décima Quarta Carta**: *Finalmente um reconhecimento da Verdade! Curioso encontrá-lo aqui – e tentar adivinhar que intenção ulterior poderia ter motivado a autora.*

## CARTA 15

Sra. Vernon para Lady De Courcy.
Churchill.

*Minha querida mãe*

Eu lhe devolvo a carta de Reginald, e regozijo-me de todo coração por saber que meu Pai foi tranquilizado por ela. Transmita-lhe, assim, minhas felicitações; mas cá entre nós, ainda tenho para mim que ela só me _convenceu_ de _que_ meu Irmão não tem intenção _no_presente_momento_ de se casar com Lady Susan — e não que ele não corra perigo de fazê-lo daqui a três meses. Ele fez um relato muito plausível do comportamento dela em Langford; eu gostaria que pudesse ser verdade, mas a compreensão que ele ora apresenta deve ter sido inspirada por ela, & eu estou menos disposta a acreditar nisso do que lamentar o grau de intimidade que subsiste entre eles corroborado pela discussão de tal assunto.

Lamento ter incorrido em seu desagrado, mas nada de melhor pode ser esperado enquanto ele estiver tão ávido pelas justificativas de Lady Susan. Ele, de fato, é deveras austero contra mim, & mesmo assim espero não ter me precipitado no meu julgamento dela. Pobre Mulher! Conquanto eu tenha razões suficientes para alimentar meu desgosto, não posso deixar de sentir pena de sua atual situação, visto que está realmente atormentada, & com bons motivos. Ela recebeu esta manhã uma carta da senhora aos cuidados de quem deixou sua filha, solicitando que a Srta. Vernon seja imediatamente removida da escola, posto que foi interceptada numa tentativa de fuga. Por que, ou para onde ela pretendia ir, não foi revelado; mas como a conduta dela parece que era incensurável, é um triste evento, &, é claro, altamente angustiante para Lady Susan.

Frederica já deve ter bem uns dezesseis anos, & não deveria ser tão incauta; mas pelo que sua Mãe insinua, receio que ela seja uma garota perniciosa. Ela foi tristemente negligenciada, no entanto, & sua Mãe deve ter isso em mente.

O Sr. Vernon partiu para a Cidade assim que ela determinou o que deveria ser feito. Ele irá, se possível, persuadir a Srta. Summers para que Frederica *continue com ela; &, se não obtiver sucesso, irá trazê-la para Churchill até que alguma outra solução possa ser encontrada para a menina. Sua Senhoria está se consolando, enquanto isso, em passeios ao longo dos Arbustos com Reginald, anunciando em alto e bom som todos os seus ternos sentimentos, creio eu, sobre esta aflitiva situação. Ela tem falado muito sobre isso para mim. E é deveras eloquente; tenho medo de ser mesquinha, ou deveria dizer _boa_ demais para lamentar tão profundamente. Mas não vou procurar por Falhas; afinal, ela pode ser a Esposa de Reginald – que os Céus o proíbam! – mas por que cabe a mim enxergar os fatos antes de todos os outros? O Sr. Vernon declara que ele nunca viu sofrimento mais profundo do que o dela, quando da chegada da Carta – & seria o julgamento dele inferior ao meu?*

*Ela mostrou-se demasiado relutante ao permitir que Frederica fosse trazida para Churchill, & com legitimidade, pois parece uma espécie de recompensa para um Comportamento que merecia ser tratado de forma muito distinta; mas era impossível levá-la a qualquer outro lugar, & ela não deve permanecer aqui por muito tempo. "Será absolutamente necessário", disse ela, "que você, minha querida Irmã, seja sensata para tratar a minha filha com alguma severidade enquanto ela estiver aqui; – a mais dolorosa necessidade, mas envidarei todos os esforços para dobrar-me a ela. Temo que eu tenha sido indulgente demais, mas minha pobre Frederica tem um temperamento que nunca soube lidar bem com a oposição. Você deve me apoiar & encorajar-me – E deves exortar a necessidade de reprovação se me vir muito leniente".*

*Tudo isso soa muito razoável. Reginald mostra-se tão inflamado contra a pobre e tola Garota! Decerto não é obra de Lady Susan que ele esteja tão encarniçado contra sua filha; mas a ideia que ele fez da menina deve ter sido baseada na descrição da Mãe.*

*Bem, qualquer que seja o seu destino, temos o conforto de saber que fizemos tanto quanto estava ao nosso alcance para salvá-lo. Devemos entregar o desenrolar dos eventos a um Poder Superior.*

*Sempre Sua, &c.*
CATH. VERNON.

**Nota sobre a Décima Quinta Carta**: *Não estou certo de que concordo plenamente com a decisão do Sr. John Murray de incluir o relato falso da autora como um apêndice a este livro de memórias.*

*O raciocínio do Sr. Murray, até onde eu o segui, era o de que as calúnias da autora solteirona já tinham sido tão amplamente difundidas que não poderiam provocar mais dano algum, ao passo que justapor suas invenções maliciosas com o relato verdadeiro seria o modo mais claro e direto de refutá-las.*

*Não posso esquecer, entretanto, o preocupante factum de que o Sr. Murray é também o editor dos chamados "romances" dessa mesma Lady. Será que seu verdadeiro interesse seria atrair os Leitores para essas outras obras, anexando a história dela a um volume superior? Tal conflito de intenções não é desconhecido no mundo do mercado livreiro, embora eu não esteja fazendo nenhuma acusação.*

*Eu decidi, portanto, abster-me de mais comentários sobre essas missivas, cuja falsidade maliciosa já deve ser por si só evidente. Talvez em futuras impressões – muitas são antecipadas – este calunioso adendo possa ser omitido, o que poderia viabilizar um preço mais baixo, permitindo que um valioso trabalho chegue às mãos de um público mais amplo.*

## Carta 16

Lady Susan para a Sra. Johnson.
Churchill.

Jamais, minha queridíssima Alicia, estive eu tão furiosa em minha vida como nesta manhã com a Carta que recebi da Srta. Summers. Aquela minha menina horrenda estava tentando fugir. Nunca antes me ocorreu que Frederica poderia ser semelhante diabrete, ela parecia cheia da Brandura dos Vernon; mas ao receber a carta que lhe enviei, declarando minha intenção acerca de Sir James, ela realmente tentou evadir-se; pelo menos, não consigo achar outra explicação para tal atitude. Ela pretendia, suponho, recorrer aos Clarkes em Staffordshire, visto que não tem outros conhecidos. Mas ela _será_ punida, ela o_aceitará. Enviei Charles para a Cidade para mitigar a situação se puder, pois de maneira alguma eu a quero aqui. Se a Srta. Summers não concordar em mantê-la, você deve encontrar-me outra escola, a menos que possamos casá-la imediatamente. A Srta. S. escreve que não poderia conceber a causa que atribuiria à jovem Lady qualquer motivo para tal conduta extraordinária, o que confirma minha explicação particular dos fatos. Frederica é muito tímida, creio, & tem verdadeiro pavor de mim para contar historinhas; mas se a suavidade de seu tio _for_capaz_ de arrancar algo dela, eu não tenho medo. Confio que serei capaz de fazer minha história tão boa quanto a dela. Se tem algo pelo qual nutro vaidade, é por minha eloquência. Tão certo quanto a Admiração serve a Beleza, a Consideração & a Estima são antecedidas pelo domínio da Linguagem. E eis que aqui tenho oportunidade suficiente para exercitar meu Talento, uma vez que grande porção do meu tempo é gasto em Conversações. Reginald nunca está relaxado a menos que estejamos sozinhos, & quando o clima está tolerável, nós passeamos juntos pelos arbustos por horas. Gosto bastante dele no geral; é inteligente & fala com grandiloquência, mas às vezes é impertinente & problemático. Existe uma espécie de melindre ridículo da parte dele que requer a mais completa explicação do que quer que ele ouça a meu desfavor, & nunca está satisfeito até que pense ter verificado todos os dados do início ao fim.

Este é_um_tipo de Amor, mas confesso que ele particularmente não faz boas recomendações para mim. Prefiro vastamente o espírito generoso &

*liberal de um Manwaring, que, diante da arraigada convicção do meu mérito, mostra-se satisfeito em aceitar que, qualquer que seja a minha atitude, ela está correta; & olho com certo menosprezo para as Fantasias inquisitivas & duvidosas daquele Coração que parece estar sempre se debatendo com a razoabilidade de suas emoções. Manwaring está, de fato, além de qualquer comparação, superior a Reginald – superior a tudo, menos ao poder de ficar comigo! Pobre camarada! ele está muito consternado pelo Ciúme, o que não lamento, pois sei que não há melhor suporte para o Amor. Ele vem tentando me seduzir com a ideia de vir para o campo & alojar-se incógnito em algum lugar aqui perto – mas o proibi de qualquer coisa do tipo. Imperdoáveis são essas mulheres que esquecem o que lhes é devido & a opinião do mundo.*

S. VERNON.

## CARTA 17

Sra. Vernon para Lady De Courcy.
Churchill.

*Minha querida Mãe*

O Sr. Vernon voltou na quinta-feira à noite, trazendo a sobrinha consigo. Lady Susan recebeu um bilhete dele pelo correio do dia, informando-a de que a Srta. Summers recusara-se terminantemente a admitir a permanência da Srta. Vernon em seu Colégio; fomos preparados, portanto, para a sua chegada, & os esperamos impacientemente por todo o entardecer. Eles chegaram enquanto tomávamos Chá, & nunca vi uma criatura de aspecto tão assustadiço em toda minha vida quando Frederica adentrou o recinto.

Lady Susan, que estava se desmanchando em lágrimas antes, & externando grande agitação com a ideia do encontro, recebeu-a com perfeito autocontrole & sem trair a menor candura de espírito. Ela mal falou com a garota, & o rompante de choro de Frederica, assim que voltamos a nos sentar, levou-a para fora da sala, para onde não voltou por algum tempo. Quando o fez, seus olhos estavam muito vermelhos, e ela estava tão agitada quanto antes. Não vimos mais a filha. O pobre Reginald estava preocupado além da medida ao ver sua querida amiga vítima de semelhante tormento, & a assistia com tamanho zelo e solicitude que eu, quando ocasionalmente a surpreendia observando exultante o semblante dele, estava quase perdendo a paciência. Esta representação patética durou a noite toda & foi uma exposição tão ostensiva & ardilosa que me convenceu inteiramente de que ela, na realidade, não sentia nada.

Estou mais brava do que nunca com ela desde que vi sua filha; a pobre moça parece tão infeliz que meu coração até dói por ela. Lady Susan decerto é muito rígida, por mais que Frederica não dê a impressão de ser do tipo de temperamento que demande austeridade. Ela parece perfeitamente tímida, abatida & penitente.

A menina é muito bonita, embora não tão bonita quanto a Mãe, nem parecida com ela. Sua cútis é delicada, mas não tão clara nem tão viçosa como a de Lady Susan – & tem bastante traços da fisionomia dos Vernon, com o rosto oval e os olhos ligeiramente escuros, & quando fala comigo ou com seu Tio demonstra uma peculiar doçura no olhar, e, como a tratamos com gentileza, naturalmente já conquistamos sua gratidão. A Mãe insinuou que seu temperamento é intratável, mas eu nunca vi um rosto menos indicativo de qualquer disposição maligna do que o dela; & pelo que agora vejo do comportamento de uma em relação a outra, a invariável severidade de Lady Susan & o silencioso acabrunhamento de Frederica, sou levada a acreditar como dantes que a mãe não tem amor verdadeiro pela filha & nunca lhe fez justiça ou a tratou carinhosamente.

Eu ainda não consegui conversar nem minimamente com minha sobrinha; ela é tímida, & acho que percebo que tudo quanto é possível está sendo feito para impedi-la de passar muito tempo comigo. Nenhum pretexto satisfatório transparece quanto à razão de sua fuga. E o Tio de coração mole, você pode ter certeza, estava demasiado temeroso de angustiá-la ao fazer muitas perguntas enquanto viajavam. Gostaria que tivesse sido possível que eu fosse buscá-la no lugar dele; creio que eu teria descoberto a verdade no curso de uma Jornada de 48 quilômetros.

O pequeno Pianoforte foi removido dentro destes poucos dias, a pedido de Lady Susan, para o seu gabinete, e Frederica passa grande parte do dia por lá; _praticando_, conforme é dito; mas eu raramente ouço qualquer ruído quando passo por aquele caminho. O que ela faz de si mesma, eu não sei; há uma abundância de livros no quarto, mas não é toda garota que foi criada livremente nos primeiros quinze anos de vida que vai querer ou será capaz de ler. Pobre Criatura! Tampouco a perspectiva de sua janela é instrutiva, pois aquele quarto tem vista para o Gramado, como você sabe, e para um lado dos Arbustos, onde ela pode ver sua Mãe caminhando por horas na mais franca conversação com Reginald. Uma menina da idade de Frederica deve ser infantil, de fato, se tais coisas não a afetarem. Não é imperdoável dar tal exemplo para uma filha? Mesmo assim Reginald ainda pensa que Lady Susan é a melhor das Mães – e ainda condena Frederica como uma menina inútil! Ele está convencido de que sua tentativa de fuga procede de causas injustificáveis & não teve nenhuma motivação. Estou certa de que não se pode dizer que _teve_, mas como a Srta. Summers declara que a senhorita Vernon não demonstrou sinais de Obstinação ou Perversidade durante toda sua estadia na Wigmore Street, até que foi flagrada nesse esquema, não posso crer tão facilmente no que Lady Susan o fez & quer me fazer acreditar, que foi meramente a impaciência do confinamento & o desejo de escapar ao pagamento dos Mestres que trouxe à tona o plano de uma fuga. Oh! Reginald, como seu Discernimento foi escravizado! Ele nem mesmo ousa admitir que ela é bonita, & quando eu falo de sua beleza, ele responde apenas que seus olhos não têm Vivacidade!

Às vezes ele está certo de que ela é deficiente em Entendimento, & em outros de que o temperamento é sua única falha. Em suma, quando uma pessoa está sempre pronta para enganar, é impossível ser consistente. Lady Susan acha necessário para sua própria justificação que Frederica seja culpada, &, por vezes, provavelmente, julgou oportuno acusá-la de ter mau caráter &, às vezes, lamenta sua falta de bom-senso. Reginald só está repetindo o que diz sua Senhoria.

*Da sua, &c.*
CATH. VERNON.

## CARTA 18

Da mesma para a mesma.
Churchill.

*Minha estimada Madame*

Muito me alegra saber que minha descrição de Frederica Vernon lhe interessou, pois acredito que ela realmente é merecedora de seu respeito; & quando eu comunicar algo que recentemente me surpreendeu, sua calorosa impressão a favor dela, estou certa, aumentará. Não posso deixar de imaginar que ela está se tornando cada vez mais interessada por meu Irmão; muito frequentemente a flagro com os olhos fixos no rosto dele com uma notável expressão pensativa de admiração! Decerto ele é muito bonito; & ainda mais, há uma receptividade em seus modos que deve ser por demais atraente, & estou certa de que ela se sente assim. Em geral pensativa & absorta, o semblante de Frederica sempre se ilumina com um sorriso quando Reginald diz algo divertido; e, se o assunto sobre o qual ele está conversando for da maior seriedade, estou muito enganada se ela deixa escapar uma sílaba das palavras que ele profere.

Eu quero conscientizá-lo_sobre tudo isso, visto que conhecemos o poder de gratidão em tal coração como o dele; &, caso possa o carinho desapegado de Frederica afastá-lo da Mãe, abençoado seja o dia que a trouxe a Churchill. Eu creio, minha querida Madame, que a senhora não a desaprovaria como Filha. Ela é extremamente jovem, com certeza, teve uma Educação miserável & um exemplo pavoroso de Frivolidade em sua Mãe; mas ainda assim posso afirmar sua disposição para ser excelente & dizer que suas habilidades naturais são muito boas. Conquanto não seja prendada, ela não é de forma alguma tão ignorante como poderia se esperar que fosse, revelou-se apaixonada por livros & emprega a maior parte de seu tempo na leitura. A Mãe a deixa mais à vontade agora do que _antes_, & eu a tenho em minha companhia tanto quanto possível, e tive de me esforçar para superar sua timidez. Somos boas amigas, e embora nunca abra os lábios antes da Mãe, ela fala o bastante quando a sós comigo para me deixar claro que, *se devidamente tratada por Lady Susan, ela não se mostraria sempre em desvantagem. Não pode haver coração mais gentil ou carinhoso; ou modos mais devotos, quando ela age sem ser reprimida. Seus priminhos estão todos muito afeiçoados a ela.*

*Afetuosamente,*
CATH. VERNON.

## CARTA 19

Lady Susan para a Sra. Johnson.
Churchill.

*Você está ansiosa, eu sei, para ouvir algo mais recente de Frederica, & talvez considere-me negligente por não ter escrito antes. Ela chegou com o Tio na quinta-feira da última quinzena, quando, é claro, não perdi tempo em exigir-lhe uma explicação para seu comportamento; & logo me descobri coberta de razão em atribui-lo à minha carta, cujo conteúdo a deixou tão completamente assustada que, num misto de genuína perversidade feminina & loucura, e sem considerar que não poderia escapar da minha autoridade fugindo da Wigmore Street, ela resolveu sair da escola & então dirigiu-se diretamente aos seus amigos, os Clarkes; & até conseguiu percorrer a distância de duas ruas em sua expedição. Quando finalmente deram pela falta dela, saíram à sua procura & a trouxeram de volta.*

*Este foi o primeiro feito digno de nota da Srta. Frederica Susanna Vernon; & se considerarmos que foi realizado na tenra idade de dezesseis anos, temos à frente um belo caminho para os mais lisonjeiros prognósticos de seu futuro renome. Estou excessivamente transtornada, no entanto, com a exibição de decoro que impediu a Srta. Summers de manter a menina na escola; & me parece um apego tão extraordinário aos detalhes, considerando as conexões familiares da minha filha, que eu só posso supor que essa Senhora está sendo regida pelo medo de não receber seu dinheiro. Seja como for, todavia, Frederica foi devolvida às minhas mãos; e não tenho no momento nenhuma serventia para ela, ocupada que estou prosseguindo o plano do Romance iniciado em Langford. Ela está, na verdade, apaixonando-se por Reginald De Courcy! Desobedecer à Mãe, recusando uma irrepreensível oferta não é suficiente; sua afeição deve ser igualmente concedida sem a aprovação Materna. Eu nunca vi uma garota da idade dela lançar-se de tão bom grado para ser motivo de chacota da Humanidade. Seus sentimentos são toleravelmente aguçados, & ela é tão encantadoramente simplória em sua figura que até parece querer garantir a mais razoável esperança de ser ridicularizada e enjeitada por todos os Homens que a veem.*

A simploriedade nunca prospera nas matérias do Amor; & aquela garota é uma provinciana de nascença que enverga essa característica tanto pela natureza quanto por afetação. Não tenho certeza de que Reginald percebe o que ela sente; mas isso também não tem importância. Ele é totalmente indiferente à garota; ela seria objeto de desprezo se suas Emoções viessem a ser descobertas. A beleza de Frederica é muito admirada pelos Vernons, mas não tem efeito algum sobre _ele_. Sua Tia a tem em altíssima conta – porque ela tem pouco de mim, é claro. Ela é a companheira perfeita para a Sra. Vernon, que tanto adora ser o destaque & tomar para si todo o rumo & espirituosidade de uma Conversa: Frederica nunca a eclipsará. Assim que ela chegou, tentei por todos os meios impedir que passasse muito tempo com a Tia; mas tenho relaxado desde então, pois creio que posso depender dela falando em seu diálogo sobre as regras que eu deixei de lado.

Não pense, contudo, que, com toda essa Leniência, eu tenha por um momento sequer desistido do meu plano de casamento; Não, permaneço inalteravelmente resoluta neste ponto, apesar de ainda não ter decidido de que maneira o levarei adiante. Eu não gostaria que a questão viesse à tona aqui & fosse especulada pelas cabeças espertas do Sr. & da Sra. Vernon; & não posso me dar ao luxo de ir para a Cidade agora. Srta. Frederica, portanto, deve esperar um pouco.

Sinceramente,<br>
S. VERNON.

## CARTA 20

Sra. Vernon para Lady De Courcy.
Churchill.

*Temos um Hóspede muito inesperado conosco atualmente, minha querida Mãe. Ele chegou ontem. Ouvi uma carruagem na entrada quando estava sentada junto de meus filhos enquanto eles jantavam; & supondo que minha presença seria requerida, deixei o Quarto das Crianças logo em seguida, & estava no meio da escada descendo para o térreo quando Frederica, branca como a neve, veio correndo & passou em disparada por mim rumo ao próprio quarto. Fui atrás dela no mesmo instante e perguntei-lhe qual era o problema. "Oh!", ela gemeu, "ele veio, Sir James veio – & o que eu vou fazer?". Isso não era uma explicação; roguei-lhe que me elucidasse o que queria dizer. Nesse momento fomos interrompidas por uma batida na porta: era Reginald, que veio, a mando de Lady Susan, pedir que Frederica descesse. "É o Sr. De Courcy!", exclamou ela, ruborizando violentamente. "Mamãe o enviou atrás de mim & eu devo ir". Nós três descemos juntos; & vi meu Irmão examinando o rosto aterrorizado de Frederica com surpresa. No salão de café da manhã deparamo-nos com Lady Susan & um jovem Homem de aparência gentil, a quem ela apresentou-me pelo nome de Sir James Martin – a mesma pessoa, a senhora deve lembrar-se, de quem foi dito que Lady Susan fez de tudo para separar da Srta. Manwaring. Mas a conquista, ao que parece, não fora concebida para si, ou ela, desde então, transferiu-a para a filha; pois Sir James está agora desesperadamente apaixonado por Frederica & conta com todo o encorajamento da Mamãe. A pobre moça, no entanto, tenho certeza, não gosta dele; & embora sua pessoa & seu porte sejam muito bons, ele tem o aspecto, segundo a impressão do Sr. Vernon & a minha, de um jovem deveras fraco.*

*Frederica parecia tão tímida, tão confusa, quando adentramos a sala, que senti muitíssimo por ela. Lady Susan tratou seu Visitante com toda a atenção; por mais perceptível que fosse o fato de que ela não tinha verdadeiro prazer em vê-lo. Sir James falou demasiado, & pediu-me muitas desculpas polidas pela liberdade que tomara ao encaminhar-se para*

Churchill – misturando risadas, que são mais frequentes em seu discurso do que o assunto em questão – repetiu a mesma coisa inúmeras vezes & contou três vezes a Lady Susan que vira a Sra. Johnson algumas noites antes. Vez ou outra ele dirigia-se a Frederica, mas com mais frequência à Mãe. A pobre garota ficou esse tempo todo sentada sem desgrudar os lábios – manteve os olhos baixos, e sua cor variava a todo instante; enquanto Reginald assistiu a tudo o que se passou no mais absoluto silêncio.

 Por fim, Lady Susan, cansada eu creio de tal situação, propôs uma caminhada; & nós deixamos os dois cavalheiros juntos, para ir vestir nossos Redingotes.

 Como fomos para o andar de cima, Lady Susan pediu permissão para ter comigo por alguns minutos no meu gabinete, pois estava agoniada para me falar em particular. Eu aquiesci e a conduzi para lá, & tampouco a porta foi cerrada, ela disse, "Nunca fui mais surpreendida em minha vida do que pela chegada repentina de Sir James, & sinto-me na obrigação de_lhe_pedir desculpas, minha querida Irmã; por mais que para_mim_, como Mãe, seja muito lisonjeiro. Ele é tão extremamente afeiçoado à minha filha que não podia mais continuar vivendo sem vê-la. Sir James é um jovem de temperamento amável & excelente caráter; um pouquinho _Falastrão_ demais, talvez, mas _nada_ que um ano ou dois não retifiquem; & ele é em outros aspectos tão elegível a um Enlace para Frederica, que eu sempre olhei para o interesse dele com grande satisfação, & estou convencida de que você & meu Irmão concederão a esta aliança sua cordial aprovação. Eu não mencionei antes a probabilidade deste acontecimento a ninguém porque ponderei que, enquanto Frederica estivesse na escola, seria melhor que sua existência não fosse divulgada; mas agora que estou convicta de que Frederica já passou da idade de se submeter ao confinamento escolar, & tem, portanto, começado a considerar sua união com Sir James como um evento não muito distante, eu tinha a intenção, dentro de alguns dias, de apresentar toda a situação para você & o Sr. Vernon. Estou certa, minha querida Irmã, que me perdoará por permanecer em silêncio por tanto tempo, & concordará comigo que em tais circunstâncias, enquanto eles continuam com a situação indefinida, toda cautela é pouca quanto à revelação. Quando tiver a felicidade de conceder sua doce e pequena Catherine, daqui a alguns anos, a um Homem que será igualmente incensurável em suas conexões e em seu caráter, você saberá como me sinto agora; embora Graças aos Céus! você não terá todos os meus motivos para se regozijar com *tal Evento. Catherine será amplamente amparada &, diferente de minha Frederica, dependente de um afortunado Estabelecimento para gozar dos confortos da Vida". Ela concluiu, exigindo-me as felicitações. Dei-lhas um pouco sem jeito, creio; na verdade, a súbita revelação de uma questão de tanta importância tirou-me o poder de argumentar com qualquer clareza. Ela agradeceu-me, contudo, efusivamente, pela minha terna preocupação para com o bem-estar dela & da filha; &, em seguida, disse: "Eu não estou apta a lidar com confissões, minha estimada Sra. Vernon, & nunca tive o conveniente talento de afetar sensações estrangeiras ao meu coração; &, portanto, confio que você acreditará em mim quando declaro que, por mais que tenha ouvido muito em seu louvor antes de conhecê-la, nunca imaginei que a amaria tanto como agora amo; & devo ainda acrescentar que a sua amizade para comigo é mais particularmente gratificante porque tenho razões para acreditar que algumas tentativas foram feitas para indispô-la contra mim. Eu só desejo que Eles – quem quer que sejam –, com quem estou em débito pelas amáveis intenções, possam ver como estamos unidas agora e compreendam o verdadeiro afeto que sentimos uma pela outra! Mas não vou detê-la por mais tempo. Que Deus a abençoe por sua bondade para comigo & minha menina, & lhe conserve toda a sua presente felicidade". O que se pode dizer de uma tal Mulher, minha querida Mãe? Tamanha franqueza, tal solenidade de expressão! & ainda assim eu não consigo deixar de suspeitar da veracidade de tudo o que ela disse.*

 *Quanto a Reginald, acredito que ele não sabe o que fazer diante da questão. Quando Sir James chegou, ele era todo espanto & perplexidade. A tolice do Jovem & a confusão de Frederica o absorveram por completo; & embora uma conversinha privada com Lady Susan tenha, desde então, surtido seus efeitos, ele ainda está magoado, eu sei, por ela permitir que as atenções de semelhante Homem sejam dedicadas à sua filha.*

 *Com grande pompa, Sir James convidou-se para ficar aqui alguns dias – e esperava que nós não achássemos o pedido estranho, pois, apesar de saber que estava sendo muito impertinente, ele tomou a liberdade de certa relação; & concluiu desejando, com uma risada, de que ela em breve pudesse realmente se concretizar. Mesmo Lady Susan pareceu um pouco desconcertada com essa ousadia; em seu coração, estou certa de que ela sinceramente deseja que ele parta.*

 *Mas algo deve ser feito pela pobre Menina, se os sentimentos dela são aqueles que tanto seu Tio quanto eu acredito que sejam. Ela não deve ser* sacrificada em nome da Estratégia ou da Ambição; não deve nem mesmo ser abandonada ao pavor que essa ideia lhe causa. A menina cujo coração pode enaltecer Reginald De Courcy merece, ainda que ele não lhe dê atenção, um destino melhor do que vir a ser esposa de Sir James Martin. Assim que conseguir ficar a sós com ela, descobrirei a real Verdade; todavia, ela parece querer me evitar. Espero que isso não seja oriundo de um mau procedimento & que eu não venha a descobrir que pensei bem demais dela. Seu comportamento com Sir James certamente comunica grande consciência & Embaraço, mas não vejo nele nada a mais como Encorajamento. Adieu, minha cara Madame.

Com afeto, &c.
CATH. VERNON.

Caro Sr. Murray, peço-lhe que reconsidere a sua intenção de publicar o relato dessa Lady como um apêndice ao meu. Não é apenas falso, é mal-intencionado e – ouso dizer? – vulgar. Como tal, pouco benefício semelhante publicação pode angariar à sua estimada empresa. Do seu mais sincero, Rufus Martin-Colonna.

## CARTA 21

Srta. Vernon para o Sr. De Courcy.

Sir,

*Espero que me desculpe por esta liberdade; fui forçada a isso pela mais extrema angústia, senão teria ficado constrangida de incomodá-lo. Estou profundamente infeliz sobre Sir James Martin & não vejo outra maneira no mundo de tentar ajudar-me, a não ser escrevendo para o senhor, posto que fui proibida de sequer tocar no assunto com meu Tio ou Tia; &, sendo este o caso, receio que minha apelação ao senhor parecerá um grande equívoco, como se eu obedecesse apenas às palavras & não à essência dos mandamentos de Mamãe. Mas se o _senhor_ não tomar meu partido & não tentar persuadi-la a romper com isso, ficarei deveras perturbada, pois não posso suportá-lo. Nenhum Ser humano a não ser o _senhor_ poderia ter alguma chance de influenciá-la. Se o senhor, portanto, tiver a indescritível bondade de ficar do meu lado & convencê-la a mandar Sir James embora, é impossível para mim expressar o quanto lhe ficarei agradecida. Desde o princípio, eu não gosto dele; não é um capricho repentino, eu lhe asseguro, Sir; Sempre o considerei tolo & impertinente & desagradável, & agora ele se mostra pior do que nunca. Eu preferiria trabalhar pelo meu pão a desposá-lo. Não tenho palavras para me desculpar o suficiente por esta Carta; sei que tomei uma grande liberdade; estou ciente do quão terrivelmente brava Mamãe vai ficar, mas devo correr o risco. Eu sou, Senhor, a tua mais humilde Serva.*

F. S. V.

## CARTA 22

Lady Susan para a Sra. Johnson.
Churchill.

*Insuportável! Minha caríssima amiga, nunca me senti tão enfurecida antes, & devo aliviar-me por escrito com você, pois sei que vai compartilhar de meus sentimentos. Adivinha quem não chegou na terça-feira, se não Sir James Martin! Imagine meu choque e minha vexação — afinal, como você bem sabe, jamais desejei que ele fosse visto em Churchill. Que pena você não ter sabido das intenções dele! Não satisfeito em ter vindo, ele ainda se convidou para ficar aqui alguns dias. Minha vontade era envenená-lo! Tirei proveito da situação, no entanto, e fui muito bem-sucedida ao contar minha versão da história para a Sra. Vernon, que, quaisquer que sejam seus reais sentimentos, não disse nada em oposição a mim. Também deixei claro a Frederica que se comportasse civilizadamente com Sir James & dei-lhe a entender que estava absolutamente determinada a casá-la com ele. Ela mencionou algo sobre seu sofrimento, mas isso foi tudo. Já há algum tempo tenho me sentido mais resoluta sobre este Enlace ao ver como aumenta rapidamente a afeição dela por Reginald, & por não estar perfeitamente segura de que o conhecimento _desse_ afeto não vá, no fim das contas, despertar uma reciprocidade. Aos meus olhos, os dois teriam uma relação desprezível fundada apenas na compaixão, todavia, de modo algum sinto-me confiante de que tal consequência não seja possível. É verdade que Reginald não se mostra de jeito nenhum menos caloroso comigo; mas ainda assim recentemente ele tem mencionado Frederica espontânea & desnecessariamente, & certa vez até a elogiou. _Ele_ era todo espanto quando do surgimento de meu visitante, & a princípio encarava Sir James com um olhar que, tive o prazer de constatar, não era totalmente desprovido de ciúmes; mas infelizmente foi impossível para mim torturá-lo de fato, visto que Sir James, embora extremamente galante comigo, logo esclareceu para todo o grupo que seu coração era devotado à minha filha.*

*Quando estávamos a sós, não tive dificuldade para convencer o De Courcy de que eu tinha uma justificativa plena, considerando todos os fatores, para desejar o Enlace; & toda a questão ficou satisfatoriamente bem resolvida. Nenhum deles pôde deixar de perceber que Sir James não era nenhum Salomão; mas eu tinha proibido firmemente Frederica de queixar-se com Charles Vernon ou sua esposa, & eles não tiveram, portanto, o menor pretexto para uma Interferência; embora minha impertinente Irmã, eu creio, só estava esperando uma oportunidade para fazê-lo.*

*Assim, apesar dos pesares, tudo foi se desenrolando calma & tranquilamente; & por mais que eu contasse os minutos da estadia de Sir James, minha mente estava totalmente satisfeita com o andamento dos negócios. Imagine, então, o que não senti com a súbita perturbação de todos os meus planos; & que, também, surgiu de onde eu tinha menos motivos de apreensão. Reginald veio esta manhã aos meus aposentos com uma expressão muito incomum de solenidade em sua fisionomia, & depois de alguns rodeios informou-me todo verborrágico que desejava elucidar junto a mim a Impropriedade & Barbaridade de permitir que Sir James Martin cortejasse minha Filha contrariamente à inclinação _dela_. Eu fiquei completamente pasma. Ao constatar que ele não seria enredado de seu propósito, exigi calmamente uma explicação & insisti em saber por quem ele fora impelido & quem o comissionara a me repreender. Ele então contou-me, em meio a alguns elogios insolentes & e expressões de Ternura fora de hora, as quais ouvi com a mais perfeita indiferença, que minha filha apresentara-se a ele expondo algumas circunstâncias a respeito de si própria, de Sir James & de mim, que lhe provocaram grande inquietação.*

*Em suma, eu descobri, na verdade, que ela tinha, em primeiro lugar, escrito a ele para solicitar sua interferência & que, ao receber a Carta de Frederica, ele conversara com ela sobre o assunto, a fim de compreender os pormenores & assegurar-se de seus desejos reais!*

*Eu não tenho dúvida de que a garota aproveitou essa oportunidade em absoluto para insinuar-se para ele. Estou convencida disso pela maneira como ele falou dela. Um Amor assim deve fazer bem demais a ele! Eu sempre desprezei os Homens que se satisfazem com Paixões que nunca desejaram inspirar ou cuja confissão não solicitaram. Sempre detestei a ambos. Reginald não pode ter verdadeiro apreço por mim, ou não teria dado ouvidos a Frederica; e ela, com aquele coraçãozinho rebelde e sentimentos indelicados, lançando-se à proteção de um jovem com quem ela mal tinha trocado duas palavras antes! Estou igualmente abismada com o Atrevimento _dela_ & a Credulidade _dele_. Como ousou acreditar no que ela lhe disse em meu* desfavor! Não deveria ele estar confiante de que eu tive motivos incontestáveis para tudo o que fiz? Onde estava sua confiança no meu Bom Senso & na minha Bondade, então? Onde estava o ressentimento que o verdadeiro Amor teria inflamado contra a pessoa que me difama – essa pessoa, inclusive, uma Regateira, uma Criança, sem Talento nem Educação, a quem ele fora tão bem adestrado a menosprezar?

Mantive a calma por algum tempo; mas até o mais louvável Autodomínio cai por terra & espero que depois eu tenha sido suficientemente incisiva. Ele se esforçou, como se esforçou, para apaziguar meu ressentimento, mas aquela mulher é mesmo uma tola que, embora insultada por acusações, pode ser influenciada por elogios. Por fim ele me deixou, tão abalado quanto eu estava; & mostrou-se ainda _mais_ enraivecido. Eu estava bastante tranquila, mas ele deu lugar à mais violenta indignação. Posso, portanto, esperar que seu ânimo logo se aplacará; & talvez até desapareça, enquanto o meu permanecerá sereno & implacável.

Ele agora está trancado em seu apartamento, para onde eu o ouvi se dirigir ao deixar o meu. Que desagradáveis, alguém poderia pensar, devem ser suas reflexões! Mas os sentimentos de algumas pessoas são incompreensíveis. Eu ainda não me acalmei o suficiente para ver Frederica. _Ela_ não esquecerá com facilidade as ocorrências desse dia; e decerto está a pensar que derramou seu carinhoso Conto de Amor em vão e expôs-se eternamente para o desprezo de todo mundo, & para o mais severo Ressentimento de sua insultada Mãe.

*Afetuosamente,*
S. VERNON.

## CARTA 23

Sra. Vernon para Lady De Courcy.
Churchill.

*Deixe-me transmitir-lhe as felicitações, minha querida Mãe! O caso que tanta aflição nos provocou está se encaminhando a uma feliz conclusão. Nossa perspectiva é a mais deleitosa; & uma vez que as questões tomaram um rumo tão favorável, lamento ter compartilhado minhas apreensões com a senhora; o prazer de saber que o perigo é passado só é talvez ternamente roubado por tudo o que a senhora sofreu anteriormente.*

*Sinto-me tão extasiada de Prazer que mal consigo segurar uma caneta; mas estou determinada a enviar-lhe umas poucas e breves linhas sobre James, para que a senhora possa ter alguma explicação da notícia que decerto a surpreenderá grandemente, posto que Reginald está retornando para Parklands.*

*Eu estava sentada cerca de meia hora atrás, com Sir James no salão de café da manhã, quando meu Irmão chamou-me para fora da sala. Imediatamente vi que era algo importante; sua tez estava afogueada, e ele falava com grande comoção. A senhora conhece os modos ansiosos dele, minha cara Madame, quando sua mente está tumultuada.*

*"Catherine", disse ele, "estou indo para casa hoje; lamento deixá-la, mas preciso ir. Já faz um bom tempo desde que vi meu Pai & minha Mãe. Enviarei James na frente com meus Caçadores imediatamente; se você tiver alguma carta, portanto, ele pode levá-la. Eu mesmo não devo estar em casa até quarta ou quinta-feira, pois devo passar por Londres, onde tenho negócios. Mas antes de deixá-la", continuou ele, falando em um tom de voz mais baixo, & ainda mais enérgico, "eu devo alertá-la de algo – não permita que Frederica Vernon seja infeliz com aquele Martin. Ele quer desposá-la – e a Mãe promove o Enlace – mas _ela_ não consegue suportar tal ideia. Tenha certeza de que falo com a mais arraigada convicção da Verdade do que digo; _sei_ que o sofrimento de Frederica é incomensurável com a estadia de Sir James aqui. Ela é uma doce menina & merece um destino melhor. Mande-o embora imediatamente. _Ele_ é um paspalhão – mas o que se passa na cabeça da Mãe dela, só Deus sabe! Adeus", ele acrescentou, apertando minha*

mão com seriedade – "Não sei quando nos veremos de novo; mas lembre-se do que lhe disse sobre Frederica; você _deve_ ficar ao lado dela para que a justiça lhe seja feita. Ela é uma menina amável & tem uma Mente muito superior, a qual nunca lhe dei o devido crédito".

Então, ele me deixou & se apressou escadas acima. Não tentei impedi-lo, porque sei como seus sentimentos deviam estar; já a natureza dos meus, enquanto eu o ouvia, nem preciso de tentativas para descrever. Por um minuto ou dois, permaneci imóvel onde estava, em estado de choque – da mais agradável espécie; mas ainda foi necessária alguma consideração para que eu pudesse ficar tranquilamente feliz.

Cerca de dez minutos após meu regresso ao salão, Lady Susan entrou na sala. Concluí, é claro, que ela & Reginald tiveram uma altercação & um ar de ávida curiosidade por uma confirmação da minha crença pairava em seu rosto. Senhora da Enganação, entretanto, ela parecia perfeitamente indiferente &, depois de conversar sobre amenidades por um curto período, ela me disse: "Soube por Wilson que vamos perder o Sr. De Courcy; é verdade que ele deixa Churchill esta manhã?" Eu respondi que sim. "Ele não nos disse nada a respeito na noite passada", comentou ela, rindo, "ou mesmo esta manhã durante o café; mas talvez ele mesmo não soubesse. Os jovens geralmente são tão impetuosos em suas resoluções – precipitados em tomar decisões e então mais apressados para desistir delas. Não me surpreenderia se ele mudasse de ideia no fim das contas & resolvesse ficar". Logo depois ela deixou o salão. Confio, porém, minha querida Mãe, que não temos nenhuma razão para temer uma alteração do presente plano de Reginald; as coisas foram longe demais. Eles devem ter brigado, & sobre Frederica também. A tranquilidade dela me espanta. Que maravilha será para a senhora vê-lo novamente, vê-lo ainda digno de sua Estima, ainda capaz de formar sua felicidade!

Da próxima vez que lhe escrever, poderei, espero, contar-lhe que Sir James também se foi, que Lady Susan foi derrotada & Frederica está em paz. Temos muito a fazer, mas será feito. Sou consumida pela impaciência para saber como se efetuou essa surpreendente alteração. Termino como comecei, com as mais calorosas felicitações.

Da sempre sua,<br>
CATH. VERNON.

## CARTA 24

Da mesma para a mesma.
Churchill.

Mal podia imaginar, minha querida Mãe, quando expedi minha última carta, que a deliciosa perturbação de ânimos que me acometia sofreria com tanta rapidez uma reviravolta tão melancólica! Jamais me arrependerei suficientemente de tudo o que lhe escrevi. Entretanto, quem poderia ter previsto o que aconteceu? Minha querida Mãe, toda a esperança que há menos de duas horas me deixou tão feliz evaporou. A querela entre Lady Susan & Reginald está resolvida, & estamos todos de volta ao ponto em que estávamos antes. Uma única vitória foi conquistada; Sir James Martin foi dispensado. O que devemos esperar agora? Estou deveras desapontada. Reginald já estava com tudo pronto, faltava apenas partir, seu cavalo já fora preparado & tudo seu fora trazido junto à porta! Quem não se sentiria seguro?

Durante meia hora, eu estava na expectativa momentânea de sua partida. Depois que lhe enviei minha Carta, fui até o Sr. Vernon & sentei-me com ele em seu gabinete para discutir todo o assunto. E então decidi procurar Frederica, a quem eu não via desde o café da manhã. Encontrei-a nas escadas & vi que estava chorando. "Minha querida Tia", ela disse, "ele está partindo; o Sr. De Courcy está partindo & é tudo culpa minha. Estou com medo de que a senhora vai ficar com raiva, mas eu realmente não tinha ideia de que iria acabar assim".

"Meu Amor", respondi, "não sinta-se na obrigação de desculpar-se comigo por causa disso. Eu que me sinto em débito com qualquer um em vias de mandar meu irmão para casa, porque", se bem me lembro: "sei que meu Pai quer muito revê-lo. Mas o que é que _você_ teria feito para ocasionar tudo isso?"

Ela corou profundamente ao responder, "Eu estava tão infeliz em relação a Sir James que não pude deixar de... eu fiz algo muito errado, eu sei... mas a senhora não tem ideia da agonia em que tenho estado, & Mamãe ordenou-me a não falar nada a respeito com a senhora ou o meu Tio... &...

"E, portanto, você falou com meu Irmão, para solicitar _sua_ interferência", *eu disse, para poupar-lhe da explicação.* "Não; mas eu lhe escrevi — escrevi mesmo. Eu levantei esta manhã, antes do amanhecer – levei mais ou menos duas horas para conseguir – & quando terminei minha Carta, pensei que nunca teria coragem de entregar-lhe. Após o café da manhã, no entanto, enquanto eu estava indo para o meu quarto, cruzei com ele no caminho, & então, ciente de que tudo poderia depender daquele momento, forcei-me a entregar-lhe. Ele foi tão bondoso em aceitá-la imediatamente. Não ousei olhar para ele & saí correndo em seguida. O meu pavor era tanto que mal conseguia respirar. Minha Tia querida, a senhora não sabe como estou aflita desde então".

"Frederica", disse eu, "você deveria ter _me_ contado todas as suas angústias. Você teria encontrado em mim uma amiga sempre pronta a ajudá-la. Você acha que seu Tio & eu não teríamos abraçado sua causa tão calorosamente quanto meu Irmão?"

"Com certeza, não duvido da sua bondade", ela respondeu, ruborizando de novo, "mas pensei que o Sr. De Courcy poderia ter alguma influência junto à minha mãe; mas estava enganada: eles tiveram uma terrível altercação, & ele está partindo. Mamãe nunca vai me perdoar & minha situação ficará pior do que nunca". "Não, não ficará", respondi. – "Em tal assunto como este, a proibição de sua mãe não deveria tê-la impedido de falar comigo sobre o assunto. Ela não tem o direito de te fazer infeliz & _não_ deve fazê-lo. Sua apelação a Reginald, no entanto, só pode gerar o Bem a todas as partes. Creio que é melhor que seja assim. Dependendo do desfecho, você não será infeliz por muito tempo".

Naquele momento, qual não foi a minha grande surpresa ao ver Reginald sair dos aposentos de Lady Susan. Senti um aperto instantâneo no coração. Sua confusão ao me ver era muito evidente.

Frederica desapareceu no mesmo instante. "Você já está partindo?", indaguei. "Você encontrará o Sr. Vernon em seu próprio gabinete." "Não, Catherine", ele redarguiu, "_não_ estou partindo. Permite-me falar com você um momento?" Entramos em meu quarto. "Descobri", continuou ele, cada vez mais desconexo enquanto falava, "que tenho agido com a minha habitual e tola impetuosidade. Interpretei Lady Susan mal, estava a ponto de partir sob uma falsa impressão de sua conduta. Houve um grande erro – todos nós estávamos enganados, eu imagino. Frederica não conhece a mãe – Lady não quer nada além do Bem da garota – mas Frederica não aceita a amizade da mãe. Lady Susan, portanto, nem sempre está a par do que faz a filha feliz.

Além disso, _eu_ não tinha o direito de interferir – Srta. Vernon cometeu um engano ao recorrer a mim. Em suma, Catherine, tudo um mal-entendido – mas felizmente está tudo resolvido agora. Lady Susan, creio eu, deseja lhe falar sobre o ocorrido, se você estiver livre.

"Certamente", respondi, suspirando profundamente diante da récita de história tão esfarrapada. Não fiz comentários, contudo, posto que palavras teriam sido em vão.

Reginald estava contente de sair; & eu fui ter com Lady Susan; foi curioso, na verdade, ouvir o relato dela. "Eu não lhe disse", ela falou, com um sorriso, que seu irmão não nos deixaria, afinal?" "Você falou, é verdade", respondi muito séria; "Mas sentir-me-ia lisonjeada se você estivesse enganada". "Eu não deveria ter arriscado tal opinião", ela retorquiu, "se não tivesse, naquele momento, ocorrido a mim que a decisão de Reginald poderia ser fruto de uma Conversa na qual estivemos engajados esta manhã & cujo término o deixou deveras Contrariado, posto que nenhum de nós entendeu exatamente o que o outro queria dizer. Esta ideia me ocorreu naquele momento & imediatamente resolvi-me que uma contenda acidental, em que eu provavelmente sou tão culpada quanto ele, não deveria privá-la de seu Irmão. Se você se lembrar, eu saí da sala quase no mesmo minuto. Estava determinada a não perder tempo na elucidação de todos esses enganos até onde eu pudesse. O caso foi o seguinte: Frederica opôs-se violentamente contra o casamento com Sir James..." "E será que Sua Senhoria poderia adivinhar o porquê?", eu gemi, um pouco exaltada; "Frederica tem um excelente Discernimento & Sir James não tem nenhum." "Pelo menos, nem de longe eu lamento por isso, minha querida irmã", disse ela; "Ao contrário, eu sou grata por tão favorável demonstração do bom-senso de minha filha. Sir James decerto está "abaixo do par" – (suas maneiras pueris fazem-no parecer ainda pior) – & se Frederica possuísse a sensatez, as habilidades que eu desejaria à minha Filha, ou mesmo se eu soubesse que ela as possui tanto quanto ela de fato possui, eu não teria ficado tão ansiosa pelo enlace. "É estranho que você seja a única que ignora o bom-senso de sua filha." "Frederica raramente faz justiça a si mesma; seus modos são tímidos & pueris. Além disso, ela tem medo de mim; é pouco afeiçoada a mim. Durante a vida de seu pobre pai ela foi uma criança mimada; a severidade que desde então foi necessária que eu demonstrasse apartou seu amor de mim; tampouco possui ela aquele Intelecto Brilhante, aquele Gênio, Mente Vigorosa que a impulsionaria adiante." "Diga em vez disso que ela teve uma educação deficiente!" "Deus sabe, minha querida Sra. Vernon, quão plenamente eu estou ciente _disso_;

mas gostaria de esquecer cada circunstância que poderia lançar a culpa sobre a memória daquele cujo nome é sacro para mim."

Aqui ela fingiu chorar; Eu já estava ficando sem paciência com dela. "Mas o que", indaguei, "vossa Senhoria vai me dizer acerca de seu desentendimento com o meu Irmão?" "Foi oriundo de uma ação de minha Filha, que assinala igualmente sua falta de Discernimento & o pesaroso Pavor que tem de mim, conforme mencionei – ela escreveu ao Sr. De Courcy". "Eu sei que ela o fez; você a proibiu de falar com o Sr. Vernon ou comigo sobre a causa de sua angústia; logo, o que ela poderia fazer, senão recorrer ao meu Irmão?" "Meu Bom Deus!", ela exclamou, "que opinião você deve ter de mim! Como pode sequer supor que eu estava ciente da infelicidade de Frederica? Que era meu objetivo infligir sofrimento à minha própria criança & que eu a proibira de tocar no assunto com você por medo de sua interrupção no esquema Diabólico? Acaso pensas que sou destituída de todo e qualquer sentimento natural e honesto? Que sou capaz de consigná-la à miséria eterna quando a promoção do bem-estar dela é meu primeiro Dever Terreno?" "A ideia é tenebrosa. Qual era, então, sua intenção ao insistir que ela se mantivesse em silêncio?" "De que serventia seria, minha querida Irmã, qualquer apelação a você, se o compromisso deveria ser mantido de todo modo? Por que eu deveria sujeitá-la às súplicas que eu mesma recusei ouvir? Nem para o seu bem, nem para o dela, nem para o meu próprio, tal atitude seria desejável. Quando a minha própria resolução foi tomada, eu não poderia desejar a interferência, ainda que amigável, de outra pessoa. Eu estava errada, é verdade, mas acreditava-me certa".

"Mas qual foi esse erro a que vossa Senhoria tantas vezes faz alusão? De onde surgiu tão surpreendente equívoco quanto aos sentimentos de sua filha? Você não sabia que ela não gostava de Sir James?" "Eu sabia que ele não era em absoluto o Homem que ela teria escolhido, mas estava convencida de que suas objeções a ele não tinham se originado de qualquer percepção de sua Deficiência. Não me questione, todavia, minha querida irmã, tão minuciosamente sobre esse ponto", continuou ela, pegando carinhosamente a minha mão; "Admito honestamente que há algo que não revelei. Frederica me faz muito infeliz! Sua apelação junto ao Sr. De Courcy feriu-me particularmente". "O que você quer dizer", eu atalhei, "com esse ar de mistério? Se você acha que sua filha está inteiramente apegada a Reginald, a oposição dela a Sir James não merece ser menos atendida do que se a causa da objeção tivesse sido o reconhecimento da tolice dele; & por que vossa Senhoria, de qualquer forma, discutiria com meu irmão por uma interferência que você *deve saber que não é da natureza dele recusar quando solicitada de forma tão urgente?"*

*"Ele tem ânimos quentes, você sabe, & quando veio protestar comigo, estava transbordando de compaixão por essa menina mal-acostumada, essa Heroína em aflição! Nós não entendemos um ao outro; ele me julgou mais culpada do que eu era, ao passo que eu considerei a interferência dele mais indesculpável do que agora acho. Tenho verdadeiro apreço por ele & fiquei mortificada além do que posso descrever ao ver-me tão mal compreendida. Nós dois estávamos exaltados, e é claro que ambos somos culpados. Sua resolução de deixar Churchill é consistente com sua impetuosidade habitual. Quando soube dessa intenção, no entanto; & ao mesmo tempo comecei a ponderar que talvez nós dois estivéssemos igualmente enganados sobre o que o outro queria dizer, resolvi esclarecer tudo antes que fosse tarde demais. Sempre terei uma grande estima por qualquer Membro de sua Família & admito que teria ficado sensivelmente magoada se minha relação com o Sr. De Courcy tivesse terminado tão melancolicamente. E tem só mais uma coisa que gostaria de acrescentar, que agora que estou ciente da profundidade da aversão de Frederica por Sir James, devo informá-lo prontamente de que deve desistir de todas as suas esperanças em relação a ela. Repreendo-me duramente por um dia, ainda que inocentemente, ter lhe causado tamanha infelicidade. Ela terá toda retribuição que estiver em meu poder conceder; se ela valoriza a própria felicidade tanto quanto eu, se souber julgar com sabedoria & se portar como deve, ela pode ficar tranquila. Desculpe-me, minha caríssima Irmã, por assim tomar tanto de seu tempo, mas eu devia isso a meu próprio Caráter; & após esta explicação tenho fé de que não corro perigo de afundar em seu conceito."*

*Eu poderia ter dito, "Não muito, na verdade!", mas eu a deixei quase em silêncio. Foi o maior exercício de Autocontrole que poderia praticar. Eu não teria conseguido parar se tivesse começado. Sua confiança, sua Dissimulação – mas não me permitirei debruçar-me sobre eles; eles a golpearão o suficiente. Meu coração padece dentro de mim.*

*Assim que estava razoavelmente recomposta, retornei ao Salão. A carruagem de Sir James estava na porta & ele, contente como de costume, logo foi-se embora. Tal é a facilidade com que sua senhoria encoraja ou dispensa um Amante!*

*Apesar desse alívio, Frederica ainda parece infeliz, amedrontada, talvez, com a ira de sua Mãe; & embora tema a partida de meu irmão, ciumenta, ela deve estar, com a sua permanência. Eu vejo o quão de perto ela o observa junto a Lady Susan. Pobre Menina, não tenho agora nenhuma esperança por ela. Não há a menor chance de sua afeição ser correspondida. Reginald tem uma opinião muito diferente da que costumava ter a respeito dela, faz-lhe alguma justiça, mas a sua reconciliação com a Mãe opõe-se a todas as mais ternas esperanças.*

*Prepare-se, minha querida Madame, para o pior. A probabilidade de um casamento entre eles certamente foi elevada. Ele é mais seguramente dela do que nunca. Quando esse desditoso Evento acontecer, Frederica deverá ficar inteiramente sob nossa tutela.*

*Sou grata de que minha última carta precederá esta por tão pouco, pois assim a senhora poderá ser poupada de se entregar a uma Alegria que só leva a uma consequente decepção.*

*Da Sempre Sua,*
CATH. VERNON.

## CARTA 25

Lady Susan para a Sra. Johnson.
Churchill.

*Peço-lhe que me dê as felicitações, Alicia querida: Sou eu mesma novamente – faceira e triunfante! Quando lhe escrevi no outro dia eu estava, na verdade, deveras irritada, e com muitos motivos. Não, eu não sei se deveria tranquilizar-me de fato, posto que tive mais problemas na restauração da paz do que jamais tive a intenção de me submeter – e por um espírito, também, resultante de um imaginário senso superior de Integridade, que é peculiarmente insolente! Não o perdoarei com facilidade, eu lhe asseguro. Ele estava, na verdade, a ponto de ir embora de Churchill! Eu mal concluíra a minha última, quando Wilson me trouxe a notícia. Percebi, portanto, que algo deveria ser feito; pois eu não escolheria deixar meu caráter à mercê de um Homem cujas paixões são tão violentas e repletas de ressentimento. Teria sido uma leviandade com minha reputação permitir que ele partisse com tal impressão desfavorável de mim; a essa luz, condescendência era necessária.*

*Mandei Wilson dizer-lhe que eu desejava conversar com ele antes da partida; ele veio imediatamente. As emoções coléricas que marcaram sua fisionomia quando nos vimos pela última vez estavam parcialmente aplacadas. Ele parecia chocado com a convocação, & parecia meio desejoso & meio temeroso de ser abrandado pelo que eu poderia dizer.*

*Se meu Semblante expressou o que eu queria, ele estava composto e digno – mas com um certo grau de absorção capaz de convencê-lo que eu não estava nada feliz. "Eu imploro seu perdão, Sir, pela liberdade que tomei em chamá-lo aqui, mas acabei de ficar sabendo que o senhor tem a intenção de partir hoje; sinto que é meu dever rogar-lhe que não encurte sua visita nem por uma hora sequer por minha causa. Estou perfeitamente ciente que, depois do que se passou entre nós, seria dificultoso permanecermos na mesma casa: diante de tão intensa, de tão completa mudança de nossa íntima Amizade, qualquer futuro intercurso seria a mais severa punição, & sua resolução de partir de Churchill indubitavelmente está em uníssono com a nossa situação, & com os vivos sentimentos que sei que você possui. Mas, ao mesmo tempo, não é*

*para mim a sofrer tal sacrifício como deve ser deixar Relações com quem você está muito ligado & são tão queridas. Minha permanência aqui não pode proporcionar ao Sr. & à Sra. Vernon o prazer que a associação com o senhor traz; & minha visita talvez já tenha sido por demais prolongada. Minha remoção, portanto, deve, de qualquer modo ocorrer em breve & pode com perfeita conveniência ser acelerada; & faço-lhe um pedido particular de que eu não seja de modo algum o instrumento de separação de uma família em que todos são tão carinhosamente apegados uns aos outros. O _meu_ destino é de pouca significância para qualquer um, até mesmo para mim; ao passo que _sua_ presença aqui é de suma importância para todos os envolvidos".*
*Aqui eu concluí, & eu espero que você sinta-se satisfeita com meu discurso. Seu efeito sobre Reginald justifica uma porção de vaidade, posto que não foi menos favorável que instantâneo. Oh, que deleite foi assistir às variações de seu Semblante enquanto eu falava! Testemunhar a batalha entre o retorno da Ternura & os resquícios do Desagrado. Existe um elemento muito agradável em sentimentos tão facilmente moldáveis; não que eu os inveje em possessão, nem gostaria, por nada neste mundo, de tê-los eu mesma; mas eles são de extrema conveniência quando se almeja influenciar as paixões de alguém. Veja o caso de Reginald, a quem umas poucas palavras de minha parte bastaram para amansá-lo de uma vez por todas à mais completa submissão & o tornaram mais tratável, mais cativo, mais devoto do que nunca, e que teria me abandonado ao primeiro impulso raivoso de seu coração orgulhoso sem nem se dignar a procurar uma explicação.*

 *Servil como ele agora se tornou, não posso perdoar tal erupção de orgulho, & fico me perguntando se devia puni-lo, dispensando-o de uma vez após essa reconciliação, ou desposando-o & provocando-o para sempre. Mas ambas as medidas são muito violentas para serem adotadas sem alguma deliberação; no presente meus Pensamentos dividem-se entre vários esquemas. Tenho muitas tarefas para pôr em dia: devo castigar Frederica, & com grande rigor, por sua apelação a Reginald; devo puni-lo por recebê-la tão favoravelmente & por sua conduta posterior. E tenho de atormentar minha Concunhada pelo insolente triunfo de sua Postura & seus Modos desde que Sir James foi dispensado; ao reconciliar-me com Reginald, não consegui poupar aquele pobre Homem de sua sina; – & preciso ser reparada pelas humilhações a que fui obrigada a me submeter nesses poucos dias. E para empreender isso tudo tenho vários planos. Eu também tenho a ideia de em breve estar na Cidade; & quaisquer que sejam minhas determinações* quanto ao restante, provavelmente colocarei _esse_ projeto em execução – visto que Londres sempre será o campo mais justo de ação, & no entanto, por mais que meus objetivos estejam focados; de qualquer forma lá eu devo ser recompensada pela sociedade & entregar-me a um pouco de Dissipação, após dez semanas de penitência em Churchill.

Eu acredito que devo a mim mesma completar o enlace entre Frederica e Sir James após intencioná-lo há tanto tempo. Deixe-me saber a sua opinião sobre esse assunto. Flexibilidade Mental e um Temperamento facilmente inclinado à opinião alheia não são atributos que tenho o desejo de obter; tampouco Frederica terá qualquer reivindicação pleiteando a indulgência de seus ímpetos à custa da inclinação de sua Mãe. Seu amor platônico por Reginald também! Decerto é meu dever desencorajar tais bobagens românticas. Todos os fatores considerados, portanto, parece que compete a mim levá-la à Cidade & casá-la imediatamente com Sir James.

Quando a minha vontade for feita em oposição à dele, terei obtido algum lucro ao ter feito as pazes com Reginald, o que no presente, de fato, não tenho; conquanto ele ainda esteja em meu poder, eu abri mão do verdadeiro propósito que suscitou nossa altercação, & na melhor das hipóteses a honra da vitória é duvidosa.

Envie-me sua opinião sobre todas essas questões, minha querida Alicia, & deixe-me saber se você conseguiu obter alojamentos para hospedar-me a uma curta distância de você.

Da sua mais afetuosa,
S. VERNON.

## CARTA 26

Sra. Johnson para Lady Susan.
Edward St.

*Muito me envaidece sua referência, & eis o meu conselho: venha para a Cidade, sem perda de tempo, mas deixe Frederica para trás. Decerto estar bem estabelecida desposando o Sr. De Courcy atenderá mais aos seus interesses do que irritá-lo & ao restante de sua família ao insistir no casamento de Frederica e Sir James. Você deveria pensar mais em si mesma & menos em sua Filha. Ela não tem a inclinação para conceder-lhe o crédito de nada no Mundo & ao que tudo indica está precisamente em seu lugar ideal em Churchill, com os Vernons. Mas _você_ é talhada para a Sociedade & é vergonhoso que dela seja mantida em exílio. Deixe Frederica, portanto, à mercê da miséria de seu coração mole e romântico, que por si só a punirá pela desgraça que lhe trouxe e venha você à Cidade o quanto antes puder.*

*Tenho outra razão para incitar-lhe a tanto:*

*Manwaring chegou à cidade na semana passada, e foi constrangido, apesar do Sr. Johnson, a criar oportunidades para me ver. Ele está absolutamente miserável por sua causa & morrendo de ciúmes do DeCourcy; a tal ponto que seria altamente desaconselhável que eles se encontrassem no presente. E, ainda, se você não permitir que ele a veja aqui, não posso afirmar que ele não cometerá alguma grande imprudência – como ir até Churchill, por exemplo, o que seria medonho! Além disso, se você realmente seguir meu conselho & resolver casar-se com o De Courcy, será indispensavelmente necessário que tire Manwaring de seu caminho; & somente você tem a influência para enviá-lo de volta para a esposa. E tenho também outro motivo para a sua vinda: o Sr. Johnson deixa Londres na próxima terça-feira; ele vai cuidar de sua saúde em Bath, onde, se as águas estiverem favoráveis à constituição dele & aos meus desejos, ele permanecerá acometido pela gota por várias semanas. Durante sua ausência seremos capazes de escolher a nossa própria parceria & desfrutar de verdadeiro prazer. Eu a convidaria para hospedar-se na Edward Street, mas certa vez ele forçou-me a apregoar uma espécie de promessa de que jamais a convidaria à minha casa; somente a mais arraigada penúria pela falta de Dinheiro poderia ter extorquido isso de mim. Eu posso arranjar-lhe, no entanto, um belo apartamento na Upper Seymour St. & podemos estar sempre juntas lá ou aqui; pois considero que minha promessa ao Sr. Johnson compreende unicamente (pelo menos na ausência dele) que você não durma aqui em casa.*

*O pobre Manwaring me contou cada história dos ataques de ciúme de sua esposa. Que Mulher tola, esperar constância de um Homem tão encantador! Mas ela sempre foi assim – boba a ponto de tornar-se intolerável ao desposá-lo. Ela, a Herdeira de uma grande Fortuna, ele sem um xelim! _Um_ título, eu sei, ela deveria ter tido além de Baronetesa. Sua estupidez em contrair o matrimônio foi tão grande que, embora o Sr. Johnson fosse seu Guardião, & em geral eu não compartilhe dos sentimentos dele, também não posso perdoá-la.*

*Adieu, Da Sua, ALICIA.*

## CARTA 27

Sra. Vernon para Lady De Courcy.
Churchill.

*Esta carta, minha querida Mãe, será entregue à senhora por Reginald. Sua longa visita está prestes a ser finalmente concluída, mas temo que a separação aconteça tarde demais para nos proporcionar algum bem. _Ela_ está indo para Londres ver sua amiga íntima, a Sra. Johnson. A princípio, sua intenção era que Frederica a acompanhasse, para ficar com os Mestres, mas nós prevalecemos para que a menina continuasse conosco. Frederica estava arrasada com a ideia de ir, e eu não podia suportar deixá-la à mercê de sua Mãe; nem todos os Mestres de Londres poderiam compensar a ruína de seu bem-estar. Eu temia, também, por sua saúde, & por tudo o mais a não ser os seus Princípios – _lá_, acredito que ela não seria aviltada por sua Mãe, ou por todos os amigos de sua Mãe; mas com aqueles amigos (um grupo muito ruim, tenho certeza), ela teria se misturado, ou teria sido deixada totalmente de lado, & nem sei dizer o que teria sido pior para ela. Se ela estivesse com a mãe, por outro lado, com toda a probabilidade, ai de mim! Estaria com Reginald – & de todos males esse seria o pior.*

*Aqui com o tempo ficaremos em paz. Nossos afazeres regulares, nossos Livros & nossas conversas, o Exercício, as Crianças & cada prazer doméstico que estiver em meu poder lhe proporcionar irá, espero, superar gradualmente sua afeição juvenil. Eu não teria dúvidas, se ela tivesse sido preterida por qualquer outra mulher no mundo em vez de pela própria Mãe.*

*Quanto tempo Lady Susan permanecerá na Cidade, ou se retornará aqui novamente, eu não sei. Não poderia ser cordial a ponto de convidá-la; mas se ela decidir-se vir, não será falta de cordialidade da minha parte que a manterá afastada.*

*Não pude deixar de perguntar a Reginald se ele pretendia ir à Cidade nesse inverno, assim que descobri que sua Senhoria estaria por lá; & embora ele tenha se declarado bastante indeterminado, havia algo em seu olhar & em sua voz que contradisse suas palavras quando ele respondeu. Já desisti de lamentar. Olhei para os eventos que se sucederam até agora e, não sem desespero, decidi resignar-me. Se ele deixá-la em breve para ir a Londres, tudo será concluído.*

*Afetuosamente*
C. VERNON.

## CARTA 28

Sra. Johnson para Lady Susan.
Edward St.

*Minha caríssima amiga*

Eu lhe escrevo em grande atribulação; o mais infeliz evento acaba de ter lugar. O Sr. Johnson foi atingido da maneira mais eficaz para assolar a todos nós. Ele ouviu, suponho, de um jeito ou de outro, que você logo estaria em Londres, e imediatamente forjou um tremendo ataque de Gota que irá, no mínimo, atrasar sua jornada para Bath, se não impedi-la totalmente. Estou persuadida de que sua Gota é desencadeada ou fica em latência ao seu bel-prazer; ocorreu o mesmo quando eu queria juntar-me aos Hamiltons numa expedição até os Lagos; & três anos atrás, quando _me_ deu na veneta de ir para Bath, nada o induziu a ter um sintoma de Gota.

Recebi sua missiva & já providenciei os Alojamentos em sequência. Alegra-me saber que minha Carta tenha surtido tanto efeito em você, & que o De Courcy certamente já lhe pertence. Mande-me notícias assim que chegar &, em particular, diga-me o que pretende fazer a respeito de Manwaring. É impossível estimar quando serei capaz de vê-la; meu confinamento deve ser duradouro. Que abominável truque cair doente aqui vez de em Bath, eu mal comando a mim mesma. Em Bath, suas velhas Tias o teriam assistido, mas aqui tudo recai em mim – & ele suporta a dor com tanta resiliência que eu não tenho nem a mais ordinária desculpa para perder a paciência.

*Sempre Sua,*
ALICIA.

## CARTA 29

Lady Susan Vernon para a Sra. Johnson.

*Minha querida Alicia*

Não seria necessário esse último ataque de Gota para fazer-me detestar o Sr. Johnson, mas agora a extensão de minha repulsa é inestimável. Mantê-la confinada como Enfermeira em seu apartamento! Minha querida Alicia, de que erro você tornou-se culpada ao casar-se com um Homem da idade dele! – ele tem idade suficiente para ser formal, ingovernável & para ter Gota; demasiado velho para ser agradável, e jovem demais para morrer.

Cheguei ontem à noite por volta das cinco & mal tinha engolido meu jantar quando Manwaring apareceu. Não vou dissimular o prazer genuíno que vê-lo me proporcionou, nem o quão intensamente sinto o contraste entre sua pessoa & seus modos & os de Reginald, com infinita desvantagem para o último. Por uma hora ou duas, até vacilei em minha resolução de casar-me com Reginald, &, embora seja uma ideia por demais desidiosa & surreal para se demorar em minha mente, não me sinto nem um pouco ansiosa para a conclusão de meu Casamento, nem aguardo com impaciência a ocasião em que Reginald, de acordo com nosso trato, estará na Cidade. Creio que postergarei sua chegada sob algum pretexto ou outro. Ele não deve vir até que Manwaring tenha ido embora.

Ainda sinto-me tomada pela dúvida, às vezes, em relação ao Matrimônio. Se o Velho morresse, eu não hesitaria; mas uma situação dependente do capricho de Sir Reginald não combina com minha liberdade de espírito; & acaso resolva esperar esse evento, terei desculpa suficiente no momento em ter ficado menos de dez meses como Viúva. Eu não dei a Manwaring o menor indício de minha intenção, nem lhe permiti considerar minha familiaridade com Reginald como nada além do que um flerte trivial & ele foi toleravelmente amansado.

Adeus, até nos encontrarmos; fiquei encantada com os meus Aposentos.

*Afetuosamente,*
*S. VERNON.*

## CARTA 30

Lady Susan Vernon para Sr. De Courcy.
Upper Seymour St.

*Recebi sua carta & , por mais que eu não tente esconder minha satisfação com a sua impaciência pela hora de nosso encontro, ainda me sinto impelida pela necessidade de postergá-la para além do inicialmente combinado. Não me julgue inclemente por tal exercício de meu poder, nem me acuse de Instabilidade sem primeiro ouvir minhas razões. No curso de minha viagem de Churchill, tive bastante tempo livre para refletir sobre o estado atual de nosso caso & cada revisão serviu para convencer-me de que nossa situação requer uma delicadeza & uma cautela que, em nosso cândido entusiasmo, talvez tenhamos falhado em ponderar plenamente. Fomos apressados por nossos sentimentos a um grau de Precipitação que vai em desacordo com as reivindicações de nossos Amigos ou mesmo com a opinião do Mundo. Fomos incautos ao selar este Noivado às pressas, mas não devemos validar a imprudência ratificando-o enquanto há tantas razões para temer uma Conexão que seria contestada por aqueles Amigos de quem você depende.*

*Não cabe a nós culpar nenhuma expectativa por parte de seu Pai de que você faça um casamento vantajoso; onde as posses são extensas, como na sua Família, o desejo de aumentá-las, se não inteiramente razoável, é por demais comum para despertar surpresa ou ressentimento. Ele tem o direito de exigir uma mulher de fortuna como nora, e às vezes eu duelo comigo mesma por lhe infligir o sofrimento de formar uma conexão tão imprudente; mas a influência da razão frequentemente é reconhecida tarde demais por aqueles que se sentem como eu.*

*Até agora só passei poucos meses como viúva; e, embora não seja grande minha dívida para com a memória do meu marido pelos momentos de felicidade que ele me proporcionou durante uma União de alguns anos, não posso esquecer que a indelicadeza de um segundo casamento precoce também me exporia à censura do Mundo & incorreria, o que seria ainda mais insuportável, no desagrado do Sr. Vernon. Com o tempo, eu até poderia talvez endurecer-me contra a injustiça da reprovação geral, mas a perda da valiosa estima \_dele\_, como você bem sabe, não tenho estrutura para suportar; &*

somando-se isso à consciência de tê-lo indisposto junto à sua família, como poderia conviver comigo mesma? Com sentimentos tão pungentes como o meu, a crença de ter apartado um filho de seus Pais me faria, mesmo com _você_, a mais miserável das Criaturas.

Logo, diante de todo o exposto, é aconselhável que adiemos nossa União, até que as circunstâncias sejam mais promissoras, até que os assuntos tomem um rumo mais favorável. Em auxílio de tal resolução, eu sinto que a ausência será necessária. Não devemos nos encontrar. Por mais cruel que essa sentença possa parecer, a necessidade de pronunciá-la, que por si só a reconcilia comigo, logo mostrar-se-á evidente para você uma vez que considerar nossa situação à luz que me vi imperiosamente obrigada a colocá-la. Você pode – você deve – estar certo de que nada a não ser a mais visceral convicção do Dever poderia induzir-me a ferir meus próprios sentimentos sugerindo uma separação prolongada, & insensível aos seus sentimentos você não pode nem de longe supor-me. Mais uma vez, portanto, digo que não podemos, que não devemos nos encontrar ainda. Um distanciamento de alguns meses um do outro deverá aplacar os temores fraternais da Sra. Vernon, que, acostumada aos prazeres dos ricos, considera a Fortuna indispensável em qualquer lugar, & cuja Sensibilidade não é de uma natureza que possa compreender a nossa.

Mande-me notícias suas em breve – muito em breve. Diga-me que se dobra aos meus Argumentos & não me repreenda por usá-los. Não posso suportar censuras: meus ânimos não estão tão elevados para que necessitem de repressão. Devo empenhar-me para procurar alguma distração lá fora & felizmente muitos de meus Amigos estão na cidade; entre eles os Manwarings; e você sabe o quão sinceramente estimo o Marido & a esposa.

*Sou sempre, a sua mais Afetuosa,*
S. VERNON.

## CARTA 31

Lady Susan para a Sra. Johnson.
Upper Seymour St.

*Minha querida amiga,*

Aquela criatura angustiante do Reginald está aqui. Minha Carta, que se destinava a mantê-lo mais tempo no Campo, apressou-o para a cidade. Tanto quanto desejo que ele esteja longe, contudo, não posso deixar de ficar satisfeita com tal prova de apego. Ele é devotado a mim, de alma & coração. Ele mesmo lhe entregará este bilhete, que tem a finalidade de Apresentá-la, pois ele anseia conhecê-la. Permita-lhe passar a Noite com você, para que eu não corra nenhum perigo dele retornar para cá. Eu lhe disse que não estava muito bem & devia ficar sozinha; & se ele decidir bater aqui novamente, pode haver confusão, pois é impossível ter certeza quanto aos criados. Mantenha-o consigo, portanto, eu lhe rogo, na Edward St. Você não o achará uma companhia enfadonha & eu permito que flerte com ele tanto quanto quiser. Ao mesmo tempo, não se esqueça de meu verdadeiro interesse; diga tudo o que puder para convencê-lo de que eu ficarei mui desgostosa se ele permanecer aqui; você conhece minhas razões – Propriedade & assim por diante. Eu mesma deveria ter insistido mais, porém estava impaciente para livrar-me dele, pois Manwaring chegará em meia hora. Adieu.

S. V.

## CARTA 32

Sra. Johnson para Lady Susan.

*Minha estimada Criatura,*

*Estou em agonias, e não sei o que fazer, nem o que _você_ pode fazer. O Sr. De Courcy chegou justamente quando não devia. A Sra. Manwaring tinha acabado de entrar em Casa naquele instante & forçado sua presença perante seu Guardião, embora eu não soube uma sílaba do que foi dito até mais tarde, pois estava fora quando ela e Reginald apareceram, caso contrário eu o levaria para longe de todos os eventos; mas _ela_ estava trancada com o Sr. Johnson, enquanto _ele_ aguardava por mim na sala de estar. Ela chegou ontem em perseguição ao Marido; mas creio que você já sabe disso pelo próprio. Ela veio a esta casa para solicitar a interferência do meu Marido &, antes que eu pudesse me inteirar dos fatos, tudo o que você poderia desejar que fosse ocultado já fora descortinado & infelizmente ela tinha coagido uma criada de Manwaring a revelar que ele a visitara todos os dias desde que você chegou à Cidade & inclusive ela acabara de testemunhá-lo perante sua porta! Fatos são coisas odiosas! A essa altura, tudo isso já é sabido pelo De Courcy, que agora está sozinho com o Sr. Johnson. Não me acuse; na verdade, um impedimento era impossível. O Sr. Johnson já há algum tempo suspeitava da intenção do De Courcy de desposá-la, e iria falar a sós com ele assim que o visse em Casa.*

*Aquela detestável Sra. Manwaring, que, para seu consolo, está mais magricela & feia do que nunca, ainda está aqui & estão todos trancafiados juntos. O que pode ser feito? De qualquer forma, espero que agora ele fuja da esposa como o diabo foge da cruz.*

*Com desejos ansiosos,*
*Da sua mais fiel*
ALICIA.

## CARTA 33

Lady Susan para a Sra. Johnson.
**Upper Seymour St.**

*Este Éclaircissement é deveras irritante. Que azar que você não estava em casa! Estava certa de que a encontraria às 7. Estou inabalada, no entanto. Não atormente-se de paúra por mim; dependendo do que for, capricharei na história que devo contar a Reginald. Manwaring acabou de sair; ele me trouxe a notícia da chegada de sua esposa. Mulher tola, o que ela espera com tais Manobras?*

*Ainda assim, gostaria que ela tivesse ficado quietinha em Langford. Reginald ficará ligeiramente enraivecido a princípio, mas, no Jantar de Amanhã, tudo estará bem novamente.*

*Adieu.*
*S. V.*

## CARTA 34

Sr. De Courcy para Lady Susan.
Hotel.

*Eu escrevo apenas para Despedir-me. O feitiço foi quebrado; eu a vejo como você realmente é. Desde minha partida ontem, chegou aos meus ouvidos, de uma fonte incontestável, um relato sobre você que trouxe à tona a mortificante certeza da Imposição a que eu estava submetido & a necessidade absoluta de uma separação eterna e imediata entre nós. Você não pode ter dúvidas quanto ao que estou aludindo. Langford – Langford – esta palavra bastará. Recebi tais informações na casa do Sr. Johnson, da Sra. Manwaring em pessoa.*

*A senhora sabe como eu vos amei; pode arvorar-se como o juiz mais íntimo dos meus atuais sentimentos; mas eu não sou tão fraco a ponto de encontrar indulgência para descrevê-los a uma mulher que se glorificará por ter excitado seu suplício, mas cuja afeição eles nunca foram capazes de conquistar.*

R. DE COURCY.

## CARTA 35

Lady Susan para o Sr. De Courcy.
**Upper Seymour St.**

*Não tentarei descrever meu choque ao ler o bilhete que recebi de você neste instante. Estou desnorteada em meus esforços para elaborar alguma conjectura racional do que a Sra. Manwaring pode ter-lhe dito para ocasionar tão extraordinária mudança em seus sentimentos. Já não lhe expliquei tudo a meu respeito que poderia conter algum significado duvidoso & que a natureza maliciosa do Mundo interpretou ao meu Desfavor? O que você pode ter ouvido _agora_ para abalar tanto a sua Estima por mim? Alguma vez sequer eu escondi algo de você? Reginald, você me exaspera para além das palavras! Eu não posso supor que a velha história do ciúme da Sra. Manwaring tenha sido reavivada mais uma vez, ou até mesmo _ouvida_ de novo. Vinde a mim imediatamente & me explique o que no momento é absolutamente incompreensível. Creia-me, a simples palavra _Langford_ não tem semelhante potência intelectiva a ponto de suplantar a necessidade de mais. Se _nós_ vamos nos separar, que seja pelo menos de bom tom e Pessoalmente. Mas meu coração não está para pilhérias; na verdade, estou constrita demais – pois afundar, ainda que por uma hora, em sua estima é uma humilhação à qual não sei como me submeter. Contarei os minutos para sua chegada.*

S. V.

## CARTA 36

Sr. De Courcy para Lady Susan.
Hotel.

*Por que você me escreve? Por que exige os pormenores? Mas já que deve ser assim, sou obrigado a declarar que todos os relatos de sua má conduta durante a vida & desde a morte do Sr. Vernon que tinham chegado a mim, bem como ao Mundo em geral, & que gozavam da minha absoluta crença antes que eu a visse, mas que você pelo empenho de suas Habilidades degeneradas me fizeram resolver desaprovar, foram inquestionavelmente provadas para mim. Não, mais ainda, estou certo de que uma conexão sobre a qual eu jamais empregara um pensamento existiu por algum tempo, e ainda continua a existir, entre você & o Homem cujo lar você espoliou da Paz, em troca da hospitalidade com a qual você foi recebida no seio daquela família! Que você tem se correspondido com ele desde sua partida de Langford – e não com a esposa dele – mas com ele – & que agora ele a visita todo dia. Você pode, você se atreve a negar? & tudo isso na época em que eu era encorajado, um Amante benquisto! Do que foi que eu escapei! Eu só tenho a ser grato. Longe de mim mostrar-me queixoso & suspiroso de arrependimento. Minha própria Tolice me expôs ao perigo, a minha Preservação devo à bondade, à Integridade de outros. Mas a desafortunada Sra. Manwaring, que relatava o passado tomada por agonias que pareciam ameaçar sua razão – como _ela_ será consolada?*

*Após semelhante descoberta, você não terá como afetar mais admiração com o sentido de minhas palavras ao enviar-lhe o Adieu. O meu Discernimento é finalmente restaurado & tanto quanto ensina-me a abominar os Artifícios aos quais me curvei ensina-me a desprezar-me pela fraqueza na qual a força deles estava fundamentada.*

R. DE COURCY

## CARTA 37

Lady Susan para o Sr. De Courcy.
**Upper Seymour St.**

*Estou contente – & não mais o incomodarei quando estas poucas linhas forem enviadas. O Noivado que você estava tão ansioso para formalizar uma quinzena atrás já não é compatível com seus interesses, & alegra-me constatar que o prudente conselho de seus Pais não foi derramado em vão. A restauração da Paz, não duvido, seguirá célere este ato de Obediência filial, & eu me envaideço com a esperança de sobreviver ao _meu_ quinhão dessa decepção.*

S. V.

## CARTA 38

Sra. Johnson para Lady Susan Vernon.
Edward Street.

*Lastimo, embora não posso estar admirada, sua ruptura com o Sr. De Courcy; ele acaba de informar o Sr. Johnson por carta. Ele deixa Londres, segundo a missiva, hoje. Tenha certeza de que compartilho todos os seus sentimentos & não fique zangada pelo que direi, mas nossa relação, mesmo Epistolar, deve ser abandonada em breve. Sinto-me devastada; mas o Sr. Johnson jura que, se eu persistir na conexão, serei estabelecida no campo enquanto ele viver – & você sabe que é impossível submeter-se a tal extremidade enquanto houver qualquer outra alternativa.*

*Você já ouviu falar, decerto, que os Manwarings estão separados & receio que a Sra. M. voltará a viver conosco mais uma vez; mas ela ainda gosta tanto do Marido, & tortura-se sobremaneira por ele, que talvez não sobreviva muito tempo.*

*A Srta. Manwaring é recém-chegada à cidade para ficar com sua Tia, & dizem que ela declara que conquistará Sir James Martin antes que ele saia de Londres novamente. Se eu fosse você, certamente o conquistaria para mim. Eu quase esqueci de dar a minha opinião sobre o Sr. De Courcy, estou realmente encantada com ele; ele é tão jactante e bonito, eu acho, quanto Manwaring, e com um semblante atraente, bem-humorado, que é impossível não adorá-lo à primeira vista. O Sr. Johnson & ele já são os melhores amigos do Mundo. Adieu, minha querida Susan. Desejo que os eventos não se desenrolem tão perversamente. Nefasta visita a Langford! Ouso, porém, dizer que você agiu em busca do melhor & não há como desafiar o destino.*

*Da sua mais sinceramente apegada,*
ALICIA.

## CARTA 39

Lady Susan para a Sra. Johnson.
**Upper Seymour St.**

*Minha querida Alicia*

*Eu me curvo à necessidade que nos separa. Sob tais circunstâncias não é possível agir de outra forma. Nossa amizade não pode ser enfraquecida por isso &, em tempos mais felizes, quando sua situação for tão independente quanto a minha, nós nos uniremos de novo com a mesma Intimidade de sempre. Aguardarei impacientemente por esse momento; &, enquanto isso, posso seguramente garantir-lhe que nunca estive mais à vontade, ou mais satisfeita comigo & com tudo a meu respeito do que no presente. Seu Marido eu abomino – Reginald eu desprezo –, & posso assegurar-lhe que nunca mais verei nenhum dos dois novamente. Diga-me se não tenho motivos para regozijar-me? Manwaring está mais devotado a mim do que nunca; & gozasse ele de liberdade, duvido que eu poderia resistir até mesmo ao Matrimônio se _ele_ o oferecesse. Esse evento, se a esposa dele estiver morando com você, pode estar em seu poder apressar. Os sentimentos selvagens, que devem exauri-la, podem facilmente ser mantidos em irritação. Conto com a sua amizade para tanto. Sinto-me satisfeita por não ter me impelido a casar com Reginald; & estou igualmente determinada a não _permitir_ que Frederica jamais o faça. Amanhã irei buscá-la em Churchill & deixar que Maria Manwaring arque com as consequências. Frederica será a esposa de Sir James antes que ela saia de minha casa. _Ela_ pode soluçar, & os Vernons podem berrar; não me importo com eles. Estou farta de submeter minha vontade aos Caprichos alheios; de renunciar a meu próprio Julgamento em deferência daqueles a quem nada Devo & por quem não tenho respeito. Eu abri mão de coisas demais, muito facilmente permiti que minha resolução fraquejasse: Frederica agora verá a diferença!*

*Adieu, minha mais querida Amiga. Que o próximo ataque de Gota do Sr. Johnson termine de modo mais favorável! E que você sempre conte comigo como inalteravelmente sua.*

S. VERNON.

## CARTA 40

Lady De Courcy para a Sra. Vernon.
Parklands.

*Minha querida Catherine*

*Tenho notícias encantadoras para você, & se eu não tivesse expedido minha Carta esta manhã, você poderia ter sido poupada da aflição de saber que Reginald partira rumo à Cidade, pois ele já é retornado, Reginald retornou, e não para pedir o nosso consentimento ao seu casamento com Lady Susan, mas para nos contar que eles estão separados para sempre! Ele só está há uma hora aqui em Casa, & eu ainda não tive a chance de descobrir os pormenores, pois ele está tão cabisbaixo que não tenho coragem de fazer perguntas; mas espero que em breve saberemos de tudo. Este é o momento de maior alegria que ele já nos proporcionou desde o dia de seu nascimento. Não nos falta nada a não ser tê-la aqui, & esse é o nosso desejo particular & rogo-lhe que venha o quanto antes puder. Vocês nos devem uma visita há muitas longas semanas. Espero que não surja mais nenhum inconveniente para o Sr. Vernon, & oro para que tragam os meus Netos; & sua querida Sobrinha está incluída, é claro; Anseio vê-la. Tem sido um inverno pesado e triste até aqui, sem Reginald & sem receber ninguém de Churchill. Nunca antes achei a estação tão sombria; mas este feliz encontro nos fará rejuvenescer. Frederica incorre muito nos meus pensamentos, & quando Reginald recobrar seu bom ânimo habitual (como tenho fé de que logo ele irá), tentaremos roubar seu coração mais uma vez, & estou cheia de esperanças de vê-los de mãos dadas num futuro não muito distante.*

*Sua afetuosa Mãe,*
C. DE COURCY.

## CARTA 41

Sra. Vernon para Lady De Courcy.
Churchill.

*Minha querida Madame*

*Sua Carta me surpreendeu além da medida! Será mesmo verdade que eles estão realmente separados – & para sempre? Eu deveria estar exultante se ousasse fiar-me nisso, mas depois de tudo o que testemunhamos, como podemos ter certeza? E Reginald está realmente com a senhora! Minha surpresa é tremenda porque na quarta-feira, no mesmo dia em que ele foi para Parklands, tivemos a mais inesperada & indesejada visita de Lady Susan, que nos olhava toda faceira & cheia de bom-humor, parecendo mais prestes a desposá-lo quando voltasse a Londres do que apartada dele para sempre. Ela ficou por quase duas horas, foi afetuosa & agradável como sempre, & nem uma sílaba, nem uma dica escapou a respeito de qualquer desentendimento ou esfriamento entre eles. Perguntei-lhe se ela tinha visto meu Irmão desde sua chegada na Cidade – sem, como você pode supor, a menor dúvida quanto a isso, mas simplesmente para ver como ela reagiria. Ela respondeu imediatamente, sem qualquer constrangimento, que ele fora gentil o bastante para contatá-la na segunda-feira, mas que ela acreditava que ele já havia retornado para casa – o que eu estava muito longe de crer.*

*O seu amável convite é aceito por nós com prazer, & na próxima quinta-feira, nós & nossos pequeninos estaremos com a senhora. Queiram os Céus que Reginald não esteja novamente na Cidade nesse período!*

*Eu gostaria que pudéssemos levar a querida Frederica também, mas sinto dizer que a incumbência de sua mãe até aqui foi buscá-la; e, por mais infeliz que estivesse a pobre menina, foi impossível detê-la. Eu estava completamente indisposta a deixá-la partir, assim como seu Tio; & todos os pretextos que podiam ser aventados nós _alegamos_; mas Lady Susan declarou que, como agora estava prestes a fixar-se na cidade durante vários Meses, ela não poderia tranquilizar-se se a Filha não estivesse com ela, por causa dos Mestres, &c. Seus Modos, decerto, foram muito gentis & adequados,*

& o Sr. Vernon acredita que Frederica agora será tratada com carinho. Eu gostaria de também conseguir pensar assim!

A pobre menina estava de coração quase partido ao nos deixar. Eu a incumbi de escrever para mim com muita frequência & a lembrei de que, se ela estivesse em quaisquer apuros, nós sempre seríamos seus amigos. Tomei o cuidado de vê-la sozinha para dizer-lhe isso tudo & espero ter-lhe proporcionado um pouco de consolo. Todavia, não me acalmarei até que possa ir à Cidade & julgar a situação dela eu mesma.

Gostaria que houvesse uma perspectiva melhor do que a que ora se apresenta sobre o Enlace, que a conclusão da sua Carta declara sua expectativa a respeito.

*Atualmente, não é muito provável.*
*Afetuosamente & etc.*
CATH. VERNON.

## CONCLUSÃO

Essa Correspondência, pelo encontro entre algumas das partes & a separação entre outras, não poderia, para grande detrimento da Receita dos serviços Postais, continuar por mais tempo. Pouquíssima assistência ao Estado derivaria da Relação Epistolar da Sra. Vernon com sua sobrinha; posto que a primeira logo percebeu, pelo estilo das cartas de Frederica, que elas eram escritas sob a inspeção de sua Mãe &, portanto, ela adiou toda sua investigação particular até que pudesse empreendê-la pessoalmente na Cidade, deixando de escrever minuciosamente ou com frequência.

Sabendo o bastante nesse ínterim por meio de seu franco Irmão, do que se passara entre ele & Lady Susan para que esta última despencasse mais do que nunca na opinião dele, Catherine ficou proporcionalmente mais aflita para conseguir tirar Frederica das garras de semelhante Mãe & acolhê-la sob seus próprios cuidados; e, embora com pouca esperança de sucesso, resolveu que não perderia nenhuma tentativa que pudesse oferecer uma chance de obter o consentimento de sua concunhada. Sua ansiedade com o assunto a fez pressionar por uma visita a Londres o quanto antes; & o Sr. Vernon, que, como já deve estar evidente, vivia apenas para fazer o que era desejado, logo encontrou alguns negócios convenientes que o chamaram para lá. Com o coração tomado pela Questão, a Sra. Vernon assomou à casa de Lady Susan logo após sua chegada na Cidade & foi recebida com um carinho tão leviano & feliz que ela quase se afastou de horror da anfitriã. Nenhuma lembrança de Reginald, nenhuma consciência de culpa, nem um olhar de embaraço. Ela estava de excelente humor & parecia ávida para mostrar de uma vez, concedendo toda a atenção possível a seu Irmão & à sua Irmã, seu senso de gentileza & seu prazer de estar na sua sociedade.

Frederica não estava mais alterada do que Lady Susan; as mesmas Maneiras contidas e o mesmo Olhar tímido de dantes na presença da Mãe asseguraram à Tia o desconforto de sua situação e lhe confirmaram o plano de alterá-la. Nenhuma indelicadeza, no entanto, foi exibida por parte de Lady Susan. Sondagens sobre Sir James terminavam sempre do mesmo modo — seu nome meramente citado para dizer que ele não estava em Londres; & de fato, durante toda a sua conversa, Lady Susan era atenciosa apenas ao bem-estar & aos avanços da Filha, reconhecendo, com termos de gratidão e prazer, que Frederica agora estava melhorando dia após a dia & tudo o mais o que um Pai poderia almejar.

A Sra. Vernon, surpresa e incrédula, não sabia do que suspeitar, e, sem qualquer alteração em seus objetivos, temia apenas a suprema dificuldade de concretizá-los. A primeira esperança de algo melhor derivou de Lady Susan, que lhe perguntou se ela achava que Frederica parecia tão bem quanto estava em Churchill, confessando que, por vezes, era acossada pela dúvida e se perguntava se Londres era perfeitamente adequada para a filha.

A Sra. Vernon, encorajando a dúvida, propôs de imediato que a Sobrinha voltasse com eles para o campo. Lady Susan foi incapaz de expressar seus sentimentos por tamanha gentileza, mas não sabia, por uma série de motivos, como conseguiria separar-se da Filha; & embora seus planos ainda não estivessem inteiramente definidos, confiava que em breve estaria em seu poder levar Frederica ao campo, concluindo com o declínio total do benefício, demonstrando uma atenção sem precedentes. A Sra. Vernon, no entanto, perseverou na oferta; & por mais que Lady Susan continuasse a resistir, sua resistência no decorrer de poucos dias mostrava-se ligeiramente menos formidável.

O venturoso alarme de uma Influenza decidiu o que de outro modo poderia não ser decidido tão cedo. Os temores maternos de Lady Susan estavam então mais despertos do que nunca e ela só conseguia pensar em afastar Frederica do risco de infecção. De todos os Males do Mundo, o que mais a aterrorizava era a influenza se abater sobre a constituição de sua Filha! Frederica voltou para Churchill com o tio & a tia; & três semanas depois, Lady Susan anunciou que estava casada com Sir James Martin.

A Sra. Vernon, assim, convenceu-se do que antes só suspeitava, que ela poderia ter se poupado de todo o trabalho de insistir em uma remoção sobre a qual Lady Susan a princípio mostrara-se reticente. O combinado era que a visita de Frederica duraria seis semanas; mas sua Mãe, apesar de convidá-la a voltar em uma ou duas Cartas afetuosas, foi muito ágil em coagir todo o Grupo a consentir com um prolongamento de sua estadia & no curso de dois meses cessaram as cartas queixosas de sua ausência, e entre duas ou mais as cartas cessaram por completo.

Frederica foi, portanto, fixada na família do Tio & da Tia até que pôde conversar & elogiar Reginald De Courcy, sutilmente atraindo-o a uma afeição por ela — o qual, permitindo o desenfado pela conquista do apego dele à sua Mãe, por sua abjuração a todos os futuros enlaces & com ódio do Sexo, pôde ser razoavelmente galanteado no decorrer de doze meses. Três Meses em geral teriam bastado, mas os sentimentos de Reginald não eram menos duradouros do que passionais.

Se Lady Susan foi ou não feliz em sua segunda Escolha — não vejo como isso jamais poderá ser determinado — pois quem acreditaria em sua garantia em ambos os lados da questão? Que o Mundo julgue pela Probabilidade; ela não tinha nada contra si a não ser o Marido & sua Consciência.

Sir James parece ter sido tragado por uma sina muito mais inclemente do que a mera Tolice merecia. Eu o deixo, portanto, à mercê da Piedade que qualquer um puder oferecer-lhe. Quanto a mim, confesso que _só_ lamento pela Srta. Manwaring, que, vindo à Cidade & contraindo despesas com Indumentária que a empobreceram por dois anos, com o propósito de conquistá-lo, foi defraudada de seu prêmio por uma Mulher dez anos mais velha que ela.

FINIS

**Nota Sobre a Conclusão**: *Que grande bobagem.*

Este livro foi composto com tipografia Electra Std e impresso
em papel Off-White 70 g/m² na Assahi.